Mission
impossible
sans ELLE

Mission impossible sans ELLE

Anne Saint Raphaël

Le Livre Ouvert

www.lelivreouvert.fr

EAN 9782915614596

Dédié aux milliers de jeunes filles
et de mamans rencontrées
dans l'enfer de la prostitution,
à notre maman
qui nous a appris l'amour des petits,
à tous ceux qui nous ont aidés
à entrer dans ce milieu et à servir.

*Les frères **Pierre et Raymond JACCARD** et l'auteur*
remercient Pascale Bolard,
Sœur Esther et les Sœurs Adoratrices de Colombie,
les moniales de Bethléem,
sans qui la réalisation de ce livre
n'aurait pas été possible.

Condensé du livre
Mission impossible sans Lui
Les frères Jaccard
édition Le Livre Ouvert, 2011

Quand Raymond Jaccard, prêtre *fidei donum* du diocèse de Besançon, est envoyé au Cameroun en 1967, auprès de 400 lépreux, il n'a aucune idée de ce qu'il pourra faire pour eux. Ses seuls bagages : sa guitare, vite obsolète, et une foi en son Seigneur chevillée au corps. Quatre années d'échec et de solitude marquent les débuts. Vécues dans la prière, elles débouchent, enfin, sur deux découvertes de taille : les pansements des malades, inlassablement changés, sont inutiles et l'amputation des membres atteints stoppe aussitôt la maladie. Avec son frère Pierre, lui aussi prêtre, qui vient le rejoindre, ils se forment auprès de professionnels pour opérer eux-mêmes, car les médecins font cruellement défaut.

Tous deux se mettent totalement au service des polios, lépreux, mutilés de guerre... pour trouver comment fabriquer des appareillages simples et solides que les malades apprendront à réaliser eux-mêmes, avec les moyens locaux : bambou en Chine... Pas d'assistanat pour permettre à la personne de se remettre debout. La « prothèse Jaccard »vit ses premiers jours et la nouvelle se répand comme une traînée de poudre.

La Croix Rouge internationale, le Haut Commissariat aux Réfugiés, Médecins sans frontières, l'Ordre de Malte et même les gouvernements de pays fermés, dans les années les plus noires, comme le Vietnam ou la Chine, font appel à eux. Sans parler de Handicap International dont ils sont à l'origine. Monseigneur Jean Zoa, évêque du Cameroun et ami, les envoie peu à peu sur tous les continents au nom de l'Église, sans laquelle ils ne feraient pas le premier pas. Ils y forment des personnes relais, un peu partout, et montent des ateliers de fabrication de prothèses. Tous deux, complices sans faille, constatent à chaque instant comment les rencontres et les évènements sont permis par Celui à qui ils se remettent en tout. Leur force c'est Lui, reçu dans l'Eucharistie, tous les jours, quoiqu'il arrive.

Poursuivis par le KGB à Moscou, dysenterie, tornades, guets-apens, attentats, enlèvements, l'aventure s'invite à chaque instant et les conduit aussi en Colombie auprès des Mal-Aimées. Une mission surréaliste dans un monde dur et impitoyable.

Préface

Vous faites partie des gens qui ne chiffonnent pas les cœurs, mais qui les repassent. Je demande au Big Boss que tous ceux qui liront vos témoignages aient la grâce d'être contaminés.

Voilà trente-trois ans, j'ai eu la chance de vous rencontrer au Festival de l'Espérance ! Vous ne payiez pas de mine, mais votre passion et votre joie m'ont réchauffé.

Après plusieurs années parmi les lépreux, devant le constat de votre grande impuissance face à la maladie, vous aviez décidé d'agir : en inventant une prothèse réglable, avec les produits locaux, pour tous les mutilés du monde. « Notre vocation, dites-vous, a pris naissance de notre échec » !

Puis, vous êtes allés en Amérique latine, vers des femmes et jeunes filles dans l'abîme de la prostitution. Elles n'ont pas de solution pour nourrir leurs petits frères et sœurs, ou leurs propres enfants. Pourquoi ? Parce qu'elles ne savent pas travailler. On ne le leur a jamais enseigné.

Vous ne vous êtes pas lamentés sur leur sort.

Pas le temps !

Une nouvelle fois, vous avez décidé d'agir : en soutenant des apprentissages où ces jeunes femmes ont appris un métier. Aujourd'hui, elles sont 3 000 dans les 137 ateliers que vous avez fait fleurir !

À ces sœurs, ces mamans normales, aimantes, aux belles qualités de cœur, qui dans leur enfer conjuguent au quotidien le verbe s'entraider..., vous avez offert un avenir et redonné joie, espérance et dignité.

En les sauvant, vous faites une multiplication...

Moi aussi, j'ai été sauvé par un regard. Un jour où je n'avais plus goût à la vie, où je n'étais plus capable de me regarder moi-même, je me suis rappelé ce regard qui m'a considéré, et j'ai pu dire oui à la vie.

À quelqu'un qui vous demandait comment vous fonctionnez ensemble, malgré vos différences (c'est ce qui m'a toujours frappé chez vous : cette grande disparité entre vous deux, qui non seulement n'a pas contrarié, mais au contraire, a servi votre fécondité), vous avez répondu : « d'abord on s'aime beaucoup. Notre maman nous a tellement aimés ».

Merci pour la fécondité de votre unité.

Je remercie vos parents, et le Big Boss (Dieu) de vous avoir donné la vie.

Je vous remercie d'avoir dit oui à votre sacerdoce et d'être devenus des serviteurs humbles de la vraie mission, sans jugement, ni peur d'aimer toujours plus.

Merci pour votre imagination alliant la technique et le cœur, en marche sans relâche. C'est grâce à des personnes comme vous que je crois à la Providence divine et, de tout mon cœur, je rends grâce au Big Boss.

Et suite au prochain épisode, pour une mission impossible à venir, avec LUI et avec ELLE !

Tim Guénard

Jean-Paul II nous transmet pour les *chicas* de la rue :

« ***Allez leur dire que l'Église et moi, nous les aimons !*** »

Rome, 16 février 1987

Les 600 jeunes femmes de Bogota qui reçoivent cette parole de tendresse n'en reviennent pas, touchées aux larmes, stupéfaites que l'Église se préoccupe de leur sort.

Un regard d'Au-delà

" Les vrais, les seuls regards d'amour sont ceux qui nous espèrent [1] ***"***

« Nous avons découvert celles que nous appelons les *Mal-Aimées* de la rue, en Colombie, en Équateur et à Saint-Domingue.

Nous refusons radicalement de leur coller l'étiquette de « *prostituées* », dans le sens où on l'entend dans nos pays européens. Le contexte diffère totalement. Une chose est sûre : le parcours de chacune est extrêmement douloureux. Nous avons donc changé leur nom. D'ailleurs, presque toutes le modifient, quand elles sont sur le trottoir...

Providentiellement, il y a trente ans, nous avons pu rencontrer les Sœurs Adoratrices de Colombie qui donnent TOUT pour la réhabilitation de ces prisonnières de l'enfer.

On peut s'interroger : comment deux prêtres catholiques, même à la suite de religieuses, peuvent-ils s'approcher de quartiers si mal famés ?

Est-ce un lieu d'évangélisation pour l'Église ?

1 - Bernanos

C'est pourquoi, nous voulons vous demander une faveur : rangez vos lunettes habituelles dans leur fourreau, « il y a des choses qu'on ne peut regarder qu'avec des yeux qui ont pleuré[2] ». *Une condition indispensable* pour comprendre ce qui suit et entrer dans l'inimaginable !

Ce monde proscrit, qui nous était parfaitement étranger au départ, *doit être contemplé au-delà des apparences :* chaque personne humaine, sans exception, est un enfant bien-aimé de notre Père du Ciel.

C'est le regard de l'Église. »

Pères Pierre et Raymond Jaccard

Les témoignages sont authentiques, cependant ils ont été délibérément adaptés afin de préserver l'anonymat des personnes. Les noms et lieux sont donc volontairement modifiés.

Mais l'ensemble correspond à la réalité, insoutenable, même si elle débouche sur l'Espérance.

2 - Cardinal Etchegarray

– carte de la Colombie –

I.

Des joyaux dans la marmite du diable

«...Je suis comme un trésor...
Tout ce qui était de la nuit en moi
est devenu comme de l'or. »

P. Claudel

Pour 3 francs !

Bogota, printemps 1978. Dix heures du matin. C'est certain, la fillette n'a pas plus d'une dizaine d'années. Elle attend, toute maigrichonne dans sa robe en coton élimé. Son gilet jaune sale compte plus d'accrocs et de taches que de boutons. Elle porte en bandoulière une mochila* de laine crasseuse, apparemment vide. Sur les teintes passées ressortent quelques dessins géométriques indiens. Du bout de ses sandales en plastique poussiéreuses, elle s'applique à en créer d'autres dans le sable de l'allée, arabesques éphémères. Le mouvement fait glisser l'épaisse natte noire, qui lui descend jusqu'au milieu du dos et qu'elle relève dans un geste gracieux.

– *Pourquoi n'es-tu pas à l'école ou à jouer avec tes copines à cette heure* ?

* *Mochila* : sac de laine typiquement colombien. Tissé à l'origine par les Indiens Arancas et portés par les hommes comme par les femmes.

Les frères se sont rapprochés et l'un d'eux s'est accroupi pour être à la hauteur de la gamine. Absorbée par son jeu, elle ne l'a pas entendu arriver. Le petit visage sérieux, et plus ou moins mâchuré, se relève éclairé par deux yeux noirs effrayés.

D'une voix fluette et timide, la réponse fuse :

– *Je vais sur mes onze ans mais j'ai jamais été à l'école. J'pouvais pas, j'gardais les petits frères. Et maintenant...*

– *Et maintenant* ?

Raymond parle le plus doucement possible pour ne pas l'effaroucher tandis que son large sourire paternel l'encourage à poursuivre.

Un profond sanglot secoue convulsivement la petite fille qui, brusquement, fond en larmes :

– *Ma maman est morte, il y a deux jours...*

L'enfant renifle et s'essuie le nez du revers de la main – aucun mouchoir, bien sûr, dans la *mochila.*

– *Elle était très malade..., elle crachait plein de sang et on voulait pas que je l'embrasse... le dernier jour, elle m'a dit : « Lola, t'es grande maintenant, alors si tes petits frères pleurent parce qu'ils ont faim, va me remplacer tu sais où, devant le bar. Les hommes te donneront 2 000 pesos (un peu plus d'1/2 euro).*

Tandis que l'enfant dévoile son chagrin,une petite silhouette robuste, Sœur Esther, s'est assise près d'elle l'entourant maternellement de son bras. Un conciliabule à voix basse s'instaure entre elles, trop rapide pour que Raymond comprenne et trop faible pour que Pierre entende.

Mais les frères voient bientôt Lola sécher ses larmes tandis que la religieuse l'embrasse et lui indique du bras une direction. D'un bond sur pieds, la fillette court déjà dans la rue.

Ils n'ont saisi que les derniers mots :

– *Désormais, tu auras une autre mamita* !*

Les pères Pierre et Raymond plissent les paupières devant la luminosité intense du soleil. Ici, la montagne se conjugue avec le printemps et l'été à longueur d'année !

À 200 mètres, derrière eux, les *barrios de latas** tapissent les pentes environnantes. Alternance de terrains vagues aux herbes folles, parsemés de masures ça et là, ou agglomérats de taudis en tout et n'importe quoi : cannisses, planches pouilleuses et mal équarries, morceaux de tôles ondulées... L'impression générale misérable les prend à la gorge.

Soudain, la sœur qui les guide vers l'inconnu dont ils ne soupçonnaient pas l'atrocité se retourne vivement vers les deux prêtres. Elle désigne de la main :

– *Ce jardin et la rue, c'est leur domaine.*

L'œil est attiré par les déchets, sacs de plastique, paquets de cigarettes écrasés, canettes de bière vides ou soda... qui jonchent le terre-plein central du carrefour.

* *Mamita* : petite maman, petite mère (terme affectueux et populaire)
* *Barrios de latas* : bidonvilles

Les pelouses grillées, aux allures de paillassons languissent après les *chubascos** d'avril qui ne devraient plus se faire attendre. « *En avril, aguas mil* * » dit le proverbe colombien. Deux, trois arbres rachitiques, au feuillage persistant, offrent un maigre ombrage. Mais surtout, adossées à un tronc, ou assises par grappes sur le muret extérieur, elles sont là. Si nombreuses. Les frères sont abasourdis.

– Des gamines !

À première vue, rien ne distingue cette trentaine d'adolescentes – la plupart âgées de 15 à 18 ans – de bandes de jeunes aux abords d'un lycée européen : jeans, tee-shirts, blousons...

Pourtant, tout détonne. On sent le *manque.* Pas de sacoche scolaire, pas de maquillage, ni bijoux, ni accessoires. Pas même de cigarette. Et on est loin de la petite coupe de cheveux parfaitement "brushée". Aujourd'hui, on relèverait l'absence d'iPad, de portable...

Lola envolée, Pierre et Raymond s'approche du groupe non loin de la facade vétuste et délabrée d'une église. L'air étonné, les filles, le visage avenant, saluent poliment.

– *Buenos días, hermana* mía... Padres* !

Visiblement, certaines reconnaissent la croix des pères, qu'ils portent autour du cou.

Sœur Esther s'approche d'une toute jeune fille, aux paupières rougies, qu'elle connaît et embrasse comme du bon pain.

* *Chubascos* : averses, pluies torrentielles
* En avril, *aguas mil* : en avril, l'eau abonde
* *Hermana* : sœur

Pierre, souriant mais direct, interroge :

– *J'imagine que tu n'arrives pas à trouver du travail ?*

Nerveuse, l'adolescente est sur la défensive.

– *Non, j'en ai pas de boulot ! Et je suis toute seule avec mon gosse. Faut bien lui donner à manger, non ! ?*

Calme, Pierre engage un dialogue libérateur :

– *Et pourquoi tu ne trouves pas de boulot dans cette si grande ville ?*

La jeune maman, au type amérindien très prononcé, confesse résignée :

– *J'sais même pas lire ni écrire, alors…*

Soudain une lueur d'espoir s'allume dans les yeux cernés. D'un geste rapide, elle rejette la mèche qui lui balaye la moitié du visage et redresse la tête :

– *Mais, si vous me trouvez un job, Padre, j'veux dire un vrai travail, j'y vais tout de suite !*

La sœur lui serre chaleureusement le bras.

– *Aie confiance, Yolanda, ça va venir, ça va venir ! Je te le promets. Les padres franceses sont témoins...*

C'est Monica qui garde ton Pepito ? Fais la bise à tous les deux. Je vous dis « à très bientôt » ; tu le sais !

Quelques hommes s'approchent, certains pourraient largement être leur père. Tendues, dans un même mouvement mécanique, les *chinitas** redressent le torse et prennent la pose. Mais les visages défaits gardent la marque de l'esclavage.

Le cœur broyé devant tant de misère, sans faux-semblant, les frères s'éloignent par discrétion. Tous deux sont en état de choc, complètement bouleversés par la monstruosité de la situation !

Une petite visite au Musée de l'or ?

Retour, dans le plus grand silence, à la maison des Sœurs Adoratrices* où les frères sont logés. Raymond se pince même pour se prouver qu'il n'a pas seulement fait un cauchemar.

Non, ce n'est pas un scénario mélo des années 50. Tout est bien réel : ces pauvres gamines sont acculées à vendre leur corps pour une bouchée de pain !

– *Et en plus, dans 90% des cas, c'est pour le gosse ou les petits frères et sœurs*, ajoute Sœur Esther.

Des bouffées de dégoût les habitent. Pierre ressent l'envie d'en découdre quand il pense aux exploiteurs. Comment peut-on accepter des atrocités pareilles ?

La misère, le dénuement extrême, les deux missionnaires connaissent. Cela fait quand même des années qu'ils servent les lépreux, les polios, les mutilés du monde entier*... Mais là, ils ont le sentiment de toucher le fond.

* *Chinita* : gamine

* Sœurs Adoratrices : communauté enseignante qui se voue entièrement à la réhabilitation des femmes de la prostitution, exploitées

*Cf. *Mission impossible sans Lui*, Les frères Jaccard - Livre Ouvert, 2011

Les yeux verts de Raymond, désemparés, cherchent ceux de Pierre que son humour légendaire a quitté.

Tout à coup, l'histoire de saint Laurent, archidiacre, revient à l'esprit de Raymond. Au IIIe siècle, arrêté en pleine persécution des chrétiens à Rome, il doit remettre aussitôt les biens de l'Église. Très calme, Laurent demande à l'officier le temps de les rassembler :

– *Pouvez-vous revenir demain ?*

Stupeur des soldats, le matin suivant, en découvrant Laurent, entouré d'une immense foule de mendiants et *guenilleux* de toutes sortes.

– *Le trésor de l'Église ? Le voilà !*

Le parallèle s'impose de lui-même. Superposition d'images, ici, c'est bien pareil, ces *chicas** martyrisées valent plus qu'un trésor à défendre.

De son côté, Pierre se remémore la proposition de la veille. Quand leurs hôtes et amis, aux petits soins, ont suggéré :

– *Voulez-vous profiter de votre petite escale à Bogota pour visiter le musée de l'or* ? Ici, c'est incontournable !*

Il revoit l'étonnement du couple colombien devant leur réaction commune instantanée – Le tourisme n'est pas vraiment un hobby du duo Jaccard, toujours à l'affût d'un autre type de merveilles :

– *Vous n'avez pas plutôt une action de l'Église auprès des plus petits à nous faire découvrir ?*

**Chica* : fille et jeune fille
*Musée de l'or : les frères Jaccard ne le visiteront jamais

Ni l'un, ni l'autre ne pressentent à quel point cette expédition matinale dans les bas quartiers de la capitale va faire office de détonateur dans leur mission.

Le soir même, ils vont être catapultés, pour trente ans, au service de ces jeunes *chicas* de la rue.

Pur hasard ?

Drôle de lettre

1967 – *Cher padre, je m'appelle Marta Sonia et je suis Colombienne, d'origine indienne. J'ai les cheveux noirs.*

Marta n'a pas plus de 16-17 ans quand elle écrit à Pierre ces belles lignes appliquées. Lorsqu'il reçoit le courrier, intrigué par le timbre et l'écriture enfantine de l'enveloppe, Pierre s'étonne des deux feuilles de cahier d'écolier en papier grossier :

– *Ça alors, je ne connaîs personne en Colombie et serais bien incapable de situer le pays dans la vaste Amérique du sud !*

Depuis 11 ans, il est chez les petits frères de Jésus, dans le désert de los Monegros, en Espagne.

Le padre est sur le point de réduire la lettre en boule et de l'expédier dans la corbeille. Pourtant, la curiosité le retient :

– *Que peut bien vouloir cette gamine ?*

Il poursuit son déchiffrage :

– *J'ai eu ton adresse par des amis à toi, missionnaires laïcs de Barcelone. Ils ont donné une petite retraite de trois jours à l'école et nous ont lu quelques-unes de tes lettres. Alors, voilà, ça m'a donné envie de t'écrire aussi.*

– *Bon, ce n'est pas plus compliqué que ça,* constate Pierre. *La gosse veut un correspondant. Et un prêtre français, c'est sûr, ça épatera ses copines !*

– *Tu sais, padre, je suis d'une famille très pauvre mais j'ai pu aller à l'école car mon papa travaille chez les sœurs qui ont un collège. J'ai une de mes tantes qui est dans un hôtel de prostitution. Elle me dit souvent : « Viens avec moi Marta, pour gagner un peu d'argent. » Mais j'ai toujours dit « non » et je le ferai toujours.*

Pierre continue sa parenthèse dans le passé.

– En fait, c'est Marta la première qui a évoqué le problème de la prostitution en Colombie ! Comme un signal de Dieu.

Ce jour-là, la missive finit bien dans le panier, mais la carte amicale de Pierre, en guise de réponse, amorce un échange épistolaire annuel.

Comme une tradition, matérialisée par des cartes de Bonne Année, pendant plus de 10 ans !

Cap sur Bogota

1978 – Onze ans plus tard, la Fondation Raoul Follereau-France appelle les frères, basés au Cameroun où ils se dépensent sans compter pour les lépreux. Elle leur demande d'aller former des Guyanais pour créer un atelier d'appareillage prothésiste.

– *Un de plus !* blague Raymond, *ça nous changera de l'Afrique, mais on ne connaît personne en Amérique du sud. Pas même la petite Colombienne qui t'envoie ses vœux.*

– *Eh bien, ça pourrait être l'occasion ! Pourquoi ne pas faire une escale de trois jours à Bogota pour faire sa connaissance ? C'est sur notre trajet pour la Guyane française.*

Habitués à ne pas tergiverser, la décision est vite prise. Pragmatique, Pierre s'informe, guide à la main :

– *On dit que l'Eldorado colombien est le pays du printemps perpétuel, à cause de la proximité de l'Équateur. Tant mieux ! Faute de pépites d'or, on aura peut-être moins froid qu'à nos retours en France. Mais je suis quand même curieux de voir ce que ça donne à 2640 mètres d'altitude.*

Cap donc sur Bogota. L'agglomération, en pleine explosion démographique, compte alors 1 200 000 habitants. Et cela ne fait que commencer.

Deux semaines plus tard, du hublot de l'avion, les frères observent le relief, torturé, sauvage du pays. Vues du ciel, les trois chaînes de la Cordillère des Andes sont particulièrement impressionnantes :

– *Dis donc, ça ne doit pas être facile de circuler. En plus, c'est le double de la France, sans parler de la jungle qui couvre plus d'un tiers du territoire !*

– *Inutile d'avoir inventé le fil à couper le beurre pour deviner que, dans ces conditions, la pauvreté doit battre des records. Au pays de l'or !*

Raymond poursuit :

– *Justement, regarde dans la doc, Bogota compte 22% de pauvres* et 4,1% de personnes en dessous du seuil de pauvreté **. L'Église locale doit avoir un travail fou !*

Mais l'atterrissage sur le haut plateau de Bogota met fin à la réflexion.

Rayonnante de joie, une jeune femme, aux longs cheveux d'ébène joliment retenus en arrière par une barrette, s'avance vers les frères. Elle est loin d'être seule, on dirait que toute sa famille s'est donnée rendez-vous à l'aéroport pour l'occasion ! L'accueil à la colombienne.

Tous, les bras chargés de fruits, de fleurs... s'agglutinent autour des frères Jaccard.

– *Très heureux recevoir vous...*

Les paroles de bienvenue pleuvent, apprises pour l'occasion, dans un français hésitant. Marta s'empresse, son mari à ses côtés. On rit, on s'embrasse.

Le lendemain ne sera pas de trop pour échanger les nouvelles, le programme est chargé. Marta Sonia est devenue infirmière, quant à Alejandro, bel homme au regard clair, il est responsable d'une compagnie américaine de pétrole.

Avec beaucoup de délicatesse, le couple a tout prévu. Et, comme d'habitude, le duo se laisse faire par Dieu !

* Revenu mensuel d'une famille de 4 personnes inférieur à 1 125 536 pesos (420 euros).

** Revenu mensuel de moins de 45 euros par personne

Dès le lendemain, départ pour le Centre de la lèpre à Agua de Dios*. Tout est même programmé par le Ministère de la Santé pour qu'ils rencontrent médecins, chirurgiens et sœurs lépreuses. Premier contact en lien avec leur mission actuelle, avant que les choses prennent un tour très inattendu !

En tous cas, cette chaleur, cette spontanéité, c'est la Colombie qui révèle son cœur...

« Sœur Esther, nous allons vous aider ! »

Malgré une escale vécue au pas de charge, le dernier jour offre un peu de temps libre. Et, puisque les frères dédaignent le fameux musée de l'or, Marta les conduit chez les Sœurs Adoratrices.

Voilà comment le duo a fait la connaissance de cette communauté enseignante, hors normes. Elle envisage de se vouer entièrement à la réhabilitation des femmes exploitées de la rue. Son objectif : les sortir de la prostitution !

Ni verbiage, ni théories fumeuses. Pas de lutte des classes ou théologie de la libération. L'énergique Supérieure Provinciale, Sœur Esther, a un plan. En pleine force de l'âge – 50 ans – elle ne laisse rien au hasard.

Tout de suite, les frères se sentent en grande proximité avec la supérieure. Chaque fibre de son

* Cf. *Mission impossible sans Lui* raconte notamment leurs nombreux retours pour opérer et appareiller les lépreux à Agua de Dios, Contratación (au nord)...

être est tendue vers le même but. Rien ne l'arrêtera sur cette voie.

Visiblement, leur source est la même : l'Évangile. La fougue avec laquelle elle prend fait et cause pour ses protégées, le feu qui l'anime, l'amour qui émane de toute sa personne leur rappelle Mère Teresa, version latino et son secret :

– *Les frères, laissez Dieu agir en vous* !

À peine mise en contact avec eux, c'est Sœur Esther qui a aussitôt organisé la petite expédition matinale au jardin public. Elle savait ce qu'elle faisait !

Ils en reviennent tout juste, complètement chamboulés. Et ils n'ont pas fini d'être secoués.

Dans les locaux de la congrégation, on leur présente trois *chicas* de la rue, invitées à déjeuner ce jour-là. Les religieuses leur ont raconté la vie de baroudeur du duo, au service des lépreux, et leur grand amour des plus petits.

De son côté, Pierre s'interroge sur la marge de manœuvre des sœurs :

– Quels sont leurs moyens d'action ? De quels appuis disposent-elles ?...

– *Padre, je pourrais vous parler* ?

La plus jeune des *chicas*, très réservée, Yiseth, interrompt pourtant ses réflexions et accroche timidement le bras de Pierre.

Pour la mettre à l'aise, Pierre fait quelques mètres avec elle jusqu'au petit oratoire dressé dehors au milieu des roses et des géraniums.

Petite et malingre, sans aucun apprêt, le côté *nature* accentue l'aspect enfantin. Les cheveux frisés, ramenés en arrière, encadrent un visage aux traits un peu brouillés et font ressortir l'expression mêlée d'innocence et d'extrême angoisse. Le frère n'oubliera jamais ses confidences à l'impact fulgurant.

– *On dit que j'les fais pas mais j'ai 15 ans, Padre. J'ai jamais connu mes parents. En tous cas, j'ai pas d'souvenir d'eux et pas de famille.* Baissant la tête, Yiseth poursuit :

– *Depuis trois ans, j'suis dans le milieu que la sœur a dit et j'ai honte.* Sa voix, passant à un registre plus aigu, se met à trembler. Quelques larmes brûlantes jaillissent :

– *Mais qu'est-ce que je peux faire d'autre ? J'sais pas lire et pas plus écrire…17 fois, non 18 fois, on m'a vendue à une casa de cita*.*

La petite sanglote maintenant :

– *Je m'suis encore taillée... mais c'te fois, j'veux pas y retourner. JE-VEUX-PAS !* »

Elle crie presque et ponctue ses mots de petits coups de pied rageurs dans la bordure de ciment de la plate-bande.

Yiseth renifle profondément et fixe sur le père ses yeux, comme décolorés par les larmes mais très expressifs, pleins d'espoir. Jouant son va-tout, elle supplie :

– *Padre, est-ce que vous pouvez dire aux sœurs de m'garder ? Même si y a pas de place pour moi à l'atelier...* ?

Ébranlé, Pierre regarde l'adolescente droit dans les yeux. Puis, gravement, trace une petite croix sur le front d'Yiseth.

– *Je te le promets, tu m'entends, je te promets*

* *Casa de cita* : maison de passe

qu'on va te garder ici. Je vais en parler tout de suite aux sœurs avant mon départ.

Quelques instants plus tard, Marta et Alejandro viennent chercher le duo pour le conduire à l'aéroport. Les frères, noués devant tant de souffrance, remercient et bénissent la petite communauté.

Chacun pressent qu'il ne s'agit que d'un au revoir.

Sur le pas de la porte, Sœur Esther tient la main d'une Yiseth, radieuse.

D'une voix ferme et décidée, Pierre apostrophe la provinciale :

– Sœur Esther, nous allons vous aider !

Coup d'envoi de l'Église

– Seigneur, dans quoi nous embarques-tu ?

Durant les 10 heures du vol retour vers la France, la question revient en boucle dans le cœur des frères. Le monde de la prostitution, c'est de l'inconnu total ; ils n'en ont aucune idée. Ils savent seulement que ça existe. Point.

Les pères Jaccard ne sont pourtant pas du genre à se laisser déstabiliser. Est-ce que Raymond n'est pas devenu chirurgien des lépreux avec, au départ, une très vague formation d'infirmier datant du service militaire pour tout bagage médical ?

– À qui demander conseil ?

– Oui, pas question d'improviser, cette mission est trop spéciale.

– Le père Talvas !

La réponse a jailli presque simultanément, une fois de plus. Ce père, un ami de longue date des frères, a créé le *Nid** en France, en 1943. On ne peut trouver meilleur interlocuteur. Lorsqu'il était aumônier d'Action Catholique Ouvrière, il a découvert la misère des personnes alcooliques et des femmes prostituées. Tous, enchaînés, aspirant à la liberté d'une autre vie. Alors, il a tout consacré à leur service pour permettre leur réinsertion.

À peine sur le sol français, Pierre et Raymond sautent sur leur téléphone :

– *Est-ce que tu peux nous aider ? Comment peut-on se préparer pour aborder ce monde de la prostitution ? Nous sommes ignares à ce sujet. Comment choisir les meilleurs moyens pour aider les femmes – même des fillettes tu te rends compte !– à s'en sortir ?* »

Un grand éclat de rire chaleureux leur parvient :

– *Parmi les prêtres que je connais, vous êtes bien les plus prêts pour aider ces personnes. Votre vie avec les lépreux..., tout aussi pauvres et rejetés par la société, c'est la meilleure école de formation ! Plus encore, vous êtes des hommes d'adoration, il n'y a pas mieux pour ce service.*

La conversation se poursuit. Bénéficier de l'expérience du père rassure les missionnaires.

Il n'est pas question de prendre la moindre initiative sans être envoyés par l'Église. Bien entendu !

Ils contactent Monseigneur Zoa, archevêque de Yaoundé. Il les connaît très bien, c'est sous son autorité qu'ils s'occupent des lépreux et polios au

* Le Nid : association pour aider les personnes de la prostitution à s'en sortir et promouvoir leur réhabilitation

Cameroun. D'une grande bonté et perspicace, il va les soutenir. Ils en sont sûrs à l'avance. Comme toujours, il les accueille avec un large sourire et la pointe d'humour qui le caractérise :

– *Quelle chance j'ai, moi, un évêque noir, d'avoir des missionnaires blancs !*

Tous deux racontent longuement la désolation dont ils ont été témoins et le courage des sœurs de Bogota. L'évêque abonde dans le même sens :

– *Je vous détache dans ce milieu de la prostitution de Colombie et d'Amérique latine. C'est l'Église qui vous envoie. Tenez-moi bien au courant quand vous aurez l'occasion de poser les pieds à Yaoundé. C'est toujours une grande joie de vous accueillir.*

– *Et d'un,* pense le duo, quand l'accord tombe, sans réserve.

L'évêque n'a pas hésité, il sait la clarté d'âme de Raymond et Pierre. Et leur don d'eux-mêmes. Total. Tant d'années au service des parias de l'humanité au Cameroun et ailleurs, cela ne s'improvise pas !

Pour que Monseigneur Zoa soit au courant de tout ce qu'ils font – c'est leur priorité – ils lui adressent un compte-rendu régulier ainsi qu'à chaque évêque d'Équateur, de Colombie et de Saint Domingue, qu'ils ont contactés avant de commencer quoi que ce soit.

Le doigt dans l'engrenage

– *Et de deux*, il reste à informer les amis fidèles d'Europe et du Canada pour les sensibiliser à l'immensité de la tâche qui va sûrement les mobiliser.

Pourtant, à leur grande surprise, la réunion du petit comité se passe mal. Dès que le mot « prostitution » est prononcé, des visages se ferment. Le projet des frères d'élargir leur aide aux petites victimes colombiennes, est rejeté par certains. C'est sans appel. Quelques-uns des plus engagés se retirent :

– *On n'aide pas ces personnes-là.*

Pierre et Raymond, profondément blessés, se remémorent la scène du jardin public, la détresse de Yolanda, de Yiseth et celle de la petite de 11 ans ! Ils ont le cœur transpercé :

– *Comme il est difficile à des chrétiens d'être... chrétiens !*

Pourtant le message de Jésus, dans l'Évangile, est limpide :

– *Qui accueille un de ces petits en mon nom, c'est Moi qu'il accueille. Qui vous rejette, Me rejette.* (Mattieu 18,5 et Luc 10,16)

Habité par la tristesse, Raymond lâche inconsciemment ce mot d'esprit :

– *Quand on commence à mettre le doigt dans l'engrenage, c'est normal que ça saigne !*

Plus que jamais le tandem applique la consigne du père Talvas : enfouir cette mission très spéciale dans l'adoration.

Impossible à expliquer humainement, mais constat habituel, les effets ne tardent pas. En effet, malgré ce faux pas, l'unité de ceux qui restent se renforce et permet même d'aller plus loin.

Bâtisseurs de ponts, les frères sollicitent alors tous leurs amis d'Europe. En quelques années, ils créent une association officielle : *Un P.A.S.* avec les frères Jaccard* pour soutenir toutes leurs missions. Sans exclusion.

Dans la foulée, ils confient à la prière des grands malades toutes les actions à venir.

Mais pour l'instant, comment agir ? Tout reste encore bien théorique.

Premier impératif, il faut commencer par découvrir le monde de la *galería**. Univers implacable et déroutant, où la misère, qui semble indéracinable, a pignon sur rue et génère un esclavage sans limites.

Galerie de galère

Bogota, Cali, Barranquilla, Manizalès... Quasiment pas une ville, des plus grandes aux plus modestes, sans ses quartiers de *galería*. Un peu comme Paris et son Pigalle... Mais le contexte diffère radicalement.

Galería, galère*... difficile de ne pas associer ces deux mots à l'étymologie divergente. Ce n'est pas seulement leur assonance qui justifie le rapprochement ; la *galería* colombienne, c'est l'ensemble du monde de la prostitution, son establishment... une vie de galère.

P.A.S.* : **Prier, **A**imer, **S**ervir- association, créée en 1991, par les frères, avec l'aide d'amis pour soutenir les missions auprès des lépreux, enfants handicapés, réfugiés et victimes de la prostitution en Colombie.

* *Galería* : galerie, selon l'origine italienne. En Colombie, représente tout le monde de la prostitution

***** Galère : origine catalane. Représente toutes les « galères de la vie »

1996 – La seule 15ᵉ rue de Cali offre 8 maisons de passe, 18 bars et 5 discothèques où 500 femmes environ proposent leurs *services.* Sans compter les nombreux débits de boisson, appelés bars américains.

Dans la *galería* Santa Helena, s'ajoute aussi une dizaine de *negocios**, avec 40 à 60 *hôtesses* chacun.

Visages défaits, yeux cernés, traits tirés, creusés, Gloria, Yolanda, Diana, Yiseth et les autres..., trop vite usées, portent déjà les stigmates de leur vie d'asservissement. Sans maquillage, ou au contraire peinturlurées à outrance quand les couleurs se font *outil de travail*, fourni par le patron*, artifice qui ne suffit pas à cacher la tragédie quotidienne. L'alcool, qui coule à flot pour rameuter le client, et qu'elles sont obligées de boire, les mauvais joints fumés pour oublier le *métier* ou la drogue en poudre à avaler, si *banale...* un cocktail de poisons.

Les minois de départ, vite façonnés par les venins, perdent la fraîcheur de la jeunesse. Les regards, noyés dans la tristesse, ne laissent plus pétiller la moindre étincelle d'espérance.

Pendant des heures et des heures de tapin aux alentours des bars et dancings, elles attendent ceux qui apporteront le moyen de survivre. Seuls instruments de travail : un peigne et un briquet.

Sur le pont depuis 10 heures du matin, les *hôtesses* ou *danseuses* rentrent chez elles entre 20 h. et 22 h. Très souvent ivres, elles ne peuvent plus retrouver leur chemin. Et ce sont leurs enfants, dès

* *Negocios* : bordels
* Un moyen de plus pour tenir les chicas qui doivent rembourser le maquillage !

huit ans, qui viennent les rechercher devant les bars. Les aînés s'occupent des petits. Certaines ne recommencent le *trabajo** qu'à 16 heures car elles sont rentrées la veille vers 2 heures du matin, éreintées, ivres et droguées.

Salaire de la journée, la fortune ? Les quelques 12 000 pesos, serrés précieusement dans la poche du jean, ou dans le sac, représentent en tout et pour tout 4 à 5 euros ! Voilà la paye des plus chanceuses - 50 % environ. Les autres se contentent, au mieux, par équivalence, de 2 à 3 euros.

Comment survivre quand un ½ litre de lait vaut alors 2 euros colombiens et un euro, le kilo de riz...?

Pas de proxénètes dans la majorité des cas à Bogota sud. Qui voudrait un *placement* de quelques pièces par jour ?

Aussi, vu d'Occident, on entend parfois :

– *Mais alors, ces femmes sont libres.*

Libres ?

De quel type de liberté parle-t-on quand la survie de ses enfants est en jeu ?

L'extrême misère de la majorité des habituées de la galerie, c'est le terreau sur lequel s'enracine tout un système d'oppression. Le cas n'est pas unique, tous les pays dits en voie de développement connaissent le phénomène.

Marmite du diable

Le long du trottoir, la plupart des façades de briques, autrefois peinturlurées de couleurs vives,

* *Trabajo* : travail

écaillées par les intempéries, ne masquent en rien la pauvreté de cette banlieue de Bogota.

Le trafic se fait de plus en plus dense : camionnettes, mobylettes, marchands ambulants...
Scène de rue typique, voilà un lourd chariot à deux roues, surchargé d'un bric à brac hétéroclite, tiré par un cheval nerveux. Planches, bidons, bassines, fauteuil de cretonne éculé, vieux fourneau éraflé... s'entassent dans un équilibre impossible. Le *campesino* *, qui guide l'animal, se dirige vers les hauteurs misérables.
Encore un qui va s'y installer !
L'histoire se reproduit sans fin pour chaque paysan, fraîchement arrivé dans la capitale, avec l'illusion de pouvoir y vivre. Ni logement, ni travail, seul l'attend le partage de la misère. Subsides dérisoires et risqués, les petites reventes de coca, à la sauvette ou... la *galeria* !

Car chaque grande ville héberge sa *olla*, littéralement sa *marmite*. Remplie de bouillon... de culture ! Un concentré d'alcoolisme, tuberculose, syphilis, sida..., drogue – et ses dérivés – petite délinquance et grand banditisme, trafics et prostitution en quartier périphérique.

Dans ces années 1990, presque toutes les *chicas* des 800 maisons de passe, embarquées dans la prostitution, complètent leurs revenus dérisoires, par la vente de *sachets de poudre*. Inconscientes du danger, et pour oublier leur vie, elles se droguent elles-mêmes, comme l'expliquent quelques adolescentes au duo :

– S*i on s'shoote c'est pour sortir de ce monde*

**Campesino* : paysan

inhumain et pourri. On cherche à oublier pour avoir plus conscience de rien quand les mecs abusent de nous.
Premier pas qui les entraîne dans la spirale de la descente aux enfers : elles ne peuvent plus s'en passer. Très nocifs, ces poisons de mauvaise qualité, comme le *basuco**, ruinent la santé.

Dans la *marmite*, la violence régit tous les rapports, avec son cortège d'assassinats en constante augmentation. En moyenne 5 à 8 meurtres par jour, opérés dans la rue par des *sicarios* *.

Sauf exception, il s'agit de règlements de compte entre bandes rivales, de revendeurs en gros de cocaïne.

En première ligne, à l'abandon, errants dans la rue, les enfants trinquent. Non scolarisés, les *gamines** deviennent vite des marginaux et la délinquance s'étend. C'est tout un pays qui se dégrade.

Ici, c'est marche ou crève

Dans un tel environnement, obtenir un contrat d'*hôtesse*, est déjà vécu comme un soulagement ! Pas de signature, tout est verbal évidemment. La *chica* qui obtient le fameux sésame sait qu'elle assurera la survie des siens.

Désormais, sans répit, elle doit attirer un

* *Basuco* : extrait de résidus de coca grossièrement rafiné
* *Sicario* : tueur
* *Gamines* : enfants des rues, souvent en gangs de voleurs, touchés par la prostitution

maximum de clients dans le bistrot du tenancier *contractuel.* Les consommations d'alcool et de canettes de bière doivent se multiplier. Chaque boui-boui a son quota ! Quand le buveur est suffisamment imbibé, il peut sans supplément s'isoler cinq minutes avec une *hôtesse* dans un recoin. Avec ou sans le confort d'une paillasse, jetée sur le palier d'étage, ou le canapé miteux d'une souillarde d'arrière - boutique, de 4 m^2 à tout casser. Elle peut aussi l'emmener dans sa *résidence...*, le must !

Tout est relatif. Mais ici, au moins la *chica* ne dépend que d'elle-même, si ce n'est du bar comme cadre de travail. À elle de se débrouiller pour obtenir son *salaire* personnel, souvent à ses risques et périls.

Fréquemment, la situation est encore pire : la *muchacha* * est logée, et soi-disant nourrie par le bar qui l'embauche. Elle ne touche pratiquement aucun salaire car le client paie directement la patronne qui prélève ses... frais d'hébergement. C'est la vraie maison close, même si le bar a pignon sur rue. On est dans le pur esclavage. Sans commentaire.

Marina, douze ans, raconte difficilement :

– *Des nuits... j'devais coucher avec 7 ou 8 gars, complètement saouls.*

Elle poursuit en se tordant les mains.

– *... Et il fallait donner les 3/4 des pesos à la patronne. J'pourrai jamais oublier tout ça !...* »

Yolanda se rappelle son premier jour :

* *Muchacha* : fille ou jeune fille

– *Quand j'suis arrivée, une fille est venue vers moi et m'a dit : « J'te préviens, ici c'est marche ou crève. T'as intérêt à t'laisser faire si tu veux pas d'ennuis.»*

Sandi, toute jeune maman, évoque avec effroi les gigantesques paires de claques reçues de sa patronne pour l'obliger à travailler. Elle était alors enceinte de 5 mois.

La vie malgré tout !

Telma – 32 ans – 5 enfants – touchée par le désespoir, crie sa peine :

– *La nuit dernière, j'ai dormi dans la rue sous un porche avec ma petite dernière. Je m'étais barrée avec elle de la piaule. Le client, bourré, commençait à me tabasser. Il voulait pas me payer les 3 000 pesos * qu'il me devait. Il me filait que la moitié. À quoi bon vivre si j'arrive pas à nourrir mes gosses ? J'vois pas à quoi sert ma vie ? Ça a pas de sens.*

Laquelle de ces petites *mal-aimées* n'a pas connu cette détresse ? Aucune, semble-t-il. Pierre le sait bien.

Certaines se sont même suicidées, ou ont tenté de le faire. Mais, le constat est frappant, il ne s'agit presque jamais d'une mère de famille. Pour elles comme pour Telma, ce type d' « issue » reste à l'état de tentation, si forte soit-elle.

Acculée au plus grand tourment, la femme colombienne se révèle une battante, pour ses enfants, pour la vie, même en germe ! Elles veulent à tout prix se garder de tuer. C'est dans cette

* 3000 pesos : un peu plus d'un euro

mouvance qu'elles choisissent la *galeria*, si tant est que l'on puisse parler de choix !

Quelques statistiques approximatives, élaborées par la communauté des sœurs Adoratrices appuient même l'ensemble de la présentation :
Par exemple, en 1980, sur 2 280 *muchachas*, 64 % ont entre 4 et 11 frères et sœurs ; 34 % sont âgées de 11 à 18 ans. 56 % ont 1 à 2 enfants ; 22 % ont de 3 à 5 enfants ; 66 % n'ont jamais étudié.

– *Pourquoi ont-elles tant d'enfants ?*

La question vient tout naturellement dans la bouche des Européens.
On les entend souvent exprimer la dernière fierté qui leur reste, comme Armela, quatre enfants, qui apporte un début de réponse :

– *On peut dire ce qu'on veut, on peut me traiter de mauvaise, de traînée et de pute, je m'en fous. En tous cas, on pourra pas dire que j'ai tué un gosse avant sa naissance !*

Un très petit nombre se fait avorter dans ce milieu extrêmement démuni, malgré l'évolution significative en trente ans. Si la contraception s'est développée, l'avortement aussi mais dans des proportions moindres par rapport aux pays européens.

Comme toutes femmes, elles ressentent le besoin d'aimer vraiment et d'être aimées. Or, traitées comme des objets, ou pire, elles ne reçoivent rien de cet amour auquel elles aspirent.

Pierre s'indigne intérieurement :

– *La femme n'a pas été créée pour donner son corps à n'importe qui. Gardienne de l'Amour, sa vocation profonde est d'aimer et de recevoir beaucoup d'amour.* Leurs enfants, c'est tout ce qui leur reste. Elles sont capables de tout pour eux. Fréquenter le milieu, elles le savent très bien, c'est se condamner à une vie courte. Inconsciemment, chacune espère qu'un jour un de ses enfants la prendra chez lui, surtout si elle est malade.

Les pauvres en Colombie ne se marient pas. Avec quoi payer la fête ? Tôt ou tard, quand le nombre des bouches à nourrir augmente, le compagnon part à la ville et on ne le revoit plus. Il cherche du travail, traîne dans les bars, fréquente les *chicas*, commence à boire et à se droguer pour fuir sa déchéance. Dans l'escalade des désastres, souvent, il s'acoquine avec la mafia omniprésente.

Et voilà sa femme qui aboutit à la *galeria*.

L'Eldorado

Si, il y a 500 ans, les Pizarre et aventuriers de tout poils convoitaient les richesses fabuleuses de " l'homme d'or ", l'Eldorado, aujourd'hui, ironie du sort, les *chicas* se battent pour un demi-euro ! La même lutte à mort !

D'ailleurs, combien d'entre elles connaissent l'histoire légendaire qui galvanisa les premiers conquistadors de lAmérique du sud ? On l'évoque dans les livres d'école, sur les affiches touristiques ou au fameux musée de l'or. Des lieux qu'elles n'ont jamais fréquentés.

Peine, sueur et sang versés, voilà les seuls vrais liens entre la vie de Telma, ses copines et celle des chercheurs espagnols du trésor de l'Eldorado.

Au XVIe siècle, ces conquérants, fascinés par l'orfèvrerie des indigènes Muisca, se sont particulièrement intéressés à la tradition locale.
Les enjeux étaient sufisamment motivants : pour l'intronisation de tout nouveau *cacique** de la tribu, le jeune héritier embarquait sur un lac, à bord d'un radeau, chargé d'une pile d'objets d'or et de riches émeraudes. Auparavant, dépouillé de tous ses vêtements, il était recouvert d'une couche de poudre d'or, fixée par une sorte de glu dont on enduisait tout son corps.
Au milieu de la lagune, *el Dorado* resplendissait de mille feux sous les regards de ses sujets.
Puis, il plongeait dans les eaux non sans y avoir jeté tous les trésors de l'embarcation. En osmose, l'assistance y déposait aussi des pièces d'or et de riches oboles. De quoi appâter tous les étrangers à la recherche des joyaux engloutis.

Au retour, sur la rive, dans les chants et les danses, *el Dorado* était acclamé unanimement et reconnu comme le chef.

– *C'est exactement le phénomène inverse avec ces pauvres gamines, dénudées, vêtues de coups de soleil*, remarque Raymond avec tristesse.

– *Non, je ne pense pas,* rétorque Pierre, péremptoire, *ce rite signifie que les anciens colombiens pensaient comme nous !*

La valeur de la personne humaine compte

* *Cacique* : chef

infiniment plus que tous les trésors immergés et tout l'or du monde.

– Tu as sans doute raison, ça me fait penser à cette citation d'Isaïe : « Tu comptes beaucoup à mes yeux » dit Dieu, *« Tu as du prix et Moi, Je t'aime. »* (Isaïe 43, 4)

Le duo constatera à quel point les *chicas* ressentent un besoin viscéral de découvrir combien Dieu les aime. L'amitié en tous cas, elles en vivent. Cette solidarité indéfectible qui les unit, des plus âgées aux plus jeunes, émerveille les frères Jaccard.

Voilà leur fortune que rien ne pourra leur ôter.

L'amitié, de l'or en barre !

– Avec les copines, on s'arrange !

Les frères ont entendu l'expression un nombre incalculable de fois. Spontanément, les *chicas* génèrent cet amour qu'elles ne reçoivent ni de la société qui les rejette, ni de leurs misérables clients. Une évidence simple, sans calcul.

À Manizalès, en plein quartier de la *galeria*, Eva, mama de cinq niños*, rencontre Graciela, polio, qui boîte fortement. Un handicap pour le *travail.* La position debout et les nombreuses heures de piétinement dans la rue la font affreusement souffrir. Sans compter l'impact de la malformation sur la clientèle, qui réduit les chances de séduction. Graciela sait qu'elle n'est pas une *bizcocho**. Au fin fond de la misère, elle ne voit plus d'issue. Pas de

**Niños* : enfants

* *Bizcocho* : jolie femme

toit pour l'abriter, elle et ses deux petits.
Eva jauge la situation sans traîner.

– Où tu crèches ?

Réponse laconique :

– Dans la rue, où j'peux. Avec mes gamins.

Eva ne réfléchit pas des heures, la proposition fuse, immédiate :

– Viens chez moi. Si tu veux bien, tu garderas nos gosses et moi j'pourrais turbiner toute la journée pour gagner la croûte de tout le monde.

Pierre commente, ébloui :

– Ça, c'est de l'or en barre !

Les deux prêtres sont marqués par ce geste si spontané. Ils le sont encore plus après la visite téléguidée improvisée par Sœur Emma. San José, l'un des quartiers les plus sinistres de la capitale du café. 500 mètres de dénivelé abrupt. Pas d'escalier.

Ils déboulent, comme ils peuvent, la pente boueuse d'un fossé pour atterrir contre les trois planches vermoulues qui servent de porte au souterrain.

Sorte de caverne noire et humide, comprenant deux pièces au sol de terre battue, voilà le *logis* d'Eva, Graciela et leurs sept enfants !

Seul un petit soupirail laisse passer un semblant de lumière, un vague souffle d'air dans l'atmosphère oppressante du lieu.

Mais tout est impeccable, parfaitement tenu et rangé, malgré le standing *underground* , au propre comme au figuré.

Ces *muchachas* humiliées, martyrisées... surprennent les frères par leur courage et leur ténacité. Pour eux, bon nombre d'entre elles sont comme de véritables trésors, engloutis dans la marmite du diable !

Et, ils ne sont qu'au début de leur plongée dans cet univers de fange où se côtoient aussi bien les tortionnaires, les victimes – pauvres proies – ou leurs anges.

II.

Autoroute de la misère

« *J'enfonce dans la bourbe du gouffre et rien qui tienne. L'insulte m'a brisé le cœur. Ma honte et mon affront sont sans remède. J'espérais la compassion, mais en vain...* » Psaume 68

« Ne dites jamais que ce sont des prostituées, ce sont des mamans ou des gamines qui, pour nourrir leurs gosses, ou leurs petits frères et sœurs sont obligées de faire n'importe quoi.»

Michèle Guéneguen *

* Michèle Guéneguen : ancienne prostituée de Pigalle, convertie au catholicisme.

De la plus mûre à la plus jeune adolescente, pas une *chica* n'est heureuse de vendre son corps. Aucune n'agit ainsi par plaisir. Elles l'affirment avec véhémence.

À l'inverse, toutes souffrent atrocement de ne pouvoir gagner leur vie de façon *honorable,* pour elles et leurs enfants.

Ce monde inconnu, les frères continuent de le découvrir, aidée par Michèle Guéneguen, femme hors norme qui a changé radicalement de vie après 10 ans de prostitution à Pigalle. Une rencontre précieuse pour le duo. Non seulement elle connaît parfaitement le *milieu,* mais en plus, elle transmet l'espoir de s'en sortir, à haute dose, de façon crédible.

D'ailleurs, c'est dans cet objectif qu'elle accompagne les frères en Colombie, en 1983. Ses analyses de la situation locale, radicalement différente de celle de France, frappent par leur justesse. Elle martèle :

- *Ne dites jamais que ce sont des prostituées, ce sont des femmes qui veulent nourrir leurs gosses.*

Cette vision rejoint la conviction profonde de Pierre et Raymond :

– *« Prostituée », le terme nous rebute. Il ne correspond en rien aux valeurs profondément humaines, et souvent chrétiennes, que nous découvrons chez elles. Grandeur, oubli de soi, générosité..., des qualités parfois absentes dans d'autres milieux, pourtant tellement plus riches socialement, et mieux considérés.*

Le qualificatif ne tient pas plus compte de la prison dans laquelle beaucoup se débattent dès le début de leur vie et qui porte une grave atteinte à leur liberté.

Alors, quelles sont ces chaînes qui conduisent presque inexorablement à la déchéance ?

– *Ce n'est pas difficile à comprendre, dès que l'on connaît un peu la Colombie,* constate Pierre.

– *L'entrée dans la galère ressemble à une pente savonneuse. À* ***une très large autoroute, à six voies,*** *sur laquelle les chicas se trouvent embarquées, en foule innombrable, souvent dès l'enfance. Les causes ? On a l'embarras du choix ! Pauvreté, naïveté, guérilla, alcool, drogue, machisme... et tant de trafics prohibés concernant des pierres précieuses ou... des adolescents !*

– *Cette autoroute,* se lamente Raymond, *ce n'est pas celle du soleil ! Point de départ : la pauvreté. Arrivée : la déchéance absolue.*

Léa et les autres savent de quoi elles parlent. Toutes peinent à trouver les mots pour décrire l'indicible. Lorsqu'elles s'y risquent, elles gardent une grande dignité dans l'expression de leur douleur.

– *Qui n'a pas recueilli leurs confidences risque un jugement, souvent à priori. Des témoignages a recevoir à genoux qui laissent entrevoir la richesse spirituelle de certaines, qui se confient à nous avec la simplicité d'un enfant.*

Galeries de portraits accueillis par les frères avec le plus grand respect.

PAUVRETÉ : LA PENTE SAVONNEUSE

Lisa Bruna, chef de gang à neuf ans

Le crépuscule vient de tomber et la fillette, qui le contemple, dégage une énergie farouche. Les yeux bruns, à la prunelle vive, dardent un regard aigu comme celui des chats. Du petit balcon de bois, à l'étage, la gamine jette un coup d'œil dans la ruelle poussiéreuse. Personne !

D'un geste résolu, elle enjambe la balustrade, hésite une seconde – c'est impressionnant du haut de ses huit ans – et saute : « Gagné ! »

La bride de sa chaussure, cassée, ne l'empêche pas de courir.

« Pas de danger qu'elle me rattrape, la méchante Mama Gomez », se rassure-t-elle, « elle pourra plus jamais me taper. »

Trente-trois ans après, Lisa Bruna peine encore à se remémorer cet atterrissage en équilibre, sur le goudron. À chaque fois, le souvenir de cet épisode la replonge dans sa petite enfance, très malheureuse :

– Ma mère me largue quand j'ai six mois et le père me place chez un couple dont la dame travaille dans le milieu. En fait, comme elle m'abandonne à son tour, je n'ai aucun souvenir d'elle.

C'est là que je me retrouve, à quatre ans, seule fille de la maison, chez Mama Gomez, une mégère trop heureuse de m'exploiter au maximum. Ça n'aurait pas pu être pire, je fais tout : ménage, lessive, épluchage, courses, corvée d'eau... Mon âge, elle s'en fout, et les coups de martinet pleuvent quotidiennement pour le moindre prétexte : oubli, geste trop lent... Un jour, ma matronne m'accuse injustement d'avoir cassé son beau vase et me fouette jusqu'au sang.
Révoltée, je me sauve par la fenêtre, le soir même. J'ai huit ans quand la rue devient mon domaine.

Espiègle et dégourdie, Lisa Bruna s'intègre vite à une bande de *gamines* :

– La nuit, on dort sous les porches. Ce n'est pas de tout repos avec la police qui vient souvent nous déloger en nous arrosant au jet. Pour nous ramasser. On a intérêt à courir très vite et à se jeter à plat ventre sous une voiture pour se cacher.

La journée se passe à fouiller les poubelles, à chaparder sur les marchés, à mettre au point toutes sortes de combines pour voler sacoches, portefeuilles... et tout ce qui peut servir au marché noir : accessoires de voiture, vélo ou mobylette.

Au début, l'apprentie voleuse observe pour voir les astuces et manigances des autres, puis, elle se lance :

– Mon premier larcin m'a profondément marquée. Dans la foule d'une sortie d'église, j'arrache le sac à

main d'une dame et je pique un sprint jusqu'à une cachette repérée dans une impasse voisine. Je tremble comme une feuille et j'ai du mal à y croire : « c'est bien vrai, je viens de voler ! ? » J'ouvre fébrilement la fermeture et grimace aussitôt de colère : mon butin consiste en un mouchoir et une clé !

De dépit, je flanque le tout dans le caniveau. Mais, à dater de ce jour, je deviens de plus en plus experte, pick-pocket pro, capable d'attraper de grosses prises, dont je suis d'ailleurs très fière. Ce qui me vaut d'être promue chef de mon gang !

Peu après, l'un des *chicos* *, jaloux, monte un coup dans une maison habitée pour lui ravir son titre et l'autorité qui l'accompagne. Lisa Bruna n'ose pas franchir ce pas et la page se tourne. Elle rompt ses fragiles attaches et change de quartier :

– Je marche des heures et me retrouve dans la 14e rue, en plein cœur de la galeria, ses discothèques, bordels... J'entre dans un bar pour m'acheter un coca avec les quelques pesos qui me restent. La patronne, très élégante, me regarde drôlement de haut en bas et je me sens minable à côté de ses beaux habits. Sans sembler s'en apercevoir, elle engage la conversation :

– Ben t'as chaud, dis-donc ! Enlève ton pull... Tu veux faire quoi plus tard ?

Mise en confiance par tant de gentillesse – je n'ai pas l'habitude –, je réponds avec la fougue et la candeur de mon âge :

– J'voudrais un uniforme pour aller à l'école et apprendre à lire et à écrire.

* *Chicos* : jeunes garçons

– « Oh, mais rien de plus facile ! » s'exclame la dame avec un grand sourire, « si t'as plus tes parents, j'vais t'aider. »

Elle se retire vers le fond du bar et revient avec un verre de coca :

– « Tiens, petite, bois d'abord pour t'rafraîchir et pis, on parlera. »

La suite est des plus banales. Je perds connaissance dès les premières gorgées et me réveille, le lendemain, dans ma première maison de passe, sans avoir aucune idée de ce que c'est. D'ailleurs, en toute naïveté, je ne pense qu'à demander :

– Quand c'est qu'vous allez me donner mon uniforme ?

Heureusement, la forte personnalité de Lisa aura l'occasion de se manifester. (Cf. p.298)

Léa, des bonbons aux feux rouges

Pas plus Léa que ses six frères et sœurs n'ont connu leur père. Pour faire vivre la famille, la maman vend des billets de loterie. Et pour compléter, dès cinq ans, Léa propose de l'eau et des bonbons aux automobilistes arrêtés aux feux rouges. Elle lave les pare-brise des voitures. Malgré tout, elle ne sait pas ce qu'est manger à sa faim. Il lui arrive de passer des journées entières sans repas alors qu'elle doit mettre de côté les quatre sous gagnés pour le loyer de l'unique pièce du taudis familial. Très intelligente, elle ressent profondément la souffrance des siens.

La révolte taraude Léa qui devient rebelle et sauvageonne... Agressive, même caractérielle, elle rejette avec violence l'autorité maternelle et se retrouve bientôt seule, livrée à la rue... à douze ans ! Nouvelle proie rêvée pour la *galeria* !

Sa vie à peine ébauchée, se place déjà sous l'égide d'un *protecteur* qui, presque aussitôt, l'oblige à se déshabiller et à danser devant d'autres hommes.

Les exploiteurs prolifèrent, enrichis sur le dos de l'indigence à ciel ouvert, et il faut se garder de tous côtés. Si Sœur Esther connaît bien leurs combines, les filles se font souvent attraper :

– *Les maquereaux ne sont pas rares, mais ils emploient différentes stratégies pour n'être pas catalogués comme tels. Les filles en considèrent certains comme leur mari alors qu'ils les exploitent en les obligeant à se prostituer. Les propriétaires des bars utilisent toutes sortes de ruses pour les amener à leurs fins, à leur profit.*

Lucia, la haine au cœur

Situation malheureusement classique, Lucia, née à Cali, neuf frères et sœurs, est abandonnée, encore toute petite, comme tous les siens, par son père... :

– *On avait pratiquement rien pour vivre. Nous, les gosses, on était obligés de voler. Ma mère, elle faisait des lessives dans la journée et le soir, elle se prostituait. Elle le cachait mais on n'était pas dupes. Ma sœur aînée l'a suivie dans la galeria pour qu'on survive. Et puis, mes autres sœurs ont pris le même chemin. Et, un jour, elles m'ont appelée : « Lucia, viens avec nous ! »*

C'était mon tour. J'étais écœurée, complètement dégoûtée de la vie. Quand ma mère priait ou nous parlait de Dieu, je me fâchais. Si Dieu était juste, pourquoi Il permettait qu'on soit si pauvres ?

Alors, je m'engloutis dans la prostitution, un monde de salauds. Je méprise de plus en plus les hommes qui m'approchent. Chaque jour, je m'endurcis un peu plus et je cherche à me venger. J'ai la haine au cœur et c'est pas les p'tits séjours en prison que je fais qu'arrangent les choses. La vie n'a aucun sens pour moi.

Un biberon de café

Manizalès, capitale de l'*Eje cafetero**.

Deux planches grises vermoulues, maintenues par quelques grosses pierres soutiennent le toit en feuille de bananiers de la bicoque. Une bâche translucide dépasse en dessous, recouvrant aussi le mur le plus exposé. Du plastique pour couper du vent et de la pluie, invités dans le taudis à courants d'air. À l'intérieur, des cartons bouchent les interstices entre les *cañas** des parois. Le sol ? Posé sur une claie de cannes de bambou, c'est un patchwork invraisemblable de bouts de bois à travers lequel le jour filtre.

En effet, la baraque est construite sur pilotis

* l'*Eje cafetero* : l'axe du café
* *Cañas* : cannes ou tiges de bambou

comme ses voisines. Une infâme cambuse à San Ignacio. Là voilà, la *maison* d'Antonia depuis vingt ans dans la *galeria* ! 7 à 8 mètres carrés – partagés avec ses trois *niños* – dans le plus misérable bidonville de Manizalès.

Cette favela s'accroche tant bien que mal aux flancs raides d'une des innombrables petites montagnes, tapissées de bambous, qui environnent la ville. On y accède par d'interminables marches, à même la terre, retenues par quelques pieux. Des labyrinthes gadouilleux de 60 centimètres de large, serpentent entre les masures et la végétation. Ni eau, ni électricité. À l'extrémité de chaque *étage,* une grossière cahute repérable à l'odeur et sa nuée de mouches vertes : *los servicios* *.

– *Bienvenidos !*

Jovialement, Antonia introduit dans son logis le trio des frères et sœur Graciela. Cheveux crépus, bronze soutenu du teint, et lèvres très épaisses, tout révèle les origines *mulatas** d'Antonia. Sa rondeur et son humour mettent le visiteur à l'aise. Aucune animosité lorsqu'elle évoque aussi bien son passé que son ascendance africaine.

Antonia sait manier la boutade :

– *Ancienne esclave de c'que vous savez et descendante d'esclaves ! Chez nous, quand j'étais petite, c'était une case. Il faisait noir là-dedans ! On était sept guambitos*. Papa était saisonnier à la plantation. Ma famille était très pauvre et croyante.*

* *Servicios* : toilettes

* *Mulatas* : mulâtres répartis surtout sur la côte pacifique - 12% de la population est multiraciale en Colombie.

**Guambitos* : gosses, mioches

Et puis, mon père est mort, je sais plus comment. Encore toute petiote, je l'ai pas connu. Et ma mère qui se retrouve sans rien ! On est donc tous partis chez la grand-mère. Elle nous envoyait mendier. Des fois, elle venait avec nous.

Quand j'ai eu trois-quatre ans, une de mes tantes m'a emmenée à Cali. Je dormais avec elle sous un pont, et on continuait à mendier pour pas mourir de faim. Un jour ma tante, elle retrouve un gars avec qui elle avait déjà vécu, avant. Il nous emmène dans sa baraque à peine mieux qu'ici. Au début ça va, puis il commence à me maltraiter.

Vers dix ans, je fous le camp tellement il me bat. La journée, je cavale dans la rue en piquant des fruits sur le marché et je fais la manche. Le soir, y a des voisins qui m'accueillent pour dormir et qui me donnent souvent à manger.

Mais un jour, le voisin abuse de moi et j'ose pas le dire. Alors ça recommence. Plusieurs fois. Il me faisait peur... Et à quinze ans, je me retrouve enceinte. Là, évidemment, faut que je me tire pour de bon.

D'abord, j'essaie de retourner chez ma tante en lui promettant de bien me conduire mais c'est de nouveau la misère car son gars est reparti.

J'accouche d'une petite fille dans la baraque. Raquel que je l'appelle. Comme j'ai pas assez de lait, je suis obligée de lui faire des biberons de tinto. Ça lui a pas profité. À quatre mois, ma Raquelita est tombée malade et elle est morte.*

À ce moment là, c'est le vrai calvaire qui commence. Je fais que pleurer. Un jour, une copine me dit de l'accompagner au bar pour m'en sortir.

Alors là, ça a été de pire en pire jusqu'à l'année dernière !

* *Tinto* : café noir

Ingrid Bétancourt confirme son utilisation courante pour les bébés dans « *Même le silence a une fin* » Ed. Gallimard 2010-p 402 :

« *Les familles les plus pauvres ne pouvant acheter du lait en poudre pour les nourrissons, à défaut de lait maternel, remplissent leur biberon de café.*

Je me souvenais de cette petite fille que j'ai trouvée dans une boîte en carton, à l'intérieur d'une poubelle... dans le nord de Bogota... je vis une petite main sortir d'un tas d'ordures. Je sautai hors de la voiture et trouvai cette petite chose, emmaillotée dans un lainage crasseux qui puait l'urine. Elle s'était endormie avec un biberon dans la bouche plein de café noir... pour un nourrisson, c'était le résultat de l'extrême misère, certes, mais aussi de l'ignorance.»

NAÏVETÉ, LA GRANDE ILLUSION !

Maria, t'es folle de faire la bonne

– T'as pas de piaule ? J'sais où il y en a une de libre, vas-y de ma part... J'étais heureuse comme tout. Une toute petite pièce sur l'escalier, mais je m'en foutais, c'était pas loin du boulot. J'avais un lit, des draps... une vraie princesse et libre comme l'air...
Ça m'fait marrer quand les gens disent : « elles sont prostituées parce qu'elles le veulent bien ». Ils oublient... le MILIEU... et qu'ils ont des méthodes de recrutement efficaces.*

Qu'il s'agisse de Paris, Manille ou Bogota, paramètre commun à toutes les latitudes : la naïveté, la crédulité des filles. L'ignorance de ce qui les attend sert souvent de terreau sur lequel se bâtit le malheur !

Mais la comparaison s'arrête là, car ni lit, ni draps pour la *chica* de Bogota ; ça c'est bon pour Paris. À elle, au mieux, le *réduit d'hôtesse.*

* *Michèle Guéneguen - Histoire de Michèle* - Édition Fayard

Maria, jolie comme un cœur, connaît le circuit typique. Venue de la campagne, une mère morte quand elle avait trois ans et un père presque aux abonnés absents, ne se préoccupant pas plus de son avenir que de celui de ses bûches.

– « Je me suis mariée jeune, à quinze ans. Trois mois après, mon mari meurt subitement. Je pars alors pour la ville. Pas question que je retourne chez mon père. D'ailleurs, il m'a seulement dit :

– Tu te débrouilles !

Pereira, c'est un monde complètement inconnu pour moi. Je cherche du travail. Rien. En plus, je suis incapable de préparer un dossier de demande d'emploi. Je sais à peine lire et écrire. Alors, je commence à dormir sous les ponts et puis je fais partie d'une bande de jeunes délinquants. Un jour, arrêtée par la police pour de la fauche, je me retrouve en taule : un mois de prison.

À ma sortie, une assistante sociale, qui veut m'donner ma chance, me trouve un travail : bonne à tout faire dans une famille.
Je reste dans la place jusqu'à un jour où, la copine à une copine, elle me dit :

– T'es folle ou quoi ? Ça va pas d'faire la bonne. Viens avec moi, tu vas en gagner du fric. Autant que moi...
Y a pas de raison !

C'est là que je me fais piéger : je vais avec elle. Surtout que je la trouve super bien sapée. Elle en jette... Mais je sais pas de quoi y retourne.

Et, me v'là vendue dans une maison close avec interdiction de sortir. On me bat, on me drogue..., on fait de moi tout ce qu'on veut. J'suis plus une femme. J'suis un animal ou un chiffon...! »

La petite annonce d'Anna

Anna, elle, a la chance de fréquenter le collège jusqu'à seize ans ; contrairement au plus grand nombre, elle n'est pas analphabète. Longue, brune, les yeux embués, elle revit le début de son calvaire :

– « Mes parents se sont séparés. Je suis restée avec ma mère qui voulait que je finisse l'école. Mais moi, comme les autres de mon âge, j'étais pressée de travailler, pour être indépendante et bien me fringuer. Dans la petite ville où j'étais, c'était sûr que je trouverais rien. Ma mère, elle tenait une petite *tienda**. C'est comme ça qu'elle s'en sortait.

Alors, j'ai commencé à chercher dans les journaux qu'elle vendait. Un jour, je tombe sur une petite annonce. Un bar-dancing à Bogota qui cherche une *recepcionista**, sans diplôme obligatoire. Super ! Je suis folle de joie. Mais quand je le dis à ma mère, elle me dispute. Elle ne veut pas que j'y aille et pas question de me donner le moindre peso, comme argent de poche.
Je claque la porte et file à Bogota. C'est pas loin.

Les premiers jours, je fais la servante au comptoir, pour m'habituer à l'ambiance qu'ils disent. Je me plais bien.

Et puis, très vite, mes patrons commencent à m'exploiter. Il s'agit d'un autre genre de service ! On

* *Tienda* : épicerie, bazar, débit de boissons
* *Recepcionista* : hôtesse d'accueil

me demande pas mon avis. Ils me laissent plus sortir de la petite chambre minable où on me met, à l'étage. Me voilà coincée, enfermée. Les clients paient directement à la patronne. Pas un peso pour moi.

Et je comprends, mais trop tard, que je me suis laissé rouler dans la farine. Je pleure tant que je peux pour redevenir, *seulement serveuse*, mais ça ne les intéresse pas :

– *On t'a embauchée comme hôtesse pour les clients et t'étais d'accord. Ça t'va mal de faire la mijaurée !*

J'ai le moral à zéro et je m'en veux à mort d'avoir été si conne. Mais, complètement seule, coupée de ma famille, je me dis : si tu pars, c'est sous le pont que tu coucheras ce soir, et demain, t'auras plus qu'à mendier.
Comme ça me fait encore plus peur, je reste. »

Si une certaine candeur peut faire *le lit* des marchands de chair humaine, parfois la violence, moins insidieuse, ne se cache sous aucun artifice.

GUÉRILLA ET PARAMILITAIRES : UN CANCER, DES MÉTASTASES

Dans les années 1950, les partis conservateur et libéral luttent âprement pour le pouvoir. Otages d'une véritable guerre civile, les paysans vivent un martyre. Quand naissent les FARC *, ils reprennent espoir, croyant trouver en eux les défenseurs de leurs terres confisquées. Vision malheureusement illusoire dont ils reviendront très vite !

Progressivement, les FARC s'organisent. Pour financer leur logistique, ils s'octroient une source de revenus très substantielle, à portée de main, armée (!) : la drogue. Alors que son trafic explose sur la scène mondiale, la barbarie et les subsides qui l'accompagnent, vont croissant.

Aujourd'hui, environ 25000 guérilleros détiennent entre 1 000 et 3 000 otages dans la jungle.

* FARC : Forces Armées Révolutionnaires de Colombie.

Rapt sur le Cauca

« La pile de *cancharinas** brûlantes et dorées s'entasse au fond de la corbeille entre ma mère et moi, affairées au fourneau.

– *Dépêchons-nous*, dit ma mère, *les hommes ne vont pas tarder à arriver et il faut encore que j'aille chercher une salade !*

Je souris intérieurement : les hommes ! C'est Manuelito, avec ses onze ans tout juste, qui serait fier d'entendre ça ! Il me dirait comme d'habitude : *Manuel, pas Manuelito !*

Mais rien à faire, pour moi il sera toujours mon petit frère, de même que Ramon est le grand, avec ses dix-sept ans ! De onze mois, mon aîné.»

Comme souvent en cette saison pluvieuse, la pêche du matin a été bonne. Décidément, le Cauca mérite ses qualificatifs de grand fleuve généreux. Chaque pêcheur se hâte d'aller livrer son butin au marché de la ville. Et aujourd'hui, Manuelito a été réquisitionné pour aider au déchargement. C'est bon signe ! Il est trop content de râter l'école, comme tous les fils de pêcheurs.

La Virginia*, petite bourgade au centre de la Colombie se situe à l'intersection du Cauca et d'un de ses affluents.

C'est là qu'est établie la pêcherie du père d'Isabel. Bien placée, la maison, basse et profonde, ne se trouve qu'à quelques mètres de l'embarcadère du fleuve.

* *Cancharina* : succédané de pain ou sorte de beignet à base de farine et d'eau, frit dans l'huile bouillante
*La Virginia : les Sœurs Adoratrices y ont une petite communauté

On la repère car, la plus isolée, elle est un peu à l'écart de la ville, avant le *caserío** des cabanons de pêcheurs collés les uns aux autres.

« C'est sûr, mon père n'était pas milliardaire mais, chez nous, pour les repas, on manquait jamais de rien. À peine rentrés, les hommes trouvaient la marmite de *tamal* *, tout chaud, qui mijotait sur le réchaud, remplie à ras bord.

Le bruit d'un moteur, en provenance du fleuve, se rapproche :

– *Déjà ?* dit ma mère, *Il n'est même pas 11 heures... Ils ont fait rudement vite. Isabel, passe-moi ta...* »

Impossible d'achever la phrase.

– *Cucha, tirese alla, en el rincón – Y tu, mona, tambien* * *! Défense de bouger toutes les deux, mon joujou part vite !*

Petit, carré, l'homme en treillis de camouflage s'encadre dans l'embrasure de la porte grande ouverte, son fusil braqué sur nous deux. Deux autres guérilleros, vingt ans au plus, chaussés de grosses bottes de caoutchouc noir, se tiennent un peu en retrait, carabine en bandoulière.

Derrière eux, on aperçoit contre le ponton, la grosse *motora** des FARC ronronnant au ralenti, et la silhouette du pilote, debout à l'avant.

– *Où est le patron ?*, beugle l'homme à l'énorme

* *Caserío* : regroupement de maisons alignées au bord d'un fleuve
* *Tamal* : plat de riz, poulet, légumes ; typique du département colombien de Tolima
* *Cucha, tirese alla, en el rincón -Y tu, mona, tambien !* : la vieille, fous-toi là, dans le coin- Et toi aussi, mignonne.
* *Motora* : canot à moteur

moustache noire. *Et la pesca* ? Ils ont quand même pas refait le coup de tout vendre sans rien mettre de côté pour nous ?*

Furieux, il donne un violent coup de pied dans le tabouret près de la table. Le siège valdingue jusqu'à ma mère terrorisée.

– *Cette fois, la barrigua* va me le payer ! Je l'avais prévenu ! El que ríe de ùltimas, ríe mejor * !*

Entrant carrément dans la cuisine, il hurle :

– *Les gars, on va s'servir sans lui. Faites voir un peu le marché, ça sent bon ici.*

Goguenards, les voilà raflant la corbeille de beignets, engloutis en quelques secondes. La marmite de riz et poulet prend le même chemin, suivie d'une louche de *cuajada* *, happée à pleine bouche. La sauce, mêlée de laitage, coule en rigoles le long des mentons mal rasés.

– *Maintenant, manque plus que le poisson !*

Soudain une idée lumineuse traverse l'esprit du chef rassasié. Ses yeux noirs, petits et méchants, se posent sur moi. Insistants, ils me déshabillent de la tête aux pieds tout en apostrophant ma mère :

– *Qu'est-ce t'en dis, la vieille ? Ta fille, ça fait pas une jolie dorade ?*

L'homme éclate d'un rire gras :

– *C'est le commandant qui va être content ! C'est son poisson préféré !*

Puis, me poussant du bout de son fusil :

– *Allez, dégage, la belle ! Passe devant, on t'embarque ! Les FARC n'ont jamais trop de*

* *Pesca* : pêche
* *Barrigua* : bedaine
* *El que ríe de ùltimas, ríe mejor !* : rira bien qui rira le dernier !
* *Cuajada* : lait caillé

guérilleras - Et gaulée comme t'es, ta carrière est assurée. Vive l'Armée du Peuple !

Voilà comment, à seize ans, je me retrouve enrôlée de force dans la guérilla, prisonnière. Dans le camp où on m'amène, au *monte* *, nous sommes vingt-trois *chicas* et une trentaine de gars. Nous, les filles, on nous fait travailler comme des esclaves du matin au soir.

Il faut couper et écorcer le bois pour construire des *caletas**, la *rancha** et l'*economato** pour les provisions. Mais, on doit aussi faire la cuisine, creuser des tranchées et les trous des *chontos**, sans oublier de suivre l'entraînement sportif militaire et les soirées d'endoctrinement révolutionnaire.

La plupart du temps, les raids de l'armée par hélicoptère créent un climat de peur et d'insécurité. On les entend à la dernière minute ; en formation serrée, ils rasent les arbres.

Parfois, des bombardements nous obligent à fuir toujours plus loin dans la jungle. Il faut alors recommencer à bâtir un nouveau camp, en repartant à zéro. Sans compter les heures et les heures de marche dans la forêt, chargées comme des bêtes, avec nos *equipos**, les tentes, les armes et tout le matériel.

Pour compléter, on nous octroie souvent des otages à encadrer lors des déplacements, avec

* *Monte* : forêt vierge
* *Caletas* : cabanes en branchages destinées aux guérilleros
* *Rancha* : cuisine
* *Economato* : sorte de réduit pour les provisions
* *Chontos* : WC dans la nature
* *Equipos* : sacs à dos

menace de représailles, si l'un d'eux s'enfuit. Pour son gardien, c'est la mort assurée !

Mais le pire se passe la nuit. Nous, les filles, on sert de prostituées aux guérilleros, au moins deux fois par semaine.

En plus, je suis souvent battue parce que je travaille pas assez vite dans mon équipe. Une fois, un soldat me crache à la figure et le soir même, il m'oblige à coucher avec lui.

Le pire que j'ai vécu !

On n'a pas le droit de refuser la demande d'un guérillero plus d'une ou deux fois. Manque de solidarité révolutionnaire, qu'ils disent. Pour finir, c'est le commandant du camp qui décide avec quel gars on doit aller. Au pied !

Isabel, gorge serrée, fait une pause et avale péniblement sa salive.

« Combien de fois j'aurais voulu m'évader. Mais dans la jungle, impossible. Les dangers, souvent insurmontables, cernent de toutes parts : tigres*, boas, caïmans, piranhas, rapides... Et pas l'ombre d'un village à moins d'une centaine de kilomètres à la ronde. Mais, surtout, on est prévenu : en cas de fuite, la traque sera implacable jusqu'à ce qu'on nous retrouve. Alors, une balle dans la tête, c'est le tarif.

Je l'ai vu, c'est arrivé plusieurs fois : pour un jeune guérillero évadé, et aussi pour un gars et une fille enfuis ensemble. Tous les trois ont fini comme ça, abattus comme des chiens pour empêcher qu'ils

* Tigre : en Amérique du sud, jaguar

deviennent des *sapos**, comme les appellent les FARC.
Mon cauchemar a duré treize ans !

Si on a de la chance, on devient la *socia*, petite amie d'un chef. Une position qui donne différents avantages : meilleure nourriture, petits cadeaux de lingerie, parfum ou gadgets électroniques (G.P.S...). Mieux encore, parfois il peut y avoir des permissions de sorties, ou simplement une surveillance un peu moins permanente. Par exemple, pour faire des courses d'approvisionnement. C'est ce qui m'est arrivé, sans que je le cherche, au début. Je suis devenue la *ranguera**. »

Sourire amer, Isabel poursuit :

– « Si on veut, du jour au lendemain, c'est comme si j'étais une princesse.

Je règne sur toutes les guérilleras et, les soldats me craignent comme la peste. Mais je me fiche pas mal de tout. Ma seule obsession : partir, partir...
J'étouffe dans ce *monte* hostile, dangereux, sans soleil. J'en peux plus de cette guérilla abjecte, une vraie prison, même si pour moi, elle est un peu dorée. Comme le commandant est fou de moi, peu à peu, j'essaie de gagner sa confiance.

C'est comme ça que je finis par réussir à m'évader, mais à quel prix ! Mon Dieu ! »

La voix d'Isabel s'étrangle. Il lui faut un grand courage pour revivre en pensée l'horreur et raconter ce que les mots décrivent si mal.

Doucement, Raymond lui prend la main et la

* *Sapo* : crapaud, et mouchard au figuré
* *Ranguera* : qualificatif pour la petite amie du chef d'un camp de guérilleros

presse légèrement en l'encourageant d'un sourire. Isabel hoche la tête en murmurant : « merci. »

Elle reprend :

« Je ne suis pas retournée à la maison. Je savais qu'on viendrait m'y rechercher. Mais, au bout de quinze jours, je me suis faufilée en cachette, chez-moi, à La Virginia. Par des amis, je voulais au moins faire prévenir mes parents de mon évasion. »

Le visage se contracte, des larmes coulent lentement dans un silence pesant. Isabel puise en elle toutes ses forces, tendue pour arriver à achever le récit. Si les traits volontaires sont durcis par l'épreuve et la peine, ils conservent une sorte de candeur. Une noblesse naturelle émane de la jeune femme, dont Raymond évalue l'âge à une trentaine d'années.

Elle poursuit, accablée :

« C'est terrible, j'apprends alors qu'une semaine plus tôt, les FARC sont venus... tuer mon père et mes deux frères dans le canot. Ils étaient à la pêche. Puis, ils ont jeté leurs corps dans le fleuve. »

Nouveau temps d'arrêt. Où trouver la force de continuer ? Les termes se bousculent, hachés :

– « Ils ont aussi abattu ma mère. Dans la cuisine. Par derrière. D'une balle. Dans la nuque. Après avoir pillé toute la maison, ils ont récupéré le canot de Papa...

Je me retrouve complètement seule. Sans un sou. Obligée de me cacher sous peine de mort, moi aussi. Je fuis La Virginia pour Cali, et puis Cali pour Pereira...
Dans la *galería*.

Maintenant, je suis foutue ! »

Elle n'en peut plus et se tait, défigurée par le

chagrin, soudainement vieillie sous le poids de la peine.

– « Quand je pense à ce qu'a été ma vie ! »

Les sanglots secouent Isabel.

– « Je m'suis traînée, complètement déprimée. J'avais honte de moi. On me méprisait. J'avais perdu tout ce que mon père m'avait appris... »

Le visage douloureux, mouillé de larmes, se relève vers les frères.

– « Mais, comme je suis chrétienne, quelquefois, j'avais l'impression que Dieu me conduisait par la main et qu'il parlait à mon cœur. Y a que Lui qui sait ce que j'ai vécu et ce que j'étais devenue. »

Ce sentiment se renforce quand Isabel découvre ce qui l'attend. (Cf. p.275)

Joana et 3 millions de paysans, éjectés par la terreur

La rivalité pour accaparer les terres, entre FARC et grands propriétaires trafiquants, se manifeste de façon sanglante. Les plantations de coca, c'est la poule aux œufs d'or !

Les paysans sont chassés, en masse, de leur maison et de leurs champs. Il n'est pas question qu'ils cultivent autre chose que la coca. Ceux qui s'y risquent subissent des pressions ultra violentes pour les obliger à céder, s'ils veulent rester en vie. Mercenaires paramilitaires d'extrême-droite en milices organisées, ou guérilleros, les procédés sont toujours les mêmes : chantage, menaces, attaques pyromanes ou liquidations expéditives...

Mues par la terreur, des populations entières se déplacent vers les grandes villes, qui apparaissent comme un refuge. La densité croît donc de façon exponentielle.

Les 1 200 000 habitants de Bogota, la première fois que les frères ont débarqué, sont devenus 8 500 000 environ, en 2011. Pour toute l'agglomération. Et Bogota accueille, chaque année, 200 000 habitants supplémentaires. Les autres mégapoles du cartel de la drogue colombien, comme Cali et Medellin, s'inscrivent dans le même mouvement.

Le tandem comprend mieux d'où proviennent les bidonvilles interminables repérés dès leur arrivée. Les familles de ces migrants forcés s'y entassent, dans les pires conditions. La réalité, imaginée tout autre, s'y révèle dans toute sa crudité : à peine arrivés, déjà, les déplacés ne savent comment survivre.

Mai 2011, le journal La Croix *, braque d'ailleurs les projecteurs sur la responsabilité écrasante de

* Article du 3 mai 2011 : *« Pour faire face à la guérilla marxiste... les grands propriétaires terriens ont créé des milices d'auto-défense, groupes paramilitaires illégaux... Plus de 30 000 personnes disparaîtront dans des charniers. Près de 3 millions de paysans seront jetés sur les routes... Et l'hémorragie s'est aggravée depuis que le gouvernement a annoncé... qu'il remettrait, d'ici 2014, deux millions d'hectares de terrain à 600 000 familles... Dans le nord, tous ceux qui défendent... cette redistribution des terres, sont menacés de mort. la terre a toujours appartenu à ceux qui avaient les armes » assène le père Augustin Villarsaenz... Aujourd'hui, 45% des terrains cultivables appartiennent à 1% des Colombiens et le pays est l'un de ceux où la répartition est la plus inéquitable au monde... Pour le père, « Les grands propriétaires voient d'un très mauvais œil l'idée du gouvernement. Ils ne veulent pas rendre le butin...» Les villageois accusent les anciens paramilitaires... Certains se sont réarmés... Leurs liens avec l'élite locale ne sont pas rompus... - Christine Renaudat*

certains grands propriétaires, près de Bogota, et sur l'ampleur des populations victimes.

La loi du silence se répand, implacable, alors que près de 3 millions de paysans sont éjectés par la terreur ! Des enfants et des femmes pour 80%. 32% d'entre elles sont chefs de famille. Tous les deux jours, l'une de ces *mujeres* * meurt pour raisons dites politiques.

On se trouve face à un véritable état d'urgence humanitaire. Surtout quand on sait à quel point ces déplacements imposés affectent gravement l'intégrité physique et mentale des personnes, leurs relations familiales et détruisent les règles de vie en société.

Joana connaît bien ce cancer qui ronge les campagnes colombiennes.

Tout a commencé un jour comme un autre :

– *Si tu tiens à ta peau et à celle de tes gamins, fous le camp ! On te donne jusqu'à demain. Ta maison et ton champ, c'est à nous !*

Les deux soldats armés, en rangers de cuir, qui viennent de faire irruption chez Joana, ne s'embarrassent pas de préalables. L'ordre est brutal, la menace précise. Et il ne s'agit pas de mots. Dans cette région de Bucaramanga (dans le nord de la Colombie), où elle vit avec ses bambins, tout est contrôlé par la guérilla ou les milices d'extrême droite. Pas le choix, aujourd'hui, il faut se plier aux exigences des paramilitaires.

Seul point de repère pour faire la différence avec les FARC, ils ne portent pas de bottes de caoutchouc comme ces derniers, immergés dans la jungle.

* *Mujeres* : femmes

Où aller ? La première idée qui vient à l'esprit de la jeune maman est de se réfugier à Bogota : « je trouverai bien un petit boulot pour vivre ».

Chargée d'un maigre baluchon, elle débarque dans la banlieue sud de la capitale, accompagnée de ses deux enfants.

Un peu de bâche en plastique et quelques planches lui permettent de bâtir à la hâte une espèce de cabane ; le sol reste ce qu'il est, bien sûr, de la terre battue. Le petit pécule déjà épuisé, elle se met à rechercher activement du travail.

C'est alors que sa nouvelle voisine lui ouvre les yeux :

– *Dans le coin, t'as aucune chance de trouver quelque chose à faire. Y a tellement de peuple, ici, c'est pas possible ! T'as qu'à venir avec moi cet après-midi. Dans le bar où je t'emmène, t'auras peut-être une chance de te « faire un gars » ; mais surtout, fais gaffe, faut pas qu'il oublie de te donner ce qu'il te doit.*

Joana tombe de haut, elle est révoltée !

Déjà, les hommes en général l'écœurent depuis que son compagnon l'a plaquée alors qu'elle était enceinte de son Vincent de six ans. Mais en plus, il n'est pas question qu'elle se prostitue.

En même temps, l'inquiétude la taraude. Comment nourrir ses gamins ? Elle n'a plus un sou. Que faire d'autre après ce qu'on vient de lui dire ?

Joana est terrifiée. C'est comme un piège qui se referme sur elle. Elle regarde ses enfants qui jouent dehors. Que penseraient-ils ? Surtout sa grande de douze ans... ! Les heures passent et elle n'aura rien pour le repas du soir.

Un jour, deux jours de recherches frénétiques pour subsister sans le poids de la honte. La course contre la montre est engagée, les petits estomacs crient déjà famine et la fatigue risque de prendre les commandes.

Bientôt, quel choix reste-t-il ?

Un sentiment de colère envahit Joana avec une telle violence, qu'elle en éprouve un mal physique lancinant.

C'est un cauchemar !

Tremblante et révulsée, fiévreuse même, elle suit sa voisine.

En tous cas, c'est du provisoire !

Pour quelques jours, car elle ne se résigne pas : « Si j'y vais, c'est juste pour me donner un peu de temps pour trouver un vrai boulot. »

Dans un des bars où elles entrent, elles ont la « chance » d'avoir un contrat :

– Ça va, je vous prends comme hôtesses. Le tarif, c'est 10 canettes de bière. Après, à vous de jouer...

DROGUE : AU ROYAUME DE LA COCA

Pablo Escobar, l'icône des trafiquants

Sur la scène internationale, c'est la montée en flèche du trafic de drogue, dans les années 70-80. Triste record, le royaume de la coca, la Colombie, fait figure de leader en la matière. Il est alors au premier rang mondial pour la transformation et l'exportation de drogue, aux mains du cartel de Medellin. Un boom planétaire qui fait l'affaire de la guérilla colombienne.

D'abord humble mécano, Pablo Escobar règne en maître. Le plus célèbre des trafiquants est devenu milliardaire. Symptomatique, le roi Pablo, arrêté lors d'un contrôle pour simple absence de papiers, donne son accord pour aller en prison. Mais à une condition : financer sa construction, lui-même, et selon ses plans... ! On découvrira plus tard, bien entendu, qu'ils incluent des caches ou *fosses à fric*, nombreuses.

D'ailleurs, quelques mois après son incarcération, Pablo s'évade..., avec ses réserves personnelles de pesos ! Cela va de soi.

Après sa mort, en 1993, le cartel de Cali met la main sur tout le narcotrafic.

Le pays vit alors un fragile équilibre de forces dont on voit mal l'issue. Comment sortir de l'impasse ?

Plus tard, les guérilleros, qui combattent le gouvernement, s'allient aux narcotrafiquants. Ceux-ci fournissent des armes en échange de la protection des cultures. Échange intéressant mais trop coûteux aux yeux des cartels ! Aussi rêvent-ils de légalisation de la drogue, alternative pratique et économique.

Malgré les forces gouvernementales, les narcotrafiquants gangrènent la presque totalité du pays. De son côté, lassé de cette guerre sans fin contre les cartels et les guérilleros, le gouvernement voudrait aussi légaliser la production et la vente de cocaïne. Une politique qui permettrait des économies considérables en hommes, en armes, et s'accompagnerait d'une chute des prix.

Mais permettre une telle option, c'est favoriser l'augmentation de la production et de la vente. C'est pourquoi les États-Unis s'y opposent fermement, préférant fournir une aide logistique, économique et militaire au gouvernement colombien pour sa lutte.

Très dépendante de cette aide, la Colombie semble opter pour un début de politique répressive dont les effets engendreraient la relocalisation des groupes narcotrafiquants, au Pérou ou en Bolivie.

Pour autant, s'agit-il d'une véritable volonté d'éradiquer le fléau de la drogue ?

Dans les années 1990, de plus en plus de municipalités tentent différentes actions, comme à Bogota, avec plans d'assainissement au propre et au figuré : la classique *olla** rasée, fait place à des terrains de foot ou de jeux et des écoles.

Pour tout quartier rasé, pour toute culture détruite, le problème ne fait que se déplacer, tout renaît un peu plus loin.

La question de fond n'est pas suffisamment traitée. Comme l'indique le Figaro* en 2011, depuis dix ans la Colombie a divisé par trois ses surfaces cultivées de coca – aujourd'hui 150 000 hectares approximatifs – laissant au Pérou la palme de la production de drogue.

Malgré cela, sachant l'importance des saisies dans certains pays non producteurs, comment ne pas rester perplexe devant celles, en régression, des autorités colombiennes : 235,5 tonnes de cocaïne en 2009 pour 100 en 2010.

Alliances pourries avec dessous-de-table et morts à la clé ? Face à la guérilla et à la drogue, la Colombie ne s'épuise-t-elle pas à donner des coups d'épée dans l'eau ?

Gladys, la mule des hippies

Gladys de Medellin, quant à elle, ne voit pas la couleur d'une politique efficace. Compagne obligée de tout son malheur, la faim, telle une mâchoire implacable broie les tripes et la laisse sans force physique ou morale.

* *Olla* : marmite, bas quartier au figuré
* Article du *Figaro* du 28 juin 2011 « Drogue, le Pérou à l'index de l'ONU»

– « J'ai six ans quand je suis poussée à la rue. Maman va mourir. Il faut que je lui trouve à manger. Je fais bien les poubelles mais ça suffit pas pour elle et pour moi. Alors, je plonge dans la *olla*.

Des hippies, que je trouve super gentils au début, m'apprennent à voler et à sniffer au boxer *. À dix ans, comme eux, je commence à me piquer, à l'héroïne. Ça me propulse dans un univers que je crois *merveilleux.* Très vite, j'vois bien que ceux qui m'entourent, c'est pas des baba cool ; ils sont armés jusqu'aux dents et ils ont pas peur de tuer !

Un jour, ils me disent que je fais partie de leur bande car une copine m'a vendue à eux. Je suis obligée de leur obéir, sinon ils devront m'supprimer car j'en sais beaucoup trop sur eux.

À partir de seize ans, je deviens leur *mula**, je leur sers à transporter de la cocaïne dans les pays limitrophes : Équateur, Pérou, Venezuela. Avant d'partir, je dois avaler des capsules de drogue qui restent dans mon système digestif pendant le voyage. Interdit de manger, naturellement, sous peine d'être trucidée...

Au milieu de tout ça, le bouquet, je tombe enceinte. Deux fois. Ils descendent le père de mon premier gosse sous mes yeux. Des fois qu'il parlerait !

À vingt-deux ans, j'en peux plus de vivre tout l'temps la peur au ventre. Les hippies, les flics, la douane, ils me foutent les jetons tous autant qu'ils sont ! Je me suis tirée avec mes deux mouflets.»

* *Sniffer au boxer* : inhalation de colle spéciale.
* *Mula* : la « mule » est la personne utilisée pour les transports illicites : drogues, armes, explosifs, parfois à son insu.

Elena, bardée de billets, truffée de sachets

Comme Gladys, Elena sert de mule pour passer de la drogue au Venezuela. Née à Cucuta, dans le nord de la Colombie près de la frontière, elle le fait depuis qu'elle est toute petite. D'une famille de huit enfants, elle ne connaît pas son père, et ses deux frères aînés cultivent la coca.

Pour les passages « aller », aidée de son compagnon, sa mère ficelle des quantités de sachets de *basuco* sous ses vêtements. Pour le trajet inverse, le réceptionnaire la barde de billets de banque.
Efficace !

La fillette n'a jamais été prise en flagrant délit par la douane.

Mais, depuis deux ans, sa mère se trouve en prison pour trafic de drogue. Aussi, vivant avec sa grand-mère, Elena continue son rôle de *mula* avec le beau-père. Quand, à son tour, celui-ci se retrouve sous les verrous, l'adolescente s'installe chez sa grand-mère et sa tante dans un bidonville de Cucuta. Elle passe le plus clair de son temps, dans la rue, avec des copains.

Bientôt, ils l'obligent à faire du strip-tease intégral. C'est ça ou être rouée de coups et rejetée de la bande !

Pour la rendre plus docile et dépendante, on l'oblige à consommer du *basuco*. Pire encore, un homme beaucoup plus âgé qu'elle, la prend sous sa coupe et la force à se prostituer...

Pour le pactole, émeraudes ou fillettes ?

Si en Colombie, la coca remporte la palme, surcotée par la bourse des trafics illicites, d'autres « valeurs », loin d'être négligeables, rapportent aussi le pactole.

Certaines sont légèrement en baisse, les célèbres émeraudes par exemple, de la province de *Boyaca* (nord de Bogota). En effet, depuis la nouvelle législation, récente, l'État se définit comme propriétaire absolu du sous-sol colombien. Un nouveau statut qui s'accompagne d'un contrôle beaucoup plus rigoureux pour tout ce qui concerne l'extraction. Il devient presque impossible de frauder sans se faire pincer !

Plus en pointe, les « valeurs » concernant la marchandise... humaine. Très cotées sur le marché, les fillettes de six à douze ans !

On manque de statistiques sur la gestion de ce nouveau « produit frais ». Mais, sans conteste, il permet des bénéfices plus que juteux pour les mafieux du tourisme sexuel. SORDIDE ET INFÂME !

Évidence, la prostitution débouche sur toutes sortes de corruptions ou perversités. Que ce soit le trafic de drogue, d'émeraudes et d'opales ou celui, comble de l'horreur, de ces malheureuses petites filles.

Tout se tient dans la marmite du diable !

Pierre et Raymond n'accepteront jamais ce constat qui blesse, plus que tout, leurs cœurs de prêtres ! Rien ne leur sera épargné dans cette descente vers l'abîme.

– *On a tout vu, TOUT vu !* gémit Pierre, qui ne s'en remet pas de toute cette pourriture. Surtout de l'innocence martyrisée !

Selon *France-Info,* le 18 mai 2011, aujourd'hui, l'UNICEF recense 30 000 enfants prostitués en Colombie comme dans les Caraïbes. Alors que, depuis longtemps, ces pratiques sont tolérées, le conflit qui décime les campagnes et l'impunité liée à l'exploitation sexuelle, entraînent un afflux vers le nord de Bogota. Le sexe et la prostitution y sont vus comme un vrai métier.

Le contraste est extrême d'un bout à l'autre des 30 km reliant le nord au sud. Quartier riche ultra moderne, tours design, arènes géantes... plantent le décor du nord serti de forêts et espaces verts à moins que les *tibouchinas** transforment les pentes alentour en magnifiques tapis pourpres. Taxis et vendeurs ambulants attirent le touriste par tous les moyens pour favoriser l'afflux étranger.

Dans le sud ne restent plus qu'aridité, favelas et pauvreté.

Quelle que soit la latitude, le laxisme était de rigueur jusqu'en 2010. Aujourd'hui, la législation plus sévère semble vouloir envoyer un message aux pédophiles étrangers, auparavant intouchables :

– *La prison vous attend !*

En tous cas, en août de la même année, un Italien a reçu une première condamnation, comme client et proxénète, avec une peine de 20 ans de réclusion. Est-ce un signe réellement encourageant ?

La prudence s'impose alors que la législation permettrait depuis des années de sévir et que rien

**Tibouchinas* : fleurs qui poussent autour de 3.000 mètres d'altitude

ne s'est traduit jusque-là dans la jurisprudence. De plus, quelles mesures sont prises par rapport à la prostitution galopante des majeurs ?

Jessica contre une rançon

Encore toute gamine, la torture, elle l'a côtoyée. Jessica est marquée au fer rouge :

« Je vivais chez mon père et ma belle-mère qui tenaient une auberge dans les environs de Bogota. J'avais treize ans quand deux hommes sont venus louer une chambre. Le lendemain après-midi, quand je sors pour la fête de la corrida, ils m'attrapent et me forcent à avaler un verre plein de drogue. Je pars dans le cirage comme rien.

Quand je me réveille, 15 ou 16 heures plus tard, je suis dans une chambre inconnue et bizarre. Il n'y a absolument rien dans la pièce, qu'un vieux matelas par terre, sur lequel je me trouve et un seau, dans un coin. La fenêtre, toute petite est barricadée et laisse passer très peu de lumière, à travers quelques fentes dans les planches.

Tout de suite, j'ai senti qu'on m'avait coupé les cheveux tout court. Avant, ils descendaient jusqu'à la taille. Mais le pire, c'est quand je réalise que je suis toute nue, le corps badigeonnée avec une espèce de teinture marron. J'ai jamais su pourquoi. Paniquée, je me mets à pleurer et hurler parce qu'en plus, je vois que je suis enfermée à double tour.

Mes cris font venir une dame, très sèche. Elle serre les lèvres en parlant :

– *Ça sert à rien de crier. On peut pas t'entendre de dehors, y'a personne à la ronde. Ton père doit rendre une émeraude précieuse qu'il a gardée chez lui. On l'a payée 150 millions de pesos. Tu resteras là tant qu'il l'aura pas rendue ou remboursée.*

Puis un homme jeune entre ; je reconnais un des deux clients de l'auberge. Je perds le sens du temps. On m'oblige à rester, entre un à deux mois, dans cette petite piaule, dans la pénombre. La femme m'apporte à manger et vide mon seau mais ne parle presque pas. Il doit y avoir de la drogue, ou des calmants dans ma nourriture parce que je dors presque toute la journée. Puis, on me bande les yeux. Je pense : « Ça y est, ils vont me zigouiller. » Mais non. On me force encore à boire, je sais pas quoi, puis on me bâillonne et me jette à l'arrière d'une Toyota blanche. De nouveau, je suis complètement shootée. Je sais seulement que je me retrouve dans une très vieille maison, isolée, à la campagne. Il n'arrête pas de pleuvoir et moi, je fais que dormir pendant trois jours. Je me rappelle juste vaguement un autre homme, avec une moustache, qui vient me voir. Il se moque de mon père qui veut pas payer ou rendre la pierre : « *de toute façon, on aura sa peau, et c'est toi, ma jolie, qui nous rapportera les pesos* ».

Quand je suis complètement réveillée, on me conduit dans une autre maison par un souterrain. On arrive dans une cave où il y a un gars, avec une cigarette, brûle les mains d'une femme ligotée, un chiffon dans la bouche, pendant que deux autres la violent. L'homme à la moustache appelle mon père au téléphone, devant moi. Il lui dit que s'il paie pas, il me reverra plus. Je reste huit jours, enfermée dans cet endroit. Mais, moi, on me frappe pas, on me viole pas. On me laisse tranquille. Et puis, on me ramène à Bogota. Là, je comprends qu'on me vend à un hôtel de passe, même si, extérieurement, il a *bon genre*.

On me fait d'abord entrer dans un salon très *spécial*. Il y a une chaise au centre, à laquelle on m'attache. Juste au-dessus, au plafond, est accrochée une chaîne à laquelle pend un espèce de caïman d'au moins deux mètres de long. Je suis terrorisée. En plus, derrière un rideau, j'aperçois quatre types décapités. Plus tard, je me suis dit : c'est peut-être la drogue qui me donnait des hallucinations.

De nouveau, le moustachu téléphone à mon père.

Je peux lui parler mais il reconnaît pas ma voix.

Pendant deux ans, je suis bouclée sur place et je dois *travailler* pour ce mec et les deux autres à un rythme forcené.

Un jour, Jorge, un client de l'hôtel qui vient de mon pays, me reconnaît. Je ne sais pas trop comment il a fait, mais il me rachète et me fait sortir de la galère. J'en crois pas mes yeux.

En même temps, il m'apprend que mon père a disparu subitement, il y a deux ans. On ne sait pas s'il est mort ou s'il se cache.

Je m'installe avec Jorge avec qui je vis pendant six ans et j'ai deux enfants de lui . Mais je vois bien qu'il fait des affaires louches dans sa *tienda* et aussi qu'il retourne dans l'hôtel horrible où il m'a trouvée. Alors je le quitte.

Il me donne quand même un peu d'argent pour que je me loge avec les enfants dans la banlieue sud, en louant une chambre. Mais ça dure pas et très vite, je sais pas quoi faire d'autre que me prostituer pour gagner ma vie et celle des gosses... »

Luz Inès, 20 ans, proxénète

Luz Inès découvre la *profession* à dix-sept ans. Quelques années plus tard, mère de trois enfants, c'est de plus en plus dur de faire vivre quatre personnes.

Elle croit alors trouver LA solution : « Si je faisais ce qu'on a fait avec moi ? Si moi aussi, je montais une maison close ? »

Énergique et débrouillarde, Luz Inès n'a pas froid aux yeux. En quelques mois, elle est à la tête de SA maison. Avec vingt filles qu'elle recrute elle-même. Parfois, elle les revend à des particuliers ou à d'autres *casas de cita*.

Mais, cela ne lui suffit pas.

– *Pour gagner encore plus de fric, je suis partie dans le nord, dans la région des émeraudes. Je savais qu'on y payait davantage les filles, surtout les jeunes. Là-bas, un type m'a aidée à monter mon affaire, avec quinze petiotes – huit ans, neuf ans... jusqu'à treize ans.*

À vingt-quatre ans, ce commerce rentable m'amenait à parcourir le pays dans tous les sens.

Mais quand l'aînée de ses propres enfants atteint l'âge des fillettes qu'elle fait *travailler*, Luz Inès ne sait plus où elle en est. (Cf. suite p.238)

Traite des blanches : Magdalena, destination Japon

Impossible de passer sous silence le trafic des trafics : la traite des blanches. Même si, parmi les milliers de *chicas* rencontrées, Pierre et Raymond ne se trouvent confrontés à ce terrible fléau mondial que dans des cas exceptionnels :

– *Pour ces réseaux, en Colombie, et autres pays d'Amérique du sud, les proies proviennent d'un milieu social moins misérable que la galeria de Bogota, les favelas de Manizalès ou les bas quartiers de Guayaquil. Ces messieurs - dames des grands réseaux internationaux ont leurs secteurs de « recrutement » dans les grandes villes, c'est vrai, mais dans des quartiers plus sélects : hôtels et restaurants de standing, pubs ou discothèques, agences de tourisme, d'emploi, de location... C'est Bogota NORD... que nous ne fréquentions pas !*

C'est de là que vient Magdalena, jeune Bogotana de vingt-deux ans, issue d'un milieu modeste. Elle a tout de même bénéficié d'une scolarisation normale en primaire. Titulaire d'une sorte de CAP commercial, elle a même obtenu une place de vendeuse dans une grande surface.

Un soir, Magdalena sort en boîte avec des amis. Elle y rencontre un jeune homme très séduisant qui semble s'intéresser à elle. La jeune fille est sous le charme.

Ils discutent, dansent ensemble et le garçon lui offre un verre. L'effet est quasi immédiat :

Magdalena se sent mal, a des vertiges...

Elle sort prendre l'air, appuyée sur le bras prévenant –faut-il le préciser ?– de son nouvel ami. Dehors, black-out total, elle perd connaissance.

Des heures et des heures plus tard, quand elle commence à émerger d'un sommeil lourd et profond, il lui semble que son cerveau baigne dans une espèce de brouillard. Hébétée comme une ivrogne au dernier degré, elle ne peut articuler trois mots. Avec peine, elle finit par émerger suffisamment pour réaliser qu'elle vole dans un petit avion, en compagnie de trois personnes inconnues : deux hommes et une femme.

Tandis que l'appareil se pose, elle comprend en entendant la conversation de ses voisins, qui la croient endormie, qu'elle se trouve en Arabie Saoudite. Pour la sortir de sa torpeur, un des individus la secoue violemment. Les jambes en coton, parfaitement abrutie, elle doit se cramponner au premier bras qui se présente pour parvenir difficilement à descendre sur le tarmac de l'aéroport. Aussitôt, on la fait remonter dans un avion, de grande taille cette fois, d'une compagnie... japonaise !

Accompagnée d'un autre inconnu, la jeune fille se trouve embarquée destination Tokyo. Très vite, à nouveau, elle ne se rend plus compte de rien. Il faut dire que, juste avant le décollage, on a gracieusement offert à son palais pâteux et déshydraté une orangeade désaltérante... et stupéfiante !

Dès l'arrivée dans la capitale japonaise, Magdalena est immédiatement conduite dans un hôtel de prostitution, haut de gamme. Elle y reste quatorze mois, sous surveillance rapprochée. Droguée, sans argent ni papiers, elle ne connaît pas un seul mot d'anglais ou de japonais.

Combien sont-elle dans la situation de Magdalena ?
Pour ce que l'on peut connaître, des politiques évoquent le chiffre d'environ 50 000 Colombiennes enlevées, chaque année, pour exercer la prostitution dans d'autres pays du monde !

Rien n'arrête les proxénètes pour développer ce qui n'est autre qu'un cheptel à rentabiliser : enlèvements, intimidations, tortures.

Derrière le narcotrafic et celui des armes, *le commerce d'êtres humains* pour la prostitution, la pornographie, l'esclavage représente, ces dernières années, l'activité la plus... lucrative à l'échelle mondiale.

MACHISME : LA LOI DU MÂLE

Le maître a tous les privilèges

D'un bout à l'autre du monde, quand la loi du mâle sévit, elle produit les mêmes effets. L'ancienne prostituée de Pigalle, Michèle Guéneguen en a fait les frais :

– *Souvent, ça se terminait par une tabassée dans l'arrière-boutique mais, pour moi, qu'une femme soit dérouillée, ça ne me tracassait pas beaucoup. Je me disais : « tous les bonshommes sont pareils, il faut qu'ils cognent. »*

Malheureusement la situation générale de la femme, en Colombie semble parmi les plus difficiles. Le Conseil Présidentiel pour l'égalité de la femme le dénonce, lui-même :

– *Les femmes représentent un des groupes de la population le plus touché par l'injustice, en Colombie.*

Sur tous les secteurs de pauvreté, les *mujeres*, à fortiori les chefs de famille, sont les plus touchées, avec des revenus inférieurs de 20% à ceux des hommes pour un même travail.

Si le contexte social, économique et géopolitique colombien favorise le développement de la prostitution, la déchéance à laquelle les femmes se voient condamnées, provient, notamment, d'une cause plus profonde. Les frères en sont persuadés, catégoriques :

– *Quelle est l'attitude fondamentale de l'homme envers la femme dans le pays ? Voilà la question majeure à poser d'entrée de jeu. Un point c'est tout ! Pourquoi tant et tant de chicas n'aspirent qu'à se retrouver seules avec les gosses ? Pourquoi ce dégoût et cette fuite vis-à-vis du compagnon attitré ? Pourquoi ce rejet unanime, ou presque, du mariage et de toute conjugalité ?*

La réponse tient en un seul mot, international : le MACHISME.

Même s'il vient de l'espagnol, « macho » – détail significatif à relever au pays des conquistadors !– la réalité ne peut être circonscrite à la seule Colombie.

Le petit Larousse est très clair (étymologie latine de *masculus* : le mâle) : *macho se dit familièrement de quelqu'un qui agit et pense en fonction de l'idée que l'homme domine socialement la femme et que, à ce titre, il a droit à des privilèges de maître.*

Les pères Jaccard abondent dans le sens de la définition :

– *Nous avons constaté le comportement orgueilleux des hommes. L'image masculine est valorisée alors qu'on se moque de la femme. Elle est bien souvent vue comme objet de mépris, de plaisir, destiné à satisfaire l'égoïsme du mâle !*

Une constante que l'on identifie dans tous les contextes. Même dans les milieux aristocratiques les plus favorisés, où l'éducation réservée aux filles est particulièrement stricte.

Les crucifix s'affichent dans les demeures tandis que les jeunes filles, jalousement gardées, ne doivent pas sortir seules. En même temps, paradoxe de taille, certains pères, beaucoup moins regardants en ce qui concerne l'adéquation de leur vie avec cette foi chrétienne exhibée sur leurs murs, effectuent des visites prolongées dans les bordels chics des beaux quartiers de Bogota et séminaires de travail intensif... !

Généralisée, la loi du plus fort règne sans grand obstacle. En effet, les fameux privilèges sont, le plus souvent, imposés par la violence. Sévices sexuels ou non, sous toutes les formes, des plus subtils, pervers, aux plus bestiaux.

Les frères découvriront plus tard que 60% des jeunes filles qu'ils ont rencontrées, ont été violées entre deux et dix ans ! Par leur père, grand-père ou beau-père, mais encore par l'individu à qui on les a vendues. Un pourcentage insupportable attesté par Doris, Stella, Catarina et les autres...

Si le plus souvent, l'entourage, très démuni, ferme les yeux, il arrive que des mères se battent comme des lionnes pour leur enfant. Rares sont celles qui ont les moyens de gagner cette bataille de chaque instant.

Trop risqué de vivre avec Sergio

Doris a connu le bonheur de voir sa mère se battre pour elle.
À quel prix !

– « Ma mère, elle est pas du genre à se laisser faire ! Quand mon père me viole à huit ans, elle s'en doute avant même que je lui dise. Et elle attend pas. Elle le flanque à la porte de chez nous :

– *Fous le camp tout de suite si tu veux pas que j'te dénonce à la justice. J'préfère crever de faim plutôt que d'te voir toucher à un cheveu de la petite !*

C'est vrai que, sans la paye de mon père –il travaillait aux Roseraies, près de Bogota nord– on galère toutes les deux ! Dans la journée, ma mère vend du coca-cola et, le soir, elle se prostitue. Elle m'en parle jamais mais moi je devine. Les gamins, ça sent tout. En tous cas, pas question pour moi d'aller à l'école. Des fois, je pique des fleurs fraîches au cimetière pour les revendre dans la rue.

À treize ans, je me mets avec un voisin du quartier. Sergio qu'il s'appelle. Il est Chilio-Colombien et travaille dans un garage. Il nous aime bien et, à l'occasion, il nous refile un billet pour nous aider, avec ma mère. Je le trouve sympa avec nous. Bref, pour finir, on décide de se marier. Mais, deux mois plus tard, voilà qu'il se retrouve au chômage. À ce moment là, la vie recommence à être très dure. Et moi qu'attend un gosse par-dessus le marché !

Désespéré de récupérer un boulot, Sergio se retrouve de mèche avec une bande de voleurs qui revend du matos, genre aspirateurs, télés...

Là, c'est pas tenable ! Faut se cacher, changer de planque tous les quatre matins, de peur que Sergio soit pris par *el bolillo**, ou tué par une bande rivale.

D'alerte en alerte, faut décamper sans arrêt. C'est pas une vie ! Surtout pour mon bébé, que je viens d'avoir. En plus, morte de trouille pour Shirley, ma gamine et pour Sergio, j'en dors plus.

Les voleurs, ça fait pas de cadeau ; ils peuvent aussi bien la descendre pour faire pression sur son père. Plusieurs fois, je dis à mon mari de s'en aller tout seul, mais il veut pas. La pétoche, ça le rend mauvais comme une teigne. Il se venge sur moi en hurlant et en me flanquant des raclées.

À tous les coups, ça fait pleurer Shirley, ce qui le rend encore plus furieux après elle :

– *Cette galoche*, elle sert qu'à me mettre un fil à la patte.*

J'ai plus droit à rien. Faut que je suive tout ce qu'il dit sans broncher. Il me force à faire les paquets, en pointant son flingue sur moi. Après, il fout le camp une fois de plus. À cette période, j'en peux vraiment plus. Je suis à bout.

Alors, un jour, ni une ni deux, je prends ma petiote sous le bras. Juste deux ou trois affaires pour elle et pour moi, et on part rejoindre ma mère. Elle, pas folle, a pris la tangente dès le début. Mais, forcément, c'est dans la *galeria*, à Bogota sud, qu'elle s'est mise.

***** *El bolillo* : la police
* *Galoche* : terme méprisant, au Chili, pour désigner une fille alors que seule la naissance d'un garçon est considérée comme un événement heureux.

Pour moi non plus, y a plus le choix. Sergio, c'est trop risqué de vivre avec lui.

Il a soixante-sept ans, elle en a huit

La petite enfance assez heureuse de Stella ne la protège pas de la loi du plus fort !

– « J'ai pas d'souvenir de mes parents. Petite, j'vis chez ma *tia** Nina, elle est vieille. Elle est très gentille avec moi et me gâte comme une grand-mère. Elle m'appelle son *rayon de soleil* ou sa *petite étoile* à cause de mon prénom. Renversée par un camion quand elle était jeune, elle s'retrouve infirme et toute seule. Elle touche plus qu'une petite pension. Dès que j'suis née, on m'a collée chez elle. On a tout juste de quoi bouffer elle et moi, au quartier des *argilas**. Il paraît que c'est un des plus anciens de Bogota. C'est là qu'elle loue une chambre pour nous deux. C'est tout p'tit mais j'me sens comme un poussin dans son nid.

À huit ans, la cata. Une autre tante que j'ai jamais vue, s'amène avec son mari (ou patron, j'sais pas !) pour me chercher de force. Je m'souviens d'elle comme d'une dame très chic qui sent bon mais mauvaise comme une teigne. Elle fait pleurer ma *tia*. Elle m'jette un sac à la figure et m'fait :

– *Toi, ramasse tes affaires et t'avise pas de faire des comédies. On t'emmène en vacances !* »

Moi, d'abord j'ai pas envie d'partir en vacances et pis, j'comprends pas pourquoi elle pleure comme ça ma *tia* Nina... Ça m'plaît pas : « Quand c'est que j'vais rentrer ? Pourquoi qu'elle vient pas avec moi ma *tia* ? »

– *De quoi j'me mêle ? Écrase et ramène-toi.* »

* *Tia* : tante
* *Argilas* : fabrication de briques d'argile

En fait, j'découvre tout de suite qu'la teigne m'a vendue trois dollars à un cinglé, un « o-c-d » (obsédé) sexuel.

Riche, il est toujours super fringué, mon *cucho**, il a dans les soixante balais. D'où qu'il vient son fric ? Je l'ai jamais vu travailler, mais j'parie qu'il magouille avec les sex-shops.
Son appart., il est tout en haut d'une grande tour à Bogota Nord, 10 e étage. C'est tout plein d'revues pornos là-dedans.

Déjà, il est tout maigrichon, en plus il est chauve et il louche à faire peur. Je l'trouve hyper moche. Mais le pire, c'est que c'est un sadique. Le pied, pour lui, c'est de m'frapper comme un dingue, pour un oui, pour un non, avec une ceinture noire. J'ai tellement mal que j'pleure tout c'que j'sais. Après, il m'vide dessus des canettes de bière, surtout là où ça saigne. Comme j'suis toute nue, ça brûle, ça pique. Et là, il me lèche comme un chien.

Jamais il m'appelle par mon nom. La petite étoile devient *gonzesse* :

– *Gonzesse, fais ci ; gonzesse, fais ça...*

Je dois être à sa botte :

– *Mets-toi bien dans la caboche que t'es à moi. Tu fais ce que je veux, quand je veux, comme je veux* !

À douze ans, il m'fait un bébé de la manière la plus dégueulasse et inhumaine possible. C'est un petit garçon, et on me l'enlève aussitôt à l'hôpital. J'peux même pas le prendre un instant dans mes bras ou même le voir. C'est comme s'il existe pas. Et moi pareil. Personne s'occupe de moi, de ce que j'sens à ce moment. J'sais même pas ce qu'il est devenu !

* *Cucho* : vieux

Pour compléter, le médecin m'opère pour que j'ai plus d'enfants. Je parie que l'*cucho* a mis le paquet. Le flouze, ça a dû y aller.
J'ai toujours rien à dire. Je suis rien. Une chose qu'on trimballe...

Quand j'rentre de l'hosto, j'veux en finir et m'jeter par la fenêtre plutôt que d'rester encore avec ce fou. Comment que j'pourrais prendre mes cliques et mes claques ?

Il continue à me boucler, les clefs quittent pas sa poche. Aussi, j'ai plus qu'une idée : les choper. En fait, pas la peine. Un matin que je regarde la télé – c'est tout ce que j'peux faire avec le ménage – j'entends un bruit de serrure dans l'entrée. Le *cucho* va faire les courses pour remplir le frigo.

La porte se referme. Je sursaute. Pas d'autre bruit de verrou. C'est pas vrai ! Il a pas fermé à clé ? Le cœur battant, je baisse aussitôt le son de la télé et j'attends sans bouger : « il va s'en apercevoir et faire demi-tour ! »

Les jambes flageolantes, je me dirige vers la fameuse serrure. Non, c'est bien vrai, c'est pas verrouillé. Sans réfléchir une minute de plus, je m'précipite dans l'escalier de l'immeuble et dégringole à toute blinde les dix étages. L'ascenseur ? Je sais pas m'en servir et en plus j'ai peur de tomber sur lui si je le prends...

Je cavale toute la journée pour m'éloigner un max. Le soir, je suis morte, je m'endors, planquée sous un banc de jardin public. »
Les tribulations ne sont pas finies mais le pire est derrière elles. (Cf. p.285)

Esclave de Carlos

De l'autre côté des deux Cordillères, orientale et centrale, s'étend Armenia, au même niveau que Bogota. La misère y est identique.

Là, violée à onze ans par le compagnon de sa mère, Catarina fuit la maison. Les bars ou *casas de cita* d'Armenia deviennent ses seuls moyens de survie.

– « Vers quinze ans, je tombe amoureuse d'un *campesino*, de passage en ville, Carlos. Depuis quelques mois, il vit seul dans sa baraque. Il a perdu brutalement ses deux parents dont il est le fils unique.
Sur un coup de tête, il me propose de m'emmener chez lui, dans son village, proche d'Armenia.
La campagne ! Ça me paraît le rêve et la tranquillité. Moi qui connais que la rue et le tintamarre des dancings !

Mais je tarde pas à déchanter. Le village est très pauvre, la maison grande et isolée. Je ne vois personne à part Carlos. Je l'aime, donc au début, je m'en fous. Même de travailler comme une « dingue » pour lui. Cuisine, ménage, lessive... c'est pas de tout repos car y a pas d'eau courante, seulement un puits et un abreuvoir dans la cour. Dès le jour de mon arrivée, la corvée d'eau c'est pour moi. Puis, très vite, Carlos me fourre au potager pendant que, lui, travaille aux champs. Notamment, celui de coca, bien camouflé depuis la route, par une haie de bananiers et de manguiers.

Je le sais, le gouvernement interdit cette culture. Mais quand je le fais remarquer à Carlos, il monte sur ses grands chevaux :

– *Qu'ils nous foutent la paix tes ministres à la con. La coca... y a que ça qui rapporte ! Et ils sont les premiers à la cultiver. Celui qui m'emmerde avec ça, je l'écrase comme un rat.*

Joignant le geste à la parole, il écrabouille un mulot, qui s'aventure sous la table de la cuisine, d'un coup de talon aussi rapide que précis.

Je crois que c'est ce jour-là que j'ai compris combien sa force, que j'admire, peut vite se changer en violence et cruauté. Pourtant, je continue à être prête à tout pour lui !

Puisque je m'en sors pas mal pour la maison et le potager, il m'associe aussi à la culture de la coca :

– *Tu comprends, pour que ça soye vraiment rentable, il faut agrandir le champ. T'as intérêt à m'aider... et pis j'pense à autre chose : maintenant, c'est toi qui vendras les légumes au marché. Ça m'gagnera du temps.*

En l'espace d'une année, je deviens une esclave, 24 heures sur 24. À la disposition de Carlos, de jour comme de nuit.

Le rythme de mes journées devient affolant. Lever à 4 ou 5 heures, coucher à 10 ou 11 heures. Travail non-stop.

Pendant ce temps, Carlos, bosseur jusque là, découvre les bienfaits de longues siestes. Il s'foule plus ! Peu à peu, je remarque qu'il se trouve des excuses de plus en plus nombreuses : il doit se rendre en ville pour *ses affaires*, il a des gens à rencontrer... !

Son exigence grandit de jour en jour :

– *Faudrait aussi que tu r'chaules la maison. On est pas des minables... Quand c'est que tu vas t'décider à réparer la fuite du toit ?*

Une fois, il remarque mon peu d'entrain pour acquérir des poules en vue d'avoir des œufs. Une claque magistrale accompagne sa fureur :

– *Espèce de feignasse ! Tu crois que j'devine pas que tu veux pas t'en occuper !*

Peu à peu, pour le moindre prétexte, il me bat. Toujours plus fort, surtout quand il revient de la ville. Peut-être pour soulager sa conscience qui lui reproche ses *visites d'affaires* qui n'arrêtent pas... J'ai pas de mal à deviner de quoi qu'il retourne... et justement dans le quartier d'où il m'a tirée.

Ou alors, il veut me remplacer par un autre cheval de labour ? Une fille plus costaude ? C'est vrai, je deviens l'ombre de moi-même, hébétée par le manque de sommeil, le boulot, et les baffes pour un oui ou un non. Je suis trop crevée, je vois pas comment je pourrais lui faire un gosse. Et ça, il pouvait pas supporter, ça humiliait Môssieur !

Un soir, au retour d'Armenia, fou furieux, il me balance la casserole de bouillon gras à la figure, sous prétexte qu'il est trop chaud, et me jette dehors :

– *Fous le camp ! J'veux plus t'voir. T'as pigé ? J'sais pas comment j'ai fait pour garder chez moi une traînée pareille. T'es bonne à rien !*

Flic et mac ?

Équateur.

Guayaquil, il est dix ou onze heures du soir. L'étouffante chaleur moite du port relâche son étreinte, faisant place à une petite brise délicieuse, venant de l'océan. Dans le quartier des docks, une rue assez déserte où s'égrènent, tout le long, quelques restaurants et night-clubs.

Au carrefour, croisant l'avenue qui remonte vers le centre-ville, une grosse enseigne lumineuse clignote, inlassable : *Fuente** (en rouge), de *soda* (en jaune)...

Trois *chicas* papotent sur le trottoir, espérant le « client » :

– *Ils vont plus tarder à sortir du resto maintenant. Marlène, file-moi ton tube de rouge.*

– *Pourvu qu'y ait des matelots ce soir ! Même si c'est bagarre et tout le tintouin, ça paie bien.*

– *Bizarre que Sheila soit pas encore là... Son petiot est pas malade au moins* ?

Soudain, tout près, un coup de sifflet strident met fin à la discussion. Ça vient de l'avenue. Et puis, un bruit de galopade. Juste sous la *Fuente de soda*, un jeune gars hors d'haleine débouche, à fond la caisse. Il aperçoit les filles, pile net, semble hésiter un quart de seconde et laisse tomber un objet devant elles. Puis, il repart aussi vite qu'il est venu, reprenant sa course folle à l'oblique, vers une ruelle sombre.

Les trois *tombos**, à sa poursuite, déboulent déjà. D'eux d'entre eux sont face à Marlène qui, intriguée, s'est accroupie pour ramasser la chose dont s'est délesté le coureur. Elle contemple, dans le creux de sa main, une superbe montre d'homme en or :

– *Ben, merde alors ! Y a plein de brillants tout autour !*

* *Fuente* : fontaine
* *Tombos* : flics

Un brutal coup de pied dans le dos lui fait perdre l'équilibre :

– Pas si vite, ma jolie ! C'est ton socio qui te fait des beaux cadeaux comme ça ?*

Sarcastique, et revolver au poing, le policier ricane tout en lui arrachant la montre. Les deux autres, débitant des plaisanteries salaces, passent déjà les menottes à Lili et Gloria :

– Allez ! Ouste, toutes les trois. Le panier à salade n'est pas loin. On a récupéré ce qu'on voulait, mais on va pas se quitter comme ça, ce serait trop triste !

Une nuit au poste, ça fait de mal à personne, sinon ça se saurait. Y a pas plus gentil qu'un flic pour des grandes dames comme vous ! Surtout si elles se montrent bien gentilles... Pas vrai, chérie ?

Le plus âgé, l'œil vicelard, commence à caresser le bras nu de Gloria, avant de pincer sa peau entre ses doigts, avec une lenteur calculée, lui arrachant un cri de douleur.

D'un rire gras et libidineux, il s'esclaffe en regardant ses collègues :

– Oh !oh ! Les gars, vous avez vu ? C'est de la marchandise délicate qu'on ramène ce soir. Faudra bien les bichonner nos princesses !

* *Socio* : petit copain attitré

III.

Le duo retrousse ses manches

« L'Esprit du Seigneur m'a envoyé porter la Bonne Nouvelle aux pauvres, annoncer aux prisonniers qu'ils sont libres, apporter aux opprimés la libération... »

Isaïe 61,1

SANCTUAIRE NOTRE-DAME DE
LOURDES

Acte de confiance en Marie

Béni sois-tu, Dieu notre Père,
D'avoir créé Marie si belle,
Et de nous l'avoir donnée pour Mère
Au pied de la Croix de Jésus.

Béni sois-Tu de nous avoir appelés,
Comme Bernadette,
A voir Marie dans ta lumière
Et à boire à la source de ton Cœur.

Marie, tu connais la misère et les péchés
De nos vies et de la vie du monde.
Nous voulons nous confier à toi aujourd'hui
Totalement et sans réserve ;
De toi nous renaîtrons chaque jour
Par la puissance de l'Esprit,
Nous vivrons de la vie de Jésus
Comme des petits serviteurs de nos frères.

Apprends-nous, Marie,
A porter la vie du Seigneur.
Apprends-nous le oui de ton cœur.

« N'ayez pas peur ! »

Bogota, 1979.
Devant l'urgence, pas question de tergiverser.

Les voilà tous deux sur le terrain de cette nouvelle mission. Ils ne veulent pas traîner pour voler au secours de ces petites *chicas* de Colombie et bientôt d'ailleurs.

Les grandes analyses, les sessions socio-psycho-machin chose, comme disent les frères, ce n'est pas le style Jaccard. Pas plus que les faux scrupules ou problèmes de conscience à répétition ! Ne faut-il pas d'abord une formation spécialisée ou élaborer une catéchèse adaptée à ce milieu spécial... ?

– *Pffff ! Tout ça, ce n'est pas notre truc*, déclare Pierre, *ça ne l'a jamais été, pas plus hier qu'aujourd'hui.*
Comme le disait notre bien-aimé Jean-Paul II, le Grand : « le prêtre, c'est un homme pour les autres. » C'est plus simple, voilà notre ligne de conduite !
Tout en riant, Raymond insiste :

– *POUR LES AUTRES, ça veut dire qu'on ne fait pas dans le détail. Au contraire, « ce que vous avez fait pour le plus petit d'entre les miens, c'est à Moi que vous l'avez fait* (Mt 25,40) *» précise Jésus dans l'Évangile. Alors, pourquoi hésiter devant de pauvres gamines qui en sont réduites à bousiller leur vie pour quelques malheureux pesos ?*

Lépreux relégués ou « personnalités », S.D.F. ou P.D.G., comtesse ou prostituée..., la foule éclectique de leurs amis en témoigne : ils sont des hommes pour tous les autres.

Ça, on ne peut pas dire que le duo coupe les cheveux en quatre !

– *Quand même, le monde de la prostitution, ça fait peur et ce peut être un lieu de tentation, même pour des prêtres !* objectent certains dans l'entourage.

Ces missionnaires seraient-ils de doux rêveurs ? Pourtant, s'improviser chirurgien* pour amputer, avec succès, le pied pourri et gangréné d'un lépreux, et cela des milliers de fois, sans la moindre infection, ce n'est pas le fait d'inconscients.

Outre la guérison, apporter aussi la réinsertion sociale à tous, trente ans durant, dans des pays sur tous les continents, voilà qui démontre, au contraire, une capacité exceptionnelle de réalisme et d'efficacité.

La vérité, c'est que les frères Jaccard sont des hommes de Dieu. Ils aiment, dans le vrai sens du verbe, comme le Christ qui donne Sa vie. À la mesure de ceux qui le suivent vraiment. Ils ont la

*Cf. *Mission impossible sans Lui,* Les frères Jaccard - Le Livre Ouvert, 2011

trempe de celui qui crie : « *n'ayez pas peur !* » au début de son pontificat.
Pourquoi ?
Car ils comptent d'abord sur leur Seigneur et prennent les moyens de leur action : adoration eucharistique, prière, sacrements, chapelet...

Trois, quatre ans après les débuts de leur collaboration avec les Sœurs Adoratrices, un enseignant d'un grand lycée de Lyon les interroge :

– *Comment faites-vous pour tenir* ?

Ils se rappellent encore la réponse :

– *On commence chaque journée, à cinq heures du matin, par un long temps d'adoration devant le Saint Sacrement.* »

Et le *qu'en dira-t-on ?*

– *À vrai dire, sur le coup, on n'y a même pas pensé*, confient-ils ingénument.

Et le risque d'un mauvais coup de couteau entre les épaules dans ce pays, célèbre pour sa *violencia* ?

– *Alors là, c'est vrai. Notre arme à nous, c'est la prière !*
À chaque sortie dangereuse, je m'adresse franco à Notre-Dame-de-Guadalupe, la patronne des Amériques : « écoute, c'est toi qui nous as amenés dans cette galère, s'il te plaît, garde le contrôle de la situation ! » Elle l'a fait. Pas moins que dans l'attentat de Jean-Paul II qui aurait dû en toute logique y laisser sa peau. Le « Totus Tuus » de ce pape extraordinaire m'habite profondément. Je suis « tout à toi » Maman-Marie.
C'est plus fort que la trouille pourtant souvent au rendez-vous ! conclut Raymond avec un large sourire.

Plat du jour : 3 têtes de poisson

Confrontés à tant de drames, insolites et ignobles, le duo voudrait être plus disponible mais il n'est pas question de lâcher les lépreux et handicapés. Les stages de chirurgie et d'appareillage, déjà programmés sur place pour eux, servent donc à double titre puisque, désormais chaque année, ils se prolongent de plusieurs semaines réservées au service des Sœurs Adoratrices et, par leur intermédiaire, des *chicas.*

Lors de ces visites, un autre tandem se forme : frères + sœurs. Ensemble, ils commencent à rencontrer, visiter et conseiller cette multitude de *chicas* de la rue. Il s'agit de les réhabiliter dans la société, mais d'abord à leurs propres yeux, sous le regard d'amour infini de Dieu pour chacune.

Il fait très beau ce matin de mars 1979, et les frères Jaccard, attentifs, suivent une des sœurs. Direction les flancs assez raides, et presque pelés, d'une colline de Bogota, sur la frange méridionale. Malgré l'altitude, la ville s'étale vers les hauteurs.

La jeep franchit les quelques kilomètres. Faisant office de guides, une volée de gamins excités et joyeux encadre Pierre, Raymond et Sœur Luz Maria lorsqu'ils descendent du véhicule, gardé par le conducteur. Le visage paisible, vêtue de son habit gris perle, impeccable, la jeune religieuse mène la marche.

Une première !

De mémoire de *gamines,* on n'a jamais vu un seul *padre francès,* ou même *colombiano*, visiter ce *barrio* ! Pas plus qu'un député, un élu municipal, une assistante sociale... ou même, aujourd'hui, une O.N.G. !

– *Por aquí, padres ! Por aquí* *.

Les enfants, attentifs, signalent tel fossé dangereux, tel terrain glissant.

Soudain, plus aucun semblant de viabilisation, c'est le sud de Bogota.

Le petit groupe découvre les caniveaux inexistants, submergés de déchets entassés en vrac, et l'enchevêtrement anarchique des fils électriques surplombant des taudis hétéroclites.

De guingois, ces cahutes défient les lois de l'équilibre : bouts de parpaings ou briques, planches de récupération, tout est bon pour monter un semblant de chez soi.

Et San Juan José Rondon, c'est le royaume de la tôle ondulée ! À l'horizon, des dizaines et des dizaines de minuscules cabanes métalliques, de 2m50 sur 2, se succèdent, alignées en rangées, par étages à flanc de montagne. Ni fenêtre, ni cheminée.

Ici, même les petits bus ou les vieux pick-up Toyota rouillés ne montent pas plus loin sur ces rues de terre. Ça fait bien longtemps qu'on a oublié le macadam.

Le soleil cogne dur malgré un fond de l'air qui reste frais.

Le trio s'arrête pour souffler, il faut dire qu'il est à 3 000 m d'altitude ! Pierre s'écrie :

– *Sapristi, on doit griller dans ces boîtes de conserve !*

Raymond complète :

* Por aquí, padres... par ici, padres...!

– *Oui, il fait sûrement près de 50 degrés. On m'a dit que la nuit, au contraire, on grelotte ! Pourtant, paraît-il, il ne gèle jamais à cause de la proximité de l'équateur !*

– *Vous savez, la nuit, le thermomètre descend tout de même à 2 ou 3 !* explique Sœur Luz Maria. *De quoi attraper froid facilement, par contraste. Surtout du fait de la malnutrition, terreau idéal pour une tuberculose galopante. Un fléau ici, qui a décimé femmes et enfants.*

Si de cette perspective, la vue plongeante sur la capitale fascine, l'environnement du *barrio* excentré fait frémir. Tout-à-l'égout sauvage, des rigoles nauséabondes s'écoulent sur le sol poussiéreux, et le ravinent çà et là.

En contrebas, une fillette, munie d'une sorte de petit jerricane usagé, tente de le remplir à l'aide d'un tuyau de caoutchouc qui sort de terre. Venu d'on ne sait où ! Une nuée d'enfants l'entoure, sautant parmi l'amoncellement de bouteilles et bidons de plastique encore vides.

– *C'est la fuente* raconte Eder qui s'est instauré pilote du groupe.

– *Ici c'est toujours nous, les enfants, qui cherchons l'eau, parce que c'est raide pour grimper ! On fait la queue à chaque fois, c'est long.*

Fier, il ajoute :

– *Moi, j'ai déjà été très tôt ce matin avec mes deux petits frères. On était tranquilles, y'avait moins de monde. La mama voulait que j'vous guette en bas pour pas vous râter. Voilà, on est arrivés. Chez nous, c'est la dernière casa, là-bas.*

Pour Eder, la cabane qui apparaît devant leurs yeux, c'est sa *maison.*
Bondissant, il devance les adultes, entourés des plus jeunes qui courent en tous sens dans l'étroite ruelle :

– *Je vais prévenir ma mère.*

La sœur explique l'histoire, malheureusement classique :

– *Le mari de Carmen l'a abandonnée avec ses trois gosses. Maintenant c'est Eder le chef de famille. Il prend son rôle très au sérieux,* sourit-elle.

Bien que d'un abord plutôt timide, Carmen se montre aimable et avenante. Son expression accueillante ne cache pas la blessure secrète. Une tristesse profonde sculpte les traits. La fatigue se reflète dans le regard.

Avec une grande simplicité, elle fait le tour du propriétaire. Une tôle ondulée, doublée de lambeaux de polystyrène, fait office de porte. Rabattue sur la façade, en morceaux de zinc rouillés, elle s'ouvre grâce à un tortillon de fer en guise de serrure et de gonds. Les deux frères se contentent de passer la tête par l'ouverture.

Sur le sol en terre battue, un mètre carré de carton sert de plancher. À côté, une large paillasse toute mince occupe la place. Mère et enfants s'entassent, le soir, dans ce réduit sous des semblants de couvertures élimées, plus ou moins en loques, et un vieux couvre-lit molletonné de faux satin fleuri, crevé en x endroits. Une ficelle, tendue en angle, relie deux des cloisons, c'est la penderie, le « dressing » familial, quasiment vide. Le toit, comme les parois, sont tapissés de journaux. Un tuft délavé habille le mur du fond.

Raymond, observateur sensible et attentif, relève intérieurement :

– *Malgré le nombre impressionnant de chiffons enfoncés dans les coins, les courants d'air doivent passer allègrement. En même temps, avec le plafond à moins de 2 mètres, « l'isolation cartonnée» ne risque pas d'empêcher de suffoquer !*

Devant l'air abasourdi des frères, la maman précise :

– *Bien sûr, ici c'est seulement pour dormir. La journée, on est dehors...*

D'un geste de la main, Carmen entraîne le trio derrière la cahute. Une forte odeur de poisson les assaille. L'hôtesse sourit :

– *On a de la chance ! Comme on est les derniers de la rangée, c'est bien ; on a un peu plus de place. Alors, avec deux copines, on a pu rajouter ces tôles en « avant-toit ». Grâce à ça, j'ai une petite cuisine extérieure. Et on mange dans la cour !*

Sous l'auvent de la *cuisine*, ils aperçoivent un petit réchaud à alcool et une bassine en plastique remplie d'eau savonneuse, côte à côte sur une planche, elle-même posée sur des parpaings de béton.

– *Je faisais la lessive,* s'excuse-t-elle.

Quelques vêtements d'enfant défraîchis pendent sur le fil à linge qui traverse la mini courette.

Seule nourriture en vue, sur l'étagère : une assiette d'*arepas**. Raymond s'approche de la gamelle d'où

* *Arepas* : sorte de galettes de maïs sec, pain du pauvre en Colombie et base de son alimentation

émane le fumet et, jovial, soulève le couvercle :

– *Alors Carmen, qu'est-ce-que tu leur mijotes de bon à tes ninos ?*

Les mots s'arrêtent dans sa gorge quand il découvre, atterré, trois têtes de poisson qui surnagent dans un semblant de court bouillon. Décontenancé, il n'arrive qu'à bredouiller :

– *Mais, il n'y en a que trois et vous êtes quatre* !

Carmen replace doucement le couvercle :

– *Oh, c'est pas grave, moi j'prendrai le jus.*

La résidence des *cucarachas* *

Engagée dans une conversation animée avec six ou sept *chicas*, attroupées sur le trottoir à la vue des pères et des religieuses, Sandi lance une invitation :

– *Est-ce que les padres franceses pourraient venir chez moi voir mon petit Willy de six mois qui est malade ?*

En confiance, elle insiste :

– *La résidence est juste au bout de la rue.*

Sandi indique du doigt la zone limite où commencent les taudis de Bogota.

La résidence ? Le nom est pompeux, pourtant rien à voir même avec quelque HLM de basse catégorie, « allée des Mimosas » ou « impasse des Mésanges » en France !

Le bâtiment de trois étages, en briques ou torchis, s'élève, à l'écart, sur un promontoire d'herbes sauvages. Il n'est plus de la première jeunesse, c'est le moins que l'on puisse dire, avec ses

* *Cucarachas* : gros cafards, blattes

lézardes, sa façade lépreuse aux vagues reliquats de peinture écaillée. Plus de volets pour la plupart des fenêtres, aux carreaux de plastique ou de carton. La misère extrême prend les frères à la gorge.

Femmes et enfants, soixante dix-sept personnes ont élu domicile ici, accompagnées de quelques marginaux. Une infecte odeur d'urine et d'excréments accueille celui qui pénètre à l'intérieur. Masquant un décor improbable, les détritus du sol sautent aux yeux : papiers, pelures de bananes ou d'orange, et monticules suspects pris d'assaut par les mouches.

Sandi devance le groupe formé par les religieuses et le tandem, en criant :

– *Amigos ! Les pères français et les sœurs n'ont rien à voir avec la police. Ils ne nous veulent aucun mal. Il faut les laisser passer.*

Elle explique qu'ils sont dans un ancien hôtel déclassé qui sera rasé dans deux ou trois ans.

– *C'est sûr qu'il ne doit plus être tout à fait aux normes !* glisse Pierre à Raymond.

En attendant le propriétaire ne perd pas une occasion de faire du bénéfice. Il organise une location illicite, et donc à l'amiable, pour des locataires sans papiers et sans revenus déclarés. Un risque à courir en cas de descente de police. Mais la solidarité règne et il y a toujours un ou deux gosses chargés de faire le guet.

Au passage, Sandi fait visiter les lieux :

– *Venez voir.*

L'ancienne cuisine apparaît avec son évier en émail ébréché, à l'unique robinet d'eau froide, pour tout équipement ; l'inventaire est terminé.

Sous l'escalier, un recoin minable et nauséabond, sans porte : les toilettes à la turque, immondes, aux murs couverts de traînées sans équivoque. Sandi apprécie le fait qu'il y ait un W.C. à chaque étage, même s'ils sont tous sur le modèle de celui du rez-de-chaussée.

Chaque palier offre aussi, grand luxe (!), une cabine de douche. Sans clôture – pour l'intimité, on repassera ! – sans rideau et sans eau chaude bien sûr. Une grosse pomme d'arrosoir pend, fixée au tuyau rigide qui court le long du plafond.

– *Pour la lessive, il y a un grand bac dehors, derrière la maison, et des fils pour étaler le linge. Alors, avec les autres, on s'organise. À chacune son tour ! Le tout c'est de se dépêcher car à partir de quatre heures de l'après-midi, l'eau est coupée* !

Une vieille femme toute ratatinée, aux épais sourcils sombres, vient d'entrer dans la maison, l'air apeuré ; elle avance sans oser lever les yeux sur le petit groupe.

Sandi l'interpelle en riant :

– *N'aie pas peur, grand-mère, ce sont mes amis !*

Puis se tournant vers ses hôtes :

– *La pauvre, c'est l'ancêtre de la maison et c'est la plus mal logée ! Dans la cave... Je vais vous montrer !*

Un cri perçant retentit, au bout du corridor, suivi d'imprécations hurlées sur un mode très aigu. Avant que les autres ne réagissent, Pierre s'est précipité pour voir s'il faut prêter main-forte. Une silhouette,

à peine visible en contre-jour, s'échappe en courant tandis qu'une *chica*, blanche comme un linge, sort d'une pièce en se tenant le bras. Entaillé, il saigne abondamment. Sandi a rejoint Pierre et s'entretient avec la jeune femme, l'aidant à nettoyer la plaie. Scène de la vie ordinaire, elle vient de recevoir un coup de couteau de la part d'un client, mauvais payeur.
En cinq minutes, on passe à autre chose.

Et la visite reprend son cours. Descente à la cave, comme prévu.

Devant leurs yeux, une pièce borgne, sans aucune aération, des matelas pouilleux couverts de guenilles et vêtements éparpillés... La demeure de l'aïeule de trois jeunes homosexuels, qui profitent du même hébergement avec leurs trois copains. Ils sont sept à s'entasser dans ce bouge.

Les frères s'attendaient à tout sauf à ça.

– *Une résidence surtout pour les cucarachas,* explose Raymond, abattu, en voyant d'énormes cafards se déplacer paresseusement dans le recoin d'une marche.

Le bébé dans l'armoire

La petite troupe suit toujours son guide jusqu'au 2e étage.

Comme au 1er, le long couloir, si étroit, permet à peine de se croiser. De chaque côté, comme des trouées béantes, les chambres. Ici, comme dans l'ensemble de la sinistre baraque, tout ce qui a pu être récupéré l'a été : portes, plinthes, fils électriques, mobilier, literie... Ne reste que le plus miteux ou encombrant.

En cette fin de matinée, les locataires, presque tous absents, les femmes au *travail*, les gosses occupés à traîner dehors, mendier, chaparder, guetter..., tout laisse aux frères le loisir de regarder, sans risquer de gêner, les misérables logis, vides de leurs occupants.

– *Ici, c'est Diana. On peut dire qu'ils sont serrés avec ses quatres ninos ! Une chose est sûre, c'était ça ou le trottoir pour dormir. Alors... ! Mes autres copines n'ont qu'un ou deux gosses, en tous cas pas plus de trois.*

Pierre et Raymond sont atterrés :

– *Ça, des chambres !?*

Ils découvrent une succession d'alcôves d'environ trois mètres sur deux, occupées au mieux par un vieux lit défoncé, ou seulement par un matelas crasseux et troué posé sur le sol. Dessus, en tas, une couverture mitée ou rongée, parfois un duvet usagé sans couleur renforcent l'impression de calamité.

En guise de plancher, des lambeaux de lino, noircis autour d'un petit réchaud à même le sol. Comment font-ils pour faire leur tambouille dans un tel contexte sans mettre le feu ?

Ni table, ni chaise, parfois une encoignure ou une armoire branlante surprend le regard. Quelques clous, ici ou là, ou une ficelle accrochée, permettent de suspendre des vêtements.

– *Et ils s'entassent à trois ou quatre dans ces gourbis !* gémit Pierre.

Sandi s'est arrêtée :

– *Aujourd'hui, c'est Dolores qui garde mon Willy !*

Hier, c'est moi qui avais ses deux petiots pendant qu'elle était au turbin.

La cambuse de Dolores est trop exiguë pour tant de visiteurs. Les frères restent dans l'embrasure et saluent la jeune maman. Elle tient dans les bras un bambin très éveillé et rieur. Dolores, aussi souriante que son petit, a les yeux bouffis de sommeil.
Prévenante, Sandi interroge :

– *On t'a pas réveillée au moins* ?

– *Non, mais c'est ce coquin de Francisco qui m'a pas laissé dormir ! Kiko, viens dire bonjour aux padres franceses,* dit-elle à l'adresse d'un petit bonhomme excité, de deux-trois ans, qui fait mille pirouettes sur la couchette familiale.

– *Et il est où Willy* ? s'étonne Sœur Esther qui cherche des yeux, en vain, le bébé de Sandi.

– *Aqui !* répond Sandi en ouvrant doucement la porte de l'armoire. *J'espère qu'il a pas trop pleuré. C'est ses dents qui lui donnent de la fièvre.*

Du milieu du rayonnage, parmi les couches, elle extirpe avec fierté un adorable poupon qu'elle berce aussitôt.
Devant l'air stupéfait de ses visiteurs, elle ajoute avec une mimique gênée :

– *Ben oui, c'est comme ça qu'on fait quand on n'a pas de berceau et pas de place.*
Avec franchise, elle poursuit :

– *Et quand c'est qu'on reçoit un client... à moins qu'on mette le bébé sous le lit, si on en a un.*

Plus ils découvrent ces détresses sans fin, plus les frères sonnent l'alarme colombienne en France ! Comment soutenir le travail amorcé par les sœurs et qui ne pourra se développer sans aide matérielle ?

– Il faut parler à nos amis d'Europe des besoins de ces femmes qui veulent à tout prix une vie normale. Seules, elles ne peuvent rien. Elles n'ont aucune formation professionnelle. Il faut créer des ateliers pour qu'elles en acquièrent une. La vie de milliers d'entre elles et d'adolescentes continue de se dégrader.

Pouvons-nous faire quelque chose **non** *pas* ***pour*** *elles mais* **avec** *elles ? Cette question, nous la posons très souvent au cours de nos conférences en Europe.*

Ça bouge à Besançon

Et depuis que les amis de l'hexagone sont mobilisés, c'est l'effervescence.
Les traditionnelles journées d'amitié de Besançon, consacrées depuis 1966 aux lépreux et polios, élargissent leur horizon aux *chicas* sud-américaines de la rue et s'étalent sur tout un week-end.
Les témoignages, souvent bouleversants, se succèdent. Cinq cents !

Parmi les invités exceptionnels de tous horizons, les célèbres Jean Vanier, Alexandre Ogorodnikoff*, Nicolas Buttet, Jorge Valls, Tim Guénard, le professeur Lejeune, les Pellerin*... bousculent toujours positivement une assistance en perpétuelle augmentation.

En 1983, Michèle Guéneguen, ex-prostituée au langage vert et à la gouaille parisienne, fait sauter quelques tabous des *bien-pensants*, ouvrant à la compassion. Soixante ans, le visage marqué par la souffrance d'une enfance de misère jusqu'au calvaire d'un esclavage adulte, elle captive

* Alexandre Ogorodnikoff : intellectuel russe chrétien
* Pellerin : famille adoptive de 9 enfants, handicapés moteur ou cérébraux

l'auditoire. Ses paroles font mouche : dix années de trottoir, à Pigalle et Barbès sous la férule barbare de proxénètes, puis rencontre avec des jeunes de la J.O.C.* et c'est le virage à 360° . Elle devient infirmière et consacre toutes ses forces à l'association du Nid.

Une femme de feu

Quelques années plus tard, tout aussi fulgurants, les témoignages des sœurs Esther et Luisa, relatant la vie de leurs protégées colombiennes, réveillent une assistance bien loin d'imaginer de telles conditions de vie. Ils déclenchent une prise de conscience mobilisatrice. Chacun veut participer à la dynamique lancée.

À l'entrée de l'école primaire de ses enfants, devant l'affichette qui annonce leur venue, Pascale s'était interrogée :

– *Si je peux les rencontrer, peut-être qu'elles pourront intervenir pour faire avancer notre dossier d'adoption.*

En effet, elle et son mari, Georges, tentent, depuis plus d'un an, de donner une petite sœur colombienne à leurs trois enfants. Pascale, informée par une amie des frères, instit., des coordonnées de Pierre lui téléphone :

– *Bonjour mon Père, est-ce que je pourrais voir les intervenantes... ?*

Pas le temps d'épiloguer, interloquée Pascale entend :

* J.O.C. : Jeunesse Ouvrière chrétienne

– *Tu veux rencontrer les sœurs de Colombie ? Écoute Pascale, elles viennent loger chez toi demain soir !*

– *Oh !!!!*

Pascale raccroche, ahurie. La familiarité, le tutoiement immédiat, c'est comme s'ils la connaissaient déjà.

Silence.

Puis, c'est la frénésie pour tout préparer : une seule journée pour s'organiser et faire de la place à la maison. Mais le résultat est là, Pascale est heureuse de cette rencontre avec Sœur Esther :

– *Une vraie femme de feu !*

Voilà une prise de contact qui débouchera sur un investissement sans faille de la jeune femme dans l'association *un PAS avec les frères Jaccard.* Elle sait transmettre son enthousiasme, comme à son frère, Philippe, l'actuel trésorier.

Mais, pour l'heure, point d'orgue des festivals, on met en place une nuit entière d'adoration où chacun peut se relayer devant le Saint Sacrement. Le dimanche réunit les centaines, vite devenus des milliers, de participants dans une Eucharistie priante, marquée par la joie. Et c'est bien sur ce socle spirituel que s'ordonnancent les manifestations.

La fourmilière des apprentis pros !

Heureusement, les bonnes volontés sont nombreuses pour une organisation à une échelle qui, d'année en année, ne permet plus les approximations.

Les militaires de la base de Besançon apportent un précieux concours. Ainsi, le colonel Alain prête des containers à eau chaude et de grandes tentes.

Pour la logistique et l'accueil, c'est Jacqueline la grande responsable. Un poste énorme. Il faut dire que, fait rare, chaque festivalier est reçu tout le week-end gratuitement. Logé chez l'habitant ou dans les 200 chambres d'hôtel, offertes par une chaîne. Des congrégations hébergent aussi plusieurs participants.
Le nombre des personnes grandit à vue d'œil et les cinq dernières années, pour faciliter les trajets et diminuer les coûts, les bus de la ville proposent gracieusement le transport de la gare jusqu'au palais des sports, alloué lui-même sans frais par Robert, un grand ami de Zaza.
De plus, non seulement le logement est pris en charge mais aussi les repas !

Par ailleurs, il s'agit de prévoir la collecte de fonds pour l'association du *P.A.S.* Des ventes en tous genres sont donc prévues, une façon pour tous les festivaliers de contribuer, à la mesure de leur portefeuille et générosité, à l'action missionnaire des frères. Là encore, les étalages sont alimentés uniquement par des dons.

La variété et l'ampleur des produits proposés époustouflent.
Chacun peut faire son choix parmi une multitude de gâteaux, confectionnés en grand nombre par Claude, un pâtissier de la ville, les 200 saucisses de Morteau du charcutier d'Avoudrey ou des tonnes de cancoillotte, livrées par la laiterie de Montferrand...

De son côté, Thérèse-Marie, sœur adoptive du

duo, a lancé un artisanat de bougies florales. Avec sa grande discrétion, ce n'est pas elle qui se plaindra des conditions difficiles dans lesquelles elle en fabrique inlassablement des centaines, enfumée dans un réduit minuscule. Elle persévère, plus que motivée par la détresse des protégés de ses frères. Les bénévoles, au dévouement sans limite, se multiplient tels Aline, Jean, maman Germaine, Danièle, la parisienne Marie-Thérèse, Béatrice, Pascale et tant d'autres, connus ou inconnus...

Leur bonheur, c'est la joie des *chicas* qui ne sont pas avares de remerciements et les exploits réalisés à l'autre bout du monde.

Les pères René et Noël, en pleine communion avec les frères Jaccard, apportent leur amitié fidèle, si précieuse.

Zaza manager et réparateur

Xavier, alias Zaza, le jumeau de Raymond, fonce aussi dans l'aventure :

– *OK, j'ai compris ! Je veux bien vous trouver des sous pour votre nouvelle « opération » colombienne, mais pour les démarches, il faudra vous débrouiller comme des grands. Je n'ai pas l'intention d'aller en Colombie ! Primo je ne parle pas un mot d'espagnol, « deuzio » vous me donnez déjà assez de boulot en France et en Afrique. Avec tout ça, mes pendules et mes horloges, ça n'avance guère.*
Ça retarde plutôt ! conclut-il avec son humour perpétuel.

En effet, Zaza, marié, père de famille nombreuse

(huit enfants), est à la tête d'une petite entreprise familiale d'horlogerie dans le Doubs, c'est le missionnaire Jaccard numéro 3. Avec son cœur d'or, il fait des prouesses pour ses frères. Du Cameroun au Tchad, en passant par le Vietnam, il se dépense en mille et une occasions technico-administratives. Mais toute la famille a largement retroussé ses manches, parents compris : « *maman Simone et papa Ernest* », si aimés.

Le management des journées d'amitié de Besançon, Zaza y participe depuis longtemps, comme pour la location de salles chez les sœurs du Refuge..., pour zéro centime.
Mais là, devant la grande misère des petites *mal-aimées* de la rue, débordé ou pas, il craque : d'abord acheter des machines à coudre aux Sœurs Adoratrices. Attention au voltage !

Zaza s'active et répare de ses doigts d'orfèvre toutes les vieilles SINGER, ou autres, hors d'usage de Franche-Comté. Une façon de constituer un début de cagnotte. Mettre plus que jamais toutes ses relations dans le bain, il connaît. À commencer par les vieux copains de classe comme Robert. Il est devenu député ? Tant mieux ! On ne résiste pas à Zaza.

L'ensemble des initiatives permet de recueillir une petite fortune, eu égard aux coûts beaucoup plus modestes de toutes les entreprises à l'autre bout du monde, notamment en Colombie.
Au fil des années, il ne s'agit plus seulement d'y permettre le démarrage d'ateliers d'apprentissage et d'assurer les salaires des formateurs. Les Sœurs Adoratrices passent à un autre stade : la

construction de maisons pour un tarif qui n'a rien à voir avec ceux d'Europe !

Outre les actions au service des lépreux..., les perspectives s'orientent vers les *chicas*, pour permettre à un maximum de changer de vie ! Investissement personnel permanent pour les pères qui donnent des conférences à chaque passage en France, Belgique, Canada, Allemagne... – où les franciscains prennent en charge tous les frais de voyage dans le monde entier– comme chez le père Rolland, de Bonn, supporter fidèle.

Un œuf de Pâques très particulier

Retour à Besançon, gare Viotte.

Pierre et Raymond sont heureux comme des gamins. Le festival a fait un tabac pour les filles de Colombie ! Cette année, la présence de Sœur Esther n'y est pas pour rien.

Dans le sac de voyage de Pierre, une belle liasse de dollars fournit le confort d'un oreiller quand le balluchon est posé sous la tête.

– *Sœur Esther va jubiler !* songe Pierre, *Pas pour elle, mais pour toutes les chicas qui pourront être sauvées.*

Au centre du hall animé de la gare, le duo croise de nombreux amis, venus les saluer avant leur envol ou leur confier quelque message de dernière minute. Chaleureux, comme d'habitude, Pierre et Raymond posent les sacs à terre pour aller au-devant d'eux, les bras grands ouverts.
Heureusement, Pascale est là qui veille, vigilante et amusée :

– À chaque départ, c'est la même chose, je suis obligée de mettre un pied dans l'anse de chaque bagage, dès que les frères tournent le dos. Ils sont aussi insouciants l'un que l'autre !

Plus tard, Pascale se souviendra même :

– C'est comme ça, qu'en Inde, le sac de Raymond qui contenait une caméra pour prendre des films pour les futures conférences, s'est volatilisé en un clin d'œil. Je n'étais pas là pour monter la garde.

Londres, l'heure de l'embarquement approche. Dernier contrôle de douane :

– Rien à déclarer ?

– Rien, répondent en chœur les deux frères. Apparemment la réponse ne suffit pas.

– Passez-moi votre sac, demande le douanier à Raymond qui s'exécute.

– Zut alors ! songe Pierre, *on n'avait pas pensé à ça. Et tout ce fric dans mon bagage... On va me prendre pour un trafiquant de devises ! Ou alors, ils vont se contenter de fouiller l'attirail de Raymond. La vieille caméra, ça ne craint rien.*
Me voilà bien. Sainte Mère de Dieu, ne me laisse pas tomber. Après tout c'est ton affaire ; ces sous c'est pour Sœur Esther et ses pauvres gamines.

Pierre est interrompu dans ses réflexions :

– V*otre sacoche, s'il-vous-plaît.*

– Sainte Marie !... À la grâce de Dieu ! gémit-il intérieurement en la déposant sur le comptoir. Le fonctionnaire fait glisser rapidement la fermeture éclair.

– Aïe ! Aïe ! Aïe !

La pile de billets, rebondie, est là, bien en évidence, emballée dans du papier journal, tenue par un élastique. Le tout trône sur le dessus du pyjama. Entre le rasoir et la trousse de toilette, on ne voit que la liasse, dodue, ostensible, provocante. Comme paralysé par l'appréhension, Pierre a tout de même la cervelle qui carbure à 100 000 volts :

– *Vite, vite. Qu'est-ce que je vais dire ?*

– *Que j'ai complètement oublié qu'on aurait dû faire un virement ? Il n'y a pas plus vrai mais ça ne passera jamais. Faire l'imbécile qui ignore tout ? Ça ne passera pas plus !*

Tout à coup, la stupeur le saisit.

Il observe les gestes du contrôleur qui vient d'attraper le paquet suspect et l'a posé sur la table. En silence, celui-ci inspecte consciencieusement le reste des objets. Le linge est palpé avec soin, la trousse de toilette et celle du rasoir électrique sont ouvertes et examinées attentivement.

Rien de compromettant.

L'homme rentre, un à un, les éléments sortis, vérifie le réveil de voyage. Voilà, tout y est.

Alors, médusé, Pierre voit le douanier qui saisit le paquet de dollars, toujours bien fermé, et le remet en place, benoîtement, comme s'il s'agissait d'une vulgaire tablette de chocolat... :

– *C'est bon, vous pouvez y aller.*

Le tandem remercie en s'efforçant de garder l'apparence de dignes ecclésiastiques. Mais, à peine, installés dans leur siège d'avion, un fou-rire incompressible les secoue. C'est comme s'ils avaient vécu un sketch de Laurel et Hardy !

– *N'empêche*, dit Pierre, qui vient de raconter sa panique intérieure, et son abandon final à la Vierge Marie, *si un jour, j'écrivais mes mémoires,*

j'intitulerais le bouquin : « Mission impossible sans Elle. » Si Marie n'avait pas frappé le douanier de berlue, on n'aurait pas pu prendre ce vol. La facture de notre inconscience aurait été salée !
Et joignant le geste à la parole :

– *Elle a bien droit à un chapelet de reconnaissance,* il tire le sien de sa poche.

– *Même deux,* ajoute Raymond en riant encore.

À l'arrivée, la joie de Sœur Esther fait plaisir à voir. Elle bat des mains comme une petite fille

– *Gloria a Dios, y a su misericordiosa Providencia*!*

Padres, vous vous souvenez du terrain que je vous ai montré l'an dernier, juste derrière le couvent,... avec la misérable baraque de l'abuela ? Je rêvais de l'acquérir pour y construire enfin un bâtiment fonctionnel avec des ateliers pour les muchachas mais la vieille dame ne voulait pas vendre. Et puis, nous n'avions pas l'argent.*
Figurez-vous que la semaine dernière, la grand-mère est décédée. On vient de mettre la pancarte « à vendre » sur sa masure ! Et aujourd'hui, vous jouez aux Pères Noël en apportant les étrennes pour l'acheter !
Sœur Esther jubile.

Pierre et Raymond, tout sourire, sont rayonnants. Pince-sans-rire, Pierre objecte :

– *À la nuance près, chère petite sœur, que vu la saison, plutôt que des étrennes, c'est un œuf de Pâques...*

Celui invisible de la Vierge !

* *Gloria a Dios, y a su misericordiosa Providencia* : gloire à Dieu et à sa miséricordieuse Providence
**Abuela* : grand-mère

Festival d'espérance, version latino

Devant le succès des festivals à Besançon, le duo réagit comme un seul homme :

– C*'est ça qu'il faut en Colombie, avec nos gamines. En l'adaptant évidemment ! Ça sera la bonne occasion d'en rassembler un maximum. Et les sœurs ne demanderont qu'à nous aider.*

Dans la foulée, l'idée fait son chemin rapidement, d'autant plus que les sœurs pensaient aussi à rassembler les *chicas* pour un temps de détente et de fête, spécifique pour elles. Qu'elles puissent toutes se découvrir aimées.

Une première inattendue à Manizales

1988 – Mettre en place de vraies réjouissances, alors que la prostitution bat son plein, ne risque-t-il pas d'être vécu comme une provocation ? Le contexte est, pour le moins, inattendu !

Tout commence par une invitation soignée, adressée à chacune des 80 filles conviées par Sœur Gabriella qui connaît la plupart.

Sur le petit mot, en belles lettres :

*JOURNEE DE LA ESPERANZA Y LA AMISTAD**
Tu as beaucoup de prix aux yeux de Dieu.
Il t'invite chez Lui pour une grande fête.
Nous aussi, nous t'attendons.
Les Sœurs Adoratrices et les Pères Jaccard

Objectif : se retrouver dans une ambiance amicale, tranquille, de Paix et d'Espérance.

– *Eh ! Les sœurs organisent une fiesta*, c'est pour tout le monde. Viens. Tu verras, ce sera sûrement sympa. C'est pas tous les jours qu'on peut avoir la paix et être entre copines. Tout est gratuit... et puis, les sœurs et les frères, ils sont super.*
Le bouche-à-oreille fonctionne, les 80 *chicas* se retrouvent 138 au rendez-vous.
C'est la Fête !
Dans une telle journée, l'accueil chaleureux est crucial.
Une fois de plus, tout est soigneusement préparé. À l'entrée, on épingle sur chacune d'elle une étiquette avec son nom.

Après la présentation et les chants de bienvenue, comme d'habitude, tout démarre à la chapelle où elles sont *chez elles*. On ne lésine pas sur le décor : fleurs, lumignons sur de jolies nappes...

Chacune veut raconter sa nouvelle vie. Certaines souhaitent expliquer pourquoi elles se sont senties obligées de retourner dans les maisons closes, ou seulement parler un peu. D'autres, nombreuses, désirent se confesser auprès d'un des frères :

* *Journée de la esperanza y de la amistad* : journée de l'Espérance et de l'amitié
* *Fiesta* : une fête

– Nous essayons de parler comme le Seigneur l'aurait fait à notre place et nous les bénissons. Beaucoup sont émues aux larmes...

Le moment du repas est soigné. Même avec simplicité, on s'attache à gâter les invitées !
Trois cents femmes de la rue se bousculent, émues de pouvoir marquer leur reconnaissance.
Certaines ont apporté des petits cadeaux tout simples mais préparés avec tant d'amour : une fleur, des *arepas*... ou, plus spectaculaire, les broderies de deux chasubles largement décorées avec soin, de symboles religieux.

Les frères sont profondément heureux.
Remués, ils se rappellent leurs cinquante ans de sacerdoce, le Jeudi saint 2003, lors d'un de ces festivals. C'est l'excitation dans la grande salle des sœurs ! Comme dans une grande famille.

– L'amitié des sœurs et de nos amies de la rue est le plus beau cadeau.

Le clou, c'est l'Eucharistie

Le clou de ce moment exceptionnel, c'est l'Eucharistie où toutes prient avec ardeur. Le poumon de la journée où elles puisent force et respiration.

Pour les *chicas* qui "renaissent", grâce au grand effort d'apprendre un métier, l'offrande du pain et du vin "*fruit de la terre et du travail des hommes*", c'est une résurrection !

Elles sont toujours touchées au plus profond par ces phrases de Jésus qui donnent l'espérance : "*Ce ne sont pas les bien-portants qui ont besoin du médecin mais les malades. Je ne suis pas venu appeler les justes mais les pécheurs* » (Mc 2,17). Celles qui signifient la Miséricorde les remuent particulièrement : « *Moi non plus, Je ne te condamne pas, va en Paix.* » (Jn 8, 11). Elles s'identifient à Marie-Madeleine comme à la femme adultère :

– "*Sa vie, c'est la nôtre !* "

Une bouffée d'air frais !

La Parole de Dieu les touche au fond de l'âme. Vivant dans un monde où le faux et le mensonge sont rois, elles ont l'intuition du geste vrai et de la parole qui sonne juste. Inconsciemment, elles cherchent la Vérité, Jésus.

Les intentions de prière viennent du cœur et les pères s'associent aux demandes :

– *Seigneur, on t'offre nos vies... et nos péchés. Mais on sait, avec les copines, que Tu nous aimes. Aide-nous à trouver un travail pour nourrir nos gosses et avoir une vraie vie.*

Et la prière s'achève en demandant à la Vierge Marie d'être un peu comme Elle :

– *un Pont conduisant au Ciel ceux qui sont sur la terre,*

– *la bienveillance de Dieu pour les pécheurs**...

Jugement sans appel : la joie unanime des participantes est à la mesure du succès remporté. Dès la fin de la journée, on espère déjà la suivante ! Initiative qui se répand dans différentes villes et revient régulièrement. Les frères savaient, lorsqu'ils ont lancé l'opération, qu'elle correspond à un besoin :

* Extrait de l'*Hymne Acathiste*

– *Des centaines de femmes tiennent à y venir. C'est pour elles un grand bonheur, surtout de participer à l'Eucharistie célébrée exprès pour elles et leurs enfants.*

Elles reçoivent la grâce de vivre intensément la messe. Souvent, c'est là qu'elles décident de sortir du milieu en allant dans les ateliers. Beaucoup se confessent. Quelques filles, préparées par les sœurs, demandent à faire leur première communion.

Constat régulier :

– *C'est toujours pendant les messes que se vivent les expériences les plus fortes, visibles, sensibles ou non.*

Des perles

Une fois, Raymond présente l'ostensoir où l'on expose Jésus-Hostie. Chacune embrasse tendrement la lunule de verre qui s'empourpre... de tous les rouges à lèvres !

D'abord amusés, les frères pensent ensuite au sang du Christ qui a donné Sa vie.

– Bogota 2006 – Alors qu'elles sont 400 à attendre les Padres pour une célébration, le duo demande à Maria Dolores – 19 ans – de lire une des plus belles pages de sainte Thérèse de Lisieux, une sainte que toutes aiment beaucoup, sans trop la connaître, parce qu'elle donne de l'espoir... : « *Moi si j'avais commis tous les crimes possibles, je garderais toujours la même confiance...* »

Émue, la jeune lectrice s'exécute :

– "*J'ai toujours désiré être une sainte. Mais j'ai toujours constaté qu'il y a entre eux (les saints) et moi la même différence qui existe entre une montagne et un grain de sable. Je puis donc, malgré ma petitesse aspirer à la sainteté. Me grandir est impossible, je dois me supporter telle que je suis, avec toutes mes imperfections.*

Mais je veux chercher le moyen d'aller au Ciel par une petite voie bien droite, bien courte :

une petite voie toute nouvelle.

J'ai cherché dans les livres saints et j'ai trouvé : Si quelqu'un veut être tout petit, qu'il vienne à moi !

Aussi, j'ai voulu savoir ce que vous feriez au tout-petit, ô mon Dieu, qui répondrait à votre appel. Alors, j'ai trouvé : "Comme une Mère caresse son enfant, ainsi je vous consolerais, je vous porterais sur mon sein et je vous balancerais sur mes genoux". Ah, jamais paroles plus tendres, plus mélodieuses ne sont venues réjouir mon âme. L'ascenseur qui doit m'élever jusqu'au Ciel, ce sont vos bras, ô Jésus ! Pour cela, je n'ai pas besoin de grandir, au contraire, il faut que je reste petite, que je le devienne de plus en plus..."*

Pendant l'écoute de ces lignes de feu, le silence est si profond qu'on entendrait une mouche voler. Raymond en est encore ému :

– *Quand Maria Dolores rend le livre, des larmes ruissellent sur ses joues ... et aussi sur les nôtres. Thérèse bouleverse le cœur des petits.*

C'est la première des journées d'exception de Bogota, et les frères Jaccard apportent les bijoux, à la seule valeur affective, donnés par Marie, dix-huit ans, lors d'un festival en France :

– *Je n'ai pas d'argent, mais votre conférence m'a*

** Manuscrit C*

secouée. Je ne peux pas rester sans rien faire. Ces filles dans la prostitution, elles sont comme des petites sœurs. Voilà tout ce que j'ai. C'est pour elles. Vous les leur donnerez, en signe d'amitié et d'affection, même si je ne les connais pas.

Montre, collier, bracelet et boucles d'oreilles, elle a tout donné.

Parole tenue, à l'autre bout du monde les pères déposent les trésors sur l'autel, au cours de la messe. Après le témoignage d'une ado qui raconte son calvaire, le duo lui propose de choisir un souvenir...

Émue aux larmes, elle s'exclame :

– *Non, c'est à ma sœur, qui a encore plus souffert que moi, de prendre un bijou. Viens Francesca !*

À son tour, Francesca prend la parole et s'adresse en souriant à une troisième dans l'assemblée :

– *Ce n'est pas plus à moi de l'avoir. C'est à toi, Luz Inès, parce que tu nous as permis de nous libérer de ce monde-là !*

Et c'est encore pendant l'Eucharistie que le tandem transmet aux 600 filles de Bogota le message d'amour du pape Jean-Paul II : « *Allez leur dire que l'Église et moi, nous les aimons !* »

Un silence profond accueille cette parole. Les cœurs, touchés à l'extrême, ne trouvent plus de mot.

– *Quoi ? L'Église se préoccupe de nous ! Le pape nous envoie son soutien, de la part de Jésus !*

L'émotion est palpable. Quelle importance capitale pour ces parias qui ne se voient que comme rebuts de l'humanité.

Cour de re-création B.C. - B.G.

Au *20 de Julio* *, chez les sœurs, les choses bougent !

On se croirait dans quelque *very select british college*. Deux portiques ornés de balancelles, lancées à toute volée, sont investis par les pensionnaires de la maison pour adolescentes. En jupe plissée écossaise, chaussettes et pull-over bleu marine, elles jouent au ballon. L'une d'entre elles éclate de rire comme une petite fille, tandis que son joli kilt rouge renforce cette impression enfantine.

D'autres *chicas*, plus âgées, arborent le même style BC-BG : jolies robes, coiffures soignées, parfois ongles peints, bijou ou maquillage presque inexistant. Chacune a tenu à se faire belle, dans la plus grande simplicité, sans la moindre trace de vulgarité.

Cette classe, cette dignité... rien qui laisse supposer leur cadre de vie quotidien. Qui imaginerait qu'elles passent des troquets les plus infâmes au taudis familial ? Le contraste est a-hu-ris-sant !

Bien sûr, les sœurs, n'y sont pas étrangères. Elles font souvent office de lingères pour ce genre d'uniforme, de même que différents organismes sociaux caritatifs, comme le BIENESTAR, qui s'occupe des orphelins.

Aujourd'hui, on perçoit tout de suite l'ambiance superbe qui règne dans la belle cour fleurie qui longe le couvent des Sœurs Adoratrices. Un espace tout en longueur qui laisse largement la place de se

* *20 de Julio* : adresse de la maison mère des Sœurs Adoratrices de Bogota

divertir. Sur la petite pelouse, sans l'ombre d'un arbre, entre les plates-bandes de roses, épanouies dans toute une gamme de couleurs, ces *muchachas* commenceront un vrai déjeuner sur l'herbe. Voilà les invités d'honneur du jour.

D'où qu'elles viennent, toutes celles que l'on a pu rassembler sont là pour la journée de fête et de détente autour des *padres franceses*. Un mini festival à la colombienne, spécial pour ces quarante *chicas*.

Certaines étaient encore actives dans la rue, ce matin. Quelques familières des sœurs les ont persuadées de venir avec leurs bambins. Elles croisent les apprenties des tout premiers ateliers professionnels de couture que l'on vient de créer. D'autres viennent de tirer un trait définitif sur leur ancien *gagne-pain* et exercent, depuis peu, mille et un petits boulots informels.

Enfin, les collégiennes (12-14 ans), en rattrapage scolaire ou cours d'alphabétisation conçus spécialement pour elles, peuvent y assister. Elles sont là au grand complet.

Faute d'orchestre, Padre Ramon met la main sur la guitare de Sœur Magdalena. Trop content de pouvoir enfin en jouer – en Afrique, il n'en était pas question avec les lépreux sans mains...– il essaie quelques accords rythmés tandis que les *chicas* chantent, claquent des doigts, façon castagnette, frappent des mains. Chacun s'y met, l'ambiance s'égaie tout naturellement. On reconnaît les ascendances sud-américaines, qu'elles soient Espagnoles, Africaines ou Amérindiennes. Chacune, musicienne dans l'âme, se révèle aussi danseuse innée : deux adolescentes esquissent les pas d'un paso-doble, d'autres s'initient aux passes d'un rock endiablé...

Heureuses devant cette joie simple, les sœurs font le service, le sourire aux lèvres, apportant des plats joliment décorés, embrassent l'une ou l'autre au passage, lancent un chant populaire...

– *Manita, besos, besos* !* clame un petit bonhomme de trois ans, aux cheveux noirs de jais et au teint caramel, venu se réfugier dans les bras accueillants de Sœur Esther.

Sous une grande ombrelle bleue, Pily chahute dans l'herbe avec un jeune chiot tout fou. Corsaire turquoise et cheveux courts encadrant une frimousse criblée de taches de rousseur, tout renforce son allure de pré-ado, garçon manqué. Pourtant la première impression s'estompe vite à la vue, tout contre elle, d'une petite poupée vivante de neuf à dix mois, toute de rose vêtue. Pily est une jeune maman de quinze ans.

Tout à l'heure quand la caméra immortalisera les unes et les autres, Pily exhibera fièrement sa petite Dolly, à bout de bras, la couvrant de baisers tendres.

Pendant ce temps, Pierre se déplace de groupe en groupe, lance une blague, raconte une anecdote ; il a toujours le mot pour rire et les mimiques qui l'accompagnent. Il déambule aussi, attentif et paternel, avec telle ou telle qui lui confie ses problèmes et ses soucis. Peut-être fabule-t-elle ? En rajoute-t-elle un peu, pour se rendre intéressante, à tout prix ? Pour qu'on s'occupe d'elle.

* *Manita, besos, besos !* : petite sœur, bisous, bisous

Jamais dupe, Pierre écoute gravement et conseille. Il exhorte ou taquine... comme un père avec sa fille :

– *Elles nous appellent toutes « papa »* », raconte-t-il. *Parmi celles que nous avons rencontrées, aucune fille n'a connu de vraie famille stable, source d'équilibre affectif et moral. Aucune n'a connu de père digne de ce nom.*

C'est bien par là que commence donc notre priorité : re-créer en elles une image juste du père, de la mère, d'une collectivité sociale fraternelle dont elles ne soient pas exclues ou marginalisées. Faire exister devant elles et avec elles, le partage, l'amitié, l'espérance et la joie de Dieu ! Voilà l'urgence en dehors, bien sûr, de l'Eucharistie. Tout cela dans la détente, la récréation, pour elles qui ignorent la réalité des mots : vacances , pique-nique, fête.

À la fin de chaque séjour, j'ai le cœur terriblement broyé de savoir que « el recreo », c'est terminé pour elles. Bon nombre de ces gosses vont de nouveau être livrées en pâture à des « clients », candidats eux-mêmes au désespoir et partisans du mépris.

Oui, les voir repartir dans la gueule du loup est insoutenable, et le tandem frères-sœurs accepte aussitôt l'idée qu'on leur soumet...

La Japonaise

De qui vient l'initiative ?

– *Des chicas ! Surtout de celles complètement sorties de la galeria. Elles n'arrêtent pas de nous supplier*. On entend sans cesse : « *Padre, je peux pas être heureuse tant que j'ai des copines qui bossent à la Japonaise ! Venez les voir. Faut les encourager.»* Ou encore : « *vous savez, la patronne du Joli Bonheur, elle est pas mauvaise. Elle au moins, elle était toujours réglo sur le tarif. Vraiment, elle voulait que je soye tirée d'affaire un jour. J'suis sûre qu'elle serait même contente que vous veniez parler aux filles.* » ou : « *hermanita, ça suffit pas d'aller dans la rue chercher les chicas pour leur apprendre un métier, ici ! Et celles qui sortent jamais alors ? Ou qui sont bouclées à la casa de cita... Toutes, elles auront pas ma veine d'entendre parler de vous par une copine de copine !*

Un après-midi, le pas est franchi !

Rosario, l'une des plus dynamiques et entreprenantes de l'atelier informe Sœur Esther :

– *Je suis retournée à la Japonaise. Juste pour voir la patronne. On est restée amies toutes les deux. Alors, voilà, c'est d'accord pour que les padres viennent causer aux filles. Et aussi avec les sœurs ! Allez, y a pas le choix, avec Marta Lisa et Cristina on va vous conduire !*

Le jour J arrive :

– *Celui de s'enfoncer dans la gueule du loup*, blague Pierre qui appréhende pourtant. Il est quatre heures de l'après-midi et la petite troupe s'ébranle : pères, sœurs et trois *chicas*. Direction une rue animée de la *galería*, à 10 minutes du « 20 de Julio ». Les filles s'arrêtent à la hauteur d'une de ces petites cabines téléphoniques, orange vif, dont Bogota commence à se parer. La ville se modernise.

– *C'est là.*

À côté d'une échoppe au maigre étal – de *frutas del país* *– à même le trottoir, Rosario indique une façade aveugle, toute peinturlurée de noir et rouge. Le dancing fait l'angle d'une obscure ruelle en cul-de-sac sur laquelle s'ouvre la porte d'entrée.

Aussi sombre que les murs, une enseigne peu reluisante la surplombe. Une main malhabile a tracé, à la peinture jaune citron, les lettres de *La Japonaise.*

Deux marches, et le groupe précédé par le trio des *chicas*, pénètre dans la salle. Pour les sœurs, comme pour les frères, c'est le choc. Ils ont la sensation de recevoir un coup de massue sur le crâne : musique à crever les tympans, tourbillon de lumières aveuglantes dans la pénombre... Les odeurs, mêlées de sueur et de tabagie, associées aux vapeurs d'alcool, leur donnent la nausée.

Une impression *saisissante* se souvient Pierre :

– *Pour un gars de soixante ans qui « sort en boîte » pour la première fois de sa vie !*

Au milieu de la pièce, sous les flashes des spots, une douzaine de filles, sidérées, arrêtent pile de se trémousser sur le plateau central, un peu surélevé. Bikinis fluos à paillettes, ou pagnes à franges courtes, couvrent à peine les danseuses. Quelques hommes, à moitié ivres, attablés autour de l'estrade grossière, boivent leurs verres de vodka, rhum ou quelque tord-boyaux local, comme la *chicha**.

À gauche, derrière un semblant de bar en

* *Frutas del país* : fruits du pays

* *Chicha* : alcool populaire à base de farine de maïs et de mélasse fermentées fabriqué originellement par les Indiens Chibcha. Sa production est officiellement interdite depuis les années 50.

formica, assorti aux couleurs de la façade, une matronne outrageusement maquillée supervise son monde.

– *C'est Daisy, la patronne* crie Cristina à l'oreille des frères.

Difficile de se faire comprendre avec tout ce barouf. Peine perdue pour Pierre qui décrypte complètement de travers les mots hurlés. La « Dondaine » restera..., qualificatif qui n'a plus rien à voir avec le nom d'origine.

À leur entrée, la stupeur se lit sur le visage artificiel, bientôt remplacée par un large sourire carmin. Flattée d'accueillir des VIP : « *même qu'ils sont passés à la télé au Mexique, c'est dire !* », la dondaine pourra se vanter de les avoir invités à la Japonaise... !

Elle n'attend pas pour réagir. Brusquement, elle pivote sur son siège. Clac, d'un coup sec, elle abat le levier d'un vieux compteur électrique cloué au beau milieu de l'étagère des alcools. Deuxième virevolte en arrière du haut tabouret amovible. Cette fois, l'imposante occupante enfonce un pouce, à l'ongle vernis, sur la touche du magnéto diffusant un jerk endiablé.

Ahurissant !

En un quart de seconde, black-out total, ou presque, et silence instantané. Les danseuses, ruisselantes de sueur, sont figées sur place tandis que les clients, passablement imbibés, sortent de leur torpeur.

Dans la lueur blafarde des deux méchantes ampoules restées allumées, tous médusés, braquent le regard sur les visiteurs insolites :

– *Ils nous prennent pour des extraterrestres !* chuchote Raymond, *mets-toi à leur place ; deux religieuses en habit, avec leur voile,... et nous avec nos grandes croix sur la poitrine ! Dans un endroit pareil... le moins que l'on puisse dire, c'est que cela a de quoi surprendre !*

Il faut reconnaître que malgré le cadre lugubre – on se croirait dans un souterrain – et le contexte sordide pour ces pauvres *chicas* épuisées, exploitées, maltraitées... la scène présente pourtant un petit côté burlesque. Surtout quand, froufroutante dans sa robe rouge et blanche, à plis soleil, la plantureuse *souveraine de la Japonaise* s'extirpe de son bastion. Pince-sans-rire comme d'habitude, Pierre susurre entre les dents :

– *Bizarre, je ne voyais pas les geishas comme ça* !

Avec autorité, l'auguste patronne s'avance au milieu de la salle et monte énergiquement sur le podium. Elle se tourne vers la clientèle hébétée, son public. Sa main potelée aux ongles ripolinés prend la pose sur l'ample décolleté. Alors, la bouche en cœur, elle minaude :

– Et maintenant, les célèbres *Padres franceses* vont nous faire une petite conférence.

Ravie de son show, la présentatrice improvisée redescend moins brillamment de son piédestal. Elle trébuche, rétablissant de justesse l'équilibre instable d'une coiffure très élaborée et s'empresse de faire acte de civilité en invitant les *célébrités* à s'asseoir.

Au passage, elle interpelle avec vigueur un probable familier de l'endroit :

– Pousse-toi un peu Nando ! Tu vois pas que tu prends toute la place ?

L'intéressé obtempère sans broncher. On ne s'oppose pas à la maîtresse du lieu.

Pendant ce temps, les filles se sont regroupées, assises en ligne sur le rebord de l'estrade, à peine plus haute qu'une marche d'escalier. Très gênées de se trouver en tenue si légère devant les religieux, elles cherchent la meilleure posture pour préserver une pudeur qui n'a pas disparu.

Les sœurs ont mal pour elles, elles remarquent l'une d'elles qui s'est hâtée de récupérer un foulard sur le dos d'une chaise. Elle l'étale sur ses cuisses. Une autre se couvre la poitrine avec ses longs cheveux qu'elle ramène devant. Tout révèle en quoi elles se sont retrouvées embarquées dans l'affaire, malgré elles. Elles sont loin d'être des professionnelles. Les pères, tout naturellement attentifs à la discrétion de leur regard, sont frappés par leur qualité d'écoute.

Ils commencent par présenter leurs missions auprès des lépreux et handicapés dans tous les coins du monde. Les *chicas* sont subjuguées. Quoi ! Ces prêtres qui ont fait le tour du globe viennent les voir, elles. Pourtant, elles ne sont rien ! Rien que des p... du fin fond de la *galeria* !

La *dondaine* qui a regagné son poste de pilotage se rengorge. Mais, très vite, Pierre commence sa « vraie catéchèse » en espagnol :

– Toi, comment tu t'appelles ? T'as des enfants ? Et toi, combien ? Et toi, un bébé ? Je suis sûr que c'est le plus beau du monde ! Il est chez une copine

jusqu'à ce soir. C'est ta grande fille qui garde les petits frères ?

– Et toi ? Et toi ?... »

Les visages se sont apaisés, comme pacifiés. La détente est totale dès qu'on aborde la question de leurs enfants.

La *prédication* reprend :

– on est venus vous dire la tendresse de notre Père du Ciel pour chacune de vous...

Dans l'espace enfumé, envahi par les vapeurs d'alcool, une grande fille ambrée, à la peau délicate, se met à sangloter. Jamais personne ne lui a parlé ainsi ! Comme une mère pour son enfant au bord du désespoir.

– On ne va pas abuser de la bonté de Madame la directrice (elle glousse d'aise), sans ça elle ne nous laissera pas revenir lors d'un prochain voyage en Colombie.

Et maintenant, avant de se quitter, on va dire une prière pour vos enfants. Vous voulez bien ? Une prière à la Lupita * *pour qu'elle les protège et les bénisse. Qui est-ce qui connaît l'Ave Maria ?*

Quatre ou cinq bras se lèvent, hésitants.

– Bon alors, on va tous le dire ensemble. Celles qui l'ont oublié, ça va vous revenir ! Et vous pourrez l'apprendre aux autres... La Lupita, c'est une maman comme vous. Elle sait tous vos problèmes et ne demande qu'à vous aider ! C'est aussi notre maman à tous. Qui ne sait pas ça au Mexique et dans toute l'Amérique du Sud, à commencer par la Colombie ?

* *Lupita* : diminutif affectueux donné à Notre-Dame de Guadalupe dans toute l'Amérique du sud

Lentement, Raymond amorce :

– *Dios te salve Maria**...

L'entracte catéchétique est terminé. Les visiteurs vont se retirer, non sans avoir – en ce qui concerne les frères – donné quelques poignées de main aux clients qui n'ont pas bronché, avachis. Un peu plus imbibés par le verre supplémentaire, ou les deux, absorbés durant la *conférence.*

Avec un grand sourire, enjoué, Raymond s'approche du fameux Nando houspillé par la patronne :

– *Adios amigo !*

– Il poursuit en français : *« tu n'as pas dû comprendre grand-chose à ce qu'on a dit. En tous cas, je préfèrerais ne pas te retrouver là la prochaine fois... Tu ne sais pas que tu bousilles ta vie et celle de ces pauvres gamines ! ? »*

Plus abruti que jamais, le bonhomme reste interloqué. Il n'a compris que les deux premiers mots évidemment et tend gauchement une main molle. Pendant ce temps Pierre se répand en remerciements auprès de Madame la directrice, perchée sur son tabouret ! Le sourire luisant s'étire d'une oreille à l'autre :

– *Mais l'honneur est pour moi, Padres ! Revenez quand vous voudrez pour nous parler.*

Un coup de croupe à pois blancs, et le siège virevolte de nouveau. Un poignet dodu, cerclé d'un lourd bracelet en or, à breloques cliquetantes en veux-tu en voilà, se tend vers la manette électrique. Trois doigts, richement bagués, campent déjà sur la touche play de l'appareil.

* *Dios te salve Maria* : Je vous salue Marie

Et c'est reparti !

La reprise *son et lumière* sera synchro cette fois.

*Hasta pronto** !

Quelques chanceuses, munies d'une permission spéciale sans doute, se sont hâtées d'enfiler jean et tee-shirt et rejoignent la petite troupe déjà dans la rue.

– *Pourquoi vous restez pas avec nous à Bogota, Padres ? Vous pourriez baptiser nos gosses et nous faire le caté. On sait même pas prier...*

Les larmes jaillissent, coulant le long des joues de la porte-parole. Aussitôt, prenant la relève, Sœur Esther répond affectueusement :

– *Écoute Betty,... c'est bien ça ? Oui, je me rappelle ton nom – et aussi vous toutes – les padres franceses reviennent tous les ans et vous les verrez plus longuement, si vous le voulez. Ils peuvent vous aider dans votre vie. Et puis, si on est là tous ensemble, c'est pour vous dire aussi que chez nous vous pouvez apprendre un métier. Vous pourriez quitter la galeria, si vous voulez,* insiste-t-elle.

Rosario et Marta Lisa interviennent avec force, pour appuyer ce que vient de dire la sœur :

– *Oui, venez ! Faites comme nous ! Restez pas dans cette galère. Avec un vrai boulot, on peut nourrir nos marmots et se passer des mecs, de leurs cochonneries et de leur alcool.*

La distribution de petits tickets avec l'adresse du couvent se fait en un éclair, de main en main. Une phrase saute aux yeux sur les papiers : « Si tu veux apprendre un métier : coiffure, couture, broderie...,

**Hasta pronto* : à bientôt

viens dans nos ateliers créés pour toi. Tu auras un vrai travail pour vivre et envoyer tes enfants à l'école. »

Avoir un cœur qui écoute

"Celui qui répond avant d'avoir écouté
fait un acte de folie et s'attire la confusion"
Proverbes 18, 13

La détermination du duo croît sans cesse et leurs passages sont bien employés : pas une minute des trois semaines, habituelles maintenant, n'est perdue. Évaluer comment le P.À.S. peut soutenir les superbes actions engagées, aider les *chicas*, soutenir les sœurs... ils ont largement de quoi s'occuper :

– Parfois, des groupes de 10 à 15 filles demandent à nous rencontrer pour échanger sur leur vie et leur désir de "s'en sortir". Nous voyons aussi celles qui travaillent dans les ateliers. Nous allons dans chaque ville où existent une communauté de Religieuses Adoratrices et des ateliers. »

Ainsi, Pierre et Raymond apprennent à connaître vraiment la mentalité profonde des *mal-aimées* et leurs richesses. Les rencontres se multiplient, toujours dans des conditions de juste distance. Elles aident les frères à découvrir non seulement le *milieu* mais surtout la vie et la psychologie de ces femmes à qui *l'intelligence du cœur* ne manque pas. L'âme d'enfant, qui affleure à la surface des sentiments chez beaucoup, ne les empêche pas d'être très fortes et courageuses.

Sachant aller à l'essentiel, une fois fixées sur l'objectif, on admire souvent leur détermination pour prendre les moyens d'aboutir.

Les frères ne comptent pas les heures passées à entendre les grandes aspirations de celles qui sont encore dans l'asservissement le plus total. Souvent les récits se ressemblent à s'y méprendre.

Le crime et la monstruosité se sont répétés, encore et encore, dans toutes ces vies et les cœurs s'ouvrent. Les écluses, trop longtemps verrouillées, laissent libre cours au torrent de fange et son cortège de plaies béantes.

Leur richesse humaine enfouie, cachée, apparaît alors au grand jour et ils constatent, eux-mêmes, un fait quasi unanime : toutes, ou presque, aspirent à une autre vie que celle imposée, parfois jusqu'au martyre. Plus encore, elles rêvent d'un amour vrai.

Raymond le sait bien :

– *Nous leur réservons beaucoup de temps. Dieu veut que nous ayons un cœur qui écoute, avec beaucoup d'attention et d'amitié.*

L'essentiel est dans l'accueil, la possibilité offerte quelques minutes, ou quelques heures, de déposer son fardeau. Jamais, elles n'ont connu cela auparavant, or il se fait très lourd, croix pesante de fatigue, de solitude et de honte. Le plus souvent, la charge se corse d'inquiétude et de peur. Parfois, l'amertume et la haine amplifient une souffrance déjà intolérable.

C'est sans doute parce que nous sommes prêtres et qu'elles sentent notre très grand respect qu'elles n'hésitent pas à livrer leur cœur. »

Offrant toute leur attention, ils accueillent les chapelets de misères et d'horreur qui s'écoulent inlassablement :

– *Qui n'a pas recueilli leurs confidences – il y en a que nous n'oublierons jamais – risque un jugement, souvent a priori. Des témoignages à recevoir à genoux qui laissent entrevoir la richesse spirituelle et la pureté de cœur de certaines qui se confient à nous, avec la simplicité d'un enfant. Elles nous font saisir la profondeur de la parole de Jésus dans l'Évangile : « ...les prostituées ...vous précèderont dans le Royaume des cieux ».* (Mt 21, 31)

Peu à peu, nous comprenons que pour avoir un cœur qui écoute, sur le modèle de Celui qui n'est que Miséricorde, le SEUL CHEMIN, c'est l'ADORATION silencieuse de Jésus ! »

Mais écouter ne suffit pas, comment s'adresser aux *muchachas* de façon à la fois juste et recevable ? Comment leur faire découvrir qu'elles ont un Père ? Ils adaptent leur mode d'expression et parlent très simplement, avec le cœur, de façon concrète. Une pédagogie essentielle dans ce contexte si particulier. Progressivement, tous deux sont conduits à approfondir l'unique langage sur Dieu que les filles peuvent comprendre, et même qu'elles attendent : *Eucharistie et Adoration.*

Les frères Jaccard s'ouvrent eux-mêmes encore plus à l'ESSENTIEL, convaincus qu'à travers ces filles, ils se trouvent devant Jésus lui-même, continuant sa Passion dans leur propre corps. Leur fardeau, c'est le Sien :

– *Si nous pouvons rester dans ce milieu, c'est uniquement à cause du REGARD CONTEMPLATIF que nous portons sur elles. Dans bien des cas, il ne faut pas craindre de parler d'esclavage diabolique. Seule réponse valable et définitive, la force de la prière et surtout la présence eucharistique de Jésus au cœur de cette folie.*

Rien n'est jamais définitivement perdu, ils en sont sûrs comme le Curé d'Ars : “ *La miséricorde de Dieu est comme un torrent débordé, elle entraîne tout sur son passage... sa patience nous attend.* ”

Les frères voient dans l'invisible, certitude qui ne se comprend que dans la perspective chrétienne.

En tout cas, ces escales colombiennes n'offrent aucun répit et réservent parfois des surprises dont ils se passeraient bien...

Cette fois-là, c'est Raymond qui en fait les frais !

Un mal de chien

La porte se referme doucement derrière lui.

– Il fait nuit noire déjà ?

Zut, j'aurais dû prendre une lampe de poche. J'oublie tout le temps qu'à Bogota, c'est comme au Cameroun : à dix-huit heures, au dodo le soleil ! Bon, ce n'est pas grave, je ne suis pas loin.

D'un pas décidé, Raymond se dirige vers la chapelle des sœurs qu'il devine quand même dans l'obscurité.

Il est à peine plus de vingt heures. La veillée d'adoration vient tout juste de commencer et il a bien l'intention de passer la plus grande partie de la nuit devant le Saint Sacrement. Surtout que c'est

*« Le Seigneur les envoya deux par deux devant Lui
dans toutes les villes et localités
où Lui-même devait aller... »*

(Lc 10, 1)

*« Ce que tu fais au plus petit d'entre les miens,
c'est à moi que tu le fais »* dit Jésus.

(Mt 25, 40)

Quand on dit que les femmes y vont pour donner un bout de pain à leurs gosses qui crient : *« Maman, j'ai faim »*. C'était mon cas ! Au fond de moi, j'ai jamais été une femme « prostituée », si on le dit, c'est comme si un couteau me transperçait le cœur ».

Bogotá : première rencontre avec Marta Sonia
et son mari Alejandro

Sœur Esther,
une grande dame

Beaucoup vivent dans ces taudis et rêvent de s’en sortir et d’acheter LEUR MAISON.

Petites "cases" en construction, à San José, qu’elles peuvent acheter grâce à la coopérative immobilière des sœurs.

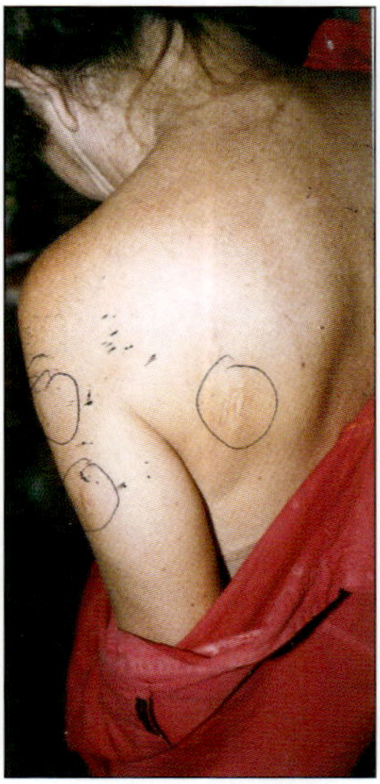

Dos et bras d'une femme, marqués de cicatrices de coups de couteau. Un cas, parmi des milliers d'autres, surtout quand le client, ivre, refuse de payer.

Un "gamin de la rue"

Qui peut traiter ces personnes de prostituées ? Indiquez-leur un endroit où elles peuvent apprendre un métier, ou avoir un petit boulot, et vous ne les reverrez plus dans la rue, sauf rares exceptions !

Cours d'alphabétisation

Sœurs, laïcs qui les aident et personnes de la rue, tous vivent un très grand respect, beaucoup d'attention et d'écoute.

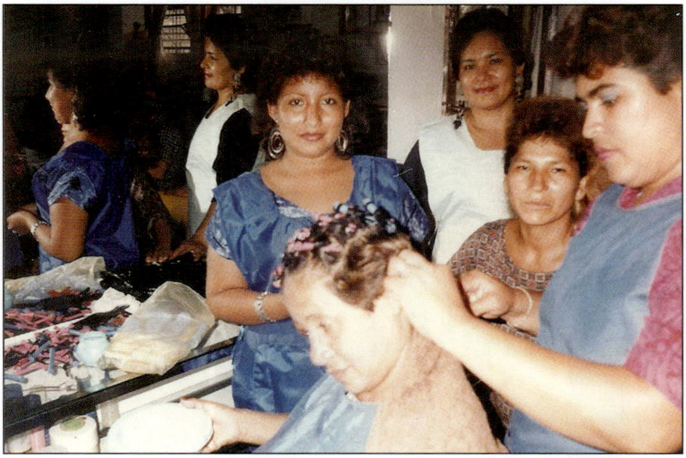

Et des moyens concrets sont proposés pour «*s'en sortir*».
Apprentissage de la coiffure...

– Nouveaux métiers ou petits boulots d'urgence –

Arepas vendues
aux coins des rues

Balais en cours
de fabrication

À domicile ou en usine,
machines à coudre ou à broder,
autant de planches de salut

Usine à Bogotá

Usine protégée,
un aperçu...

L'EUCHARISTIE, cœur d'une journée de festival.
Chacun est recueilli et attentif.

Elles comprennent mieux que personne la merveille qu'est la messe car elles en vivent !

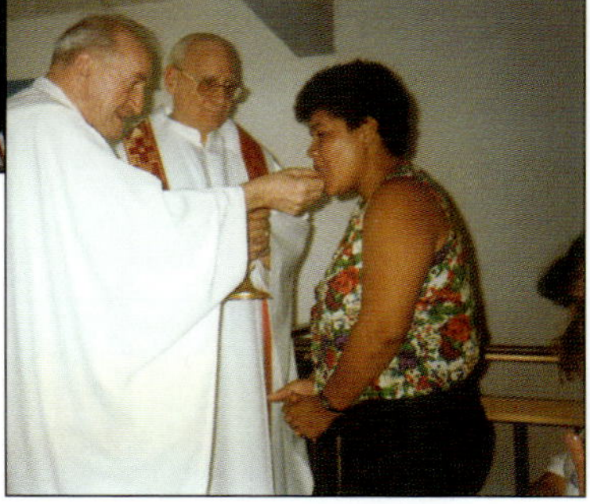

L'Eucharistie,
force et impulsion
données par le Christ !

Suzana, lardée de 18 coups de couteau, frôle la mort. Depuis, elle garde un petit Évangile dans la poche de son jean : « pour apprendre à connaître Jésus, je lis un petit passage chaque jour – "*Venez à moi, vous tous qui peinez sous le poids du fardeau, et moi, je vous procurerai le repos... devenez mes disciples, car je suis doux et humble de cœur...* » Mt 11, 28-30

" Pour nos enfants, on est prêtes à tout pourvu qu'ils n'aient jamais à vivre ce que nous vivons ! "

Père Pierre et l'enfant d'une *chica*

NOTRE DAME de GUADALUPE
très aimée et vénérée dans toute l'Amérique Latine. Elle accueille chacun de ses enfants qui souffre et n'a plus d'espérance.

VISAGES de RESSUSCITÉES

"Toute transformation sociale doit nécessairement passer par une conversion des cœurs ". Jean-Paul II

Mot de la fin avec Sandi et son tee-shirt :

J'en suis sortie «... et les autres ? »

Jeudi saint ! Pour Pierre et lui, enfouir leur mission dans le cœur de Dieu, c'est vital. Chaque prénom, chaque visage ou détresse rencontré sont présentés à Celui qui est TOUT AMOUR.

Raymond longe la plate-bande de roses qui borde le couvent.

– *Plus que la grande cour à traverser et j'y suis* !

À grandes enjambées, il débouche à l'angle du bâtiment.

– *Brrr !* songe-t-il en remontant le col de son parka, *j'ai bien fait de...*

À une cinquantaine de mètres, des aboiements furieux interrompent la réflexion. À peine le temps de tourner la tête et il voit débouler trois molosses qui foncent sur lui à toute allure.

– *Faire demi-tour et rentrer dans la maison en vitesse ?* C'est la première idée qui lui vient à l'esprit. Mais il se rappelle soudain que la porte ne s'ouvre que de l'intérieur... par sécurité !

Trop tard !

De toute façon, les fauves sont sur lui. Trois énormes bergers allemands hargneux qui l'assaillent en lui sautant dessus. Le voilà qui chancelle.

– *Si je tombe, je suis cuit !*

Tout en s'époumonant, en criant *au secours*, il fait des moulinets frénétiques avec les bras et tente de se dégager à force de coups de pieds les plus énergiques possibles.

En vain.

L'assaut est terrible, et les bêtes sont littéralement déchaînées.

– *Ma parole, ils vont me dévorer !*

Heureusement, l'imperméable de nylon vert, doublé chaudement, s'avère une première protection efficace anti-morsures...

Pour l'instant !

Si Raymond commence à s'épuiser, pas les chiens ! Ils redoublent de fureur et s'acharnent maintenant sur ses jarrets, proie plus facile d'accès.

– *Socorro ! Socorro* ! hurle-t il à nouveau.

Le simple tergal du pantalon est déjà en pièces sous les genoux, et le reste est prêt à suivre quand un sifflement strident retentit.

Enfin !

À l'autre extrémité de la cour, l'index et le pouce repliés dans la bouche, le gardien appelle ses chiens.

Il était grand temps.

– *Ouf, sauvé !* souffle le blessé.

Au même instant, une douleur fulgurante lui transperce le mollet gauche. L'un des molosses n'entend pas lâcher le morceau si facilement.

– *Sale bête*, gémit Raymond.

Enfin l'animal, tiré fermement par son maître, rejoint les autres. La douleur s'estompe un peu.

Bizarrement, Raymond est groggy, peu à peu comme anesthésié. Il arrive même à rentrer dans la chapelle pour se remettre de ses émotions. Et s'affale sur le premier agenouilloir, la tête dans les mains :

– *Merci Seigneur de m'en être sorti indemne... indemne.*

Mais la souffrance ressurgit comme un coup de poignard. De la jambe, elle irradie dans tout le

* *Socorro !* : au secours !

corps, même jusqu'à la racine des cheveux. Le père se sent affreusement mal, une nausée lui monte à la gorge, le regard se brouille :

– *Si ça continue, je vais tourner de l'œil*, pense-t-il l'esprit embrumé, *vite ! Sortir...*

Tout juste le temps de faire un signe à Pierre, en prière, deux bancs plus loin. Celui-ci commençait à s'étonner de l'absence de son frère. Réalisant enfin que quelque chose ne tourne pas rond, il se précipite, empoigne vigoureusement Raymond sous les bras et l'entraîne, titubant, jusqu'à leur chambre.

– *Qu'est-ce-qui te prend mon vieux ? Tu es vert comme cette serviette* !

– *Les chiens*, marmonne le blessé qui s'est laissé tomber sur son lit, le visage décomposé et inondé de sueur.

– *Ce sont les chiens*, indique-t-il en montrant la blessure.

Pierre a remonté le pantalon en loques et maugrée entre les dents :

– *Ben, dis donc, ...ils ne t'ont pas loupé* !

Puis regardant de plus près :

– *Tu as quand même de la chance ; à cette profondeur, ils pouvaient arracher tout le morceau. Pauvre vieux, je te désinfecte illico et la sœur infirmière est partie te chercher un petit remontant. Au moins tu tituberas pour la bonne cause*, achève-t-il un sourire un peu forcé au coin des lèvres.

Padre Ramon inspecte le mollet à son tour. La morsure ne semble pas très grande en surface mais on distingue deux trous de trois centimètres de profondeur, les chairs déchirées autour.

– *Tu veux que je te dise ? Ce ne sont pas des chiens qui t'ont arrangé comme ça, mais de vrais démons,* remarque Pierre affairé à nettoyer les entailles.

– *Il n'y a qu'eux pour être aussi furibards de te voir passer la nuit à la chapelle !*

Parole de clairvoyance ?

Le gardien lui-même, n'a pas le souvenir d'avoir déjà vu ses chiens dans un tel état. En tous cas, les jours qui suivent ne font pas partie des meilleurs souvenirs de l'estropié.

De passage en France, quelque temps plus tard, le duo relate à toute la famille le dernier séjour colombien. Sans oublier l'épisode des molosses.

À l'étonnement de tous, Zaza, présent, s'exclame :

– *C'était donc ça !*

Ben, dis donc, mon vieux, tu peux dire que tu m'en as fait baver à moi aussi avec tes clebs !

Raymond ouvre des yeux ronds tandis que Zaza poursuit :

– *Le matin du Vendredi saint, je me réveille en ne pouvant pas mettre le pied par terre. Une douleur lancinante court tout le long de ma jambe. On appelle le médecin. Il est formel : ce n'est ni une phlébite, ni une crampe magistrale. Il n'y a pas de grosseur. Sceptique, il évoque vaguement un rhumatisme inflammatoire. Sans y croire.*

J'objecte : « un rhumatisme en plein mollet ? Ça ne tient pas debout. »

Tu imagines ? Incapable de conduire, je ne passe même pas à mon bureau !

Pourtant, le lendemain, tout est terminé !

C'est à n'y rien comprendre.

Depuis, j'avais balancé l'incident dans les oubliettes. Mais aujourd'hui, avec ce que tu me racontes, ça change tout ; je mettrais plutôt le phénomène sur le compte de la compassion entre jumeaux. Parce que je te promets que j'ai dégusté. Pour avoir mal, j'ai eu mal, un MAL DE CHIEN ! finit-il en éclatant de rire.

Les grilles de Guayaquil

– Padres ! Quand nous avons su votre venue en Équateur, nous nous sommes permis d'inviter notre nouvelle amie Cynthia, ce soir, pour qu'elle vous rencontre.

Elle est sortie de la galeria, il y a deux ans. Une conversion foudroyante ! Vous verrez, elle est pleine de feu. Mais, elle souffre car elle n'ose pas demander à son curé de s'intégrer à sa paroisse. Elle a peur de parler de son passé. Vous savez, dans l'Église équatorienne, on n'a pas toujours la juste façon d'agir dans ces situations particulières...

La religieuse se tait, guettant la réaction.

Pierre toussote et jette un regard à Raymond :

– Hum ! Il n'y a pas qu'ici, il me semble ! En tous cas, on se réjouit de connaître bientôt votre Cynthia ! »

Le soir, quand la jeune femme arrive, vêtue très simplement, ils découvrent sa beauté naturelle. Elle est superbe, sa foi rayonne. Tout de suite, Raymond remarque le chapelet de nacre entortillé autour d'un de ses poignets.

Quant à Cynthia, elle se sent aussitôt en confiance et commence à se confier :

– *J'étais prostituée dans la 18e rue à Guayaquil. Depuis ma conversion, je voudrais trop aider mes anciennes copines à quitter ce milieu, comme moi. Il y en a trois ou quatre qui ne pensent qu'à partir mais elles n'arrivent pas à se décider. Elles ont peur de ne pas trouver de boulot... et tout ça.*

Padres, ce serait formidable si vous pouviez les voir pour les convaincre !?

Réponse instantanée :

– *C'est d'accord. On organise ça ce week-end. Préviens tes copines.*

Le soir, avant de se coucher Pierre interpelle Raymond :

– *Tu sais quoi ! Cette Cynthia, et ses amies, on en parle demain à Hugo. Après tout c'est de son ressort ! Il est du cru, Équatorien comme elles, et prêtre de Guayaquil par-dessus le marché... il faut qu'il vienne les voir avec nous !*

– *Oui, c'est une très bonne idée. Tu as raison, Padre Hugo, c'est l'homme qu'il nous faut.*

Raymond revoit la stature de ce personnage haut en couleurs. Leur première rencontre, c'était en avion... Lui aussi a changé de vie du jour au lendemain. Professeur brillant à l'université de Quito, il allait épouser la miss Porto Rico de l'année mais le Seigneur avait d'autres projets pour lui (*cf. Mission Impossible sans Lui - p. 257*).

Le lendemain, les retrouvailles avec le père Hugo sont très chaleureuses. Comme toujours. Les frères embrayent sans attendre :

– *Tu sais, on a fait la connaissance d'une de tes*

compatriotes. Une fille étonnante, pleine de Dieu. C'était une prostituée de la 18e rue, paraît-il. Aujourd'hui, le changement est radical et les sœurs sont admiratives devant la qualité de sa foi.

– La 18e rue, vous êtes sûrs ? Il y en a un bout qui fait partie de ma paroisse.

Raymond lui tape dans le dos affectueusement :

– Eh bien alors ! Cynthia, c'est une de tes paroissiennes. Il faudrait que tu la connaisses.

– O.K. Dites-lui qu'elle peut passer à mon presbytère quand elle veut la semaine prochaine.

Pierre saute sur l'occasion :

– Pourquoi attendre la semaine prochaine mon cher Hugo ? Demain, justement, on doit l'accompagner dans la fameuse rue pour qu'elle nous présente trois ou quatre de ses anciennes «collègues» qui voudraient aussi s'en sortir. Accompagne-nous.

Le visage d'Hugo se rembrunit :

– Impossible.

– Impossible ? Mais pourquoi, Hugo, ce sont tes paroissiennes... C'est ton devoir de les rencontrer.

– Peut-être mais pas dans la 18e rue.

– Nous y allons bien, nous. C'est une rue comme les autres !

– Non, justement. Pas comme les autres, vous ne réalisez pas, vous verrez...

Conscient d'avoir raidi le ton, le père équatorien atténue sa remarque :

– Je regrette, ce serait ailleurs, je ne dis pas... »

Pierre saisit la balle au bond. Il faut qu'Hugo vienne voir ces filles. Ça peut être capital pour elles... »

– D'accord, Hugo, comme tu veux. Avec sœur Teresa, on va arranger le rendez-vous ailleurs. On te passe un coup de fil tout à l'heure.

À seize heures tapant, le samedi, les trois prêtres, Sœur Teresa, Cynthia et les *chicas* annoncées se retrouvent dans la maison de Ramon. Un ami chrétien, heureux de prêter sa salle. Sa maisonnette se trouve sur la minuscule place qui donne sur « leur rue », à trente mètres.

Pendant que le *padre* Hugo engage la conversation avec ces paroissiennes un peu particulières, le duo décide de descendre au bout de l'artère *maudite*.
Hugo n'y mettra pas les pieds, c'est clair. La foule, assez dense, déambule malgré la chaleur, aux alentours de trente cinq degrés . Les vêtements sont trempés de sueur.

Dès les premiers pas, tous deux sont estomaqués : « Sapristi, il a raison. Ce n'est pas une rue, c'est une allée de *zoo* ! »
Une enfilade de grilles borde les trottoirs, d'un bout à l'autre. Derrière, comme de la marchandise exposée, les filles !

En bikini, ou tenue très légère, elles papotent, fument, aguichent le client potentiel, groupées par quatre ou cinq dans de minuscules courettes, quasi à l'identique. Couvertes de tuiles rondes, des rangées de maisonnettes, sans étages, font suite aux patios à l'espagnole, de quelques mètres de long. Là les *chambres* se résument à d'obscurs réduits dans lesquels le client est reçu, quelques minutes, derrière le rideau délavé qui fait office de porte. Lorsqu'il est fermé, c'est occupé.

À travers les clôtures, qui ferment l'ensemble, les hommes ont tout loisir de faire leur choix parmi le *bétail* et de débattre des prix du kilo de chair humaine ! Les autres passants, habitués au spectacle, passent, indifférents.

On dirait Amsterdam. À la différence près que les filles, sur le port, calfeutrées l'hiver derrière des vitrines chauffantes, alignées, bénéficient d'un certain confort. Ici, on en est loin !

Pierre cache sa peine profonde. Raymond, qui le tire par le bras affectueusement, le sait bien :

– *Viens, qu'on en salue au moins quelques unes à travers les barreaux. Souviens-toi quand Michèle Guéneguen nous disait comme elle avait soif, quand elle faisait le trottoir, d'être regardée AUTREMENT !*

Quatre filles bavardent dans le seul coin d'ombre de la courette la plus proche. Les frères se présentent. Aucune ambiguïté possible, leurs grosses croix pendent, en évidence sur leur chemisette. D'ailleurs, ils se hâtent de dissiper toute éventuelle équivoque :

– *On veut juste vous saluer.*

– *Ça alors ! Des sacerdotes* qui nous saluent !*

Les entraîneuses sont stupéfaites. Ça ne s'est jamais vu dans le *zoo* !

Raymond continue :

– *On veut aussi vous dire que ça nous fait mal au cœur de vous voir derrière ces grilles !*

Laura, la plus âgée, répond :

– *Bah ! Nous les filles, on aime autant ça ! Les grilles, ça nous protège. Comme ça, on risque pas*

* *Sacerdotes* : prêtres

d'être agressées par un maboul ou une bande de matafs complètement bourrés.

Tristement, Raymond ne peut s'empêcher de penser à la fable du loup et du chien qui préfère sa chaîne... Il continue :

– *À Bogota, en Colombie, nous parlons souvent, en pleine rue, aux femmes dans votre situation. Comme vous, elles ont une vie très dure sans trouver de vrai boulot.*

L'échange se termine de lui-même rapidement. Le tandem, mal à l'aise, rentre vite retrouver Hugo qu'il voit heureux d'avoir pu aider les trois amies de Cynthia à franchir le pas :

– *Ça y est, c'est décidé ! Dès demain, je vais faire quelques démarches pour les aider à trouver un vrai travail. Je connais suffisamment de « beau monde ».*
Revenant à la terrible rue, le père Hugo ajoute :

– *Vous avez vu ? C'est différent de votre mission dans la prostitution. Ici, une bonne partie de ces femmes ne font pas ça que pour des raisons de survie, comme en Colombie. Le vice est là aussi.*

Pierre et Raymond approuvent de la tête. Cette rencontre avec la réalité de Guayaquil leur fait mesurer le contraste saisissant avec les *chicas* de Bogota. Ils en conviennent :

– *C'est vrai ces filles d'Équateur n'ont rien à voir avec les petites mal-aimées d'à-côté.*

Cette expérience leur permet de mieux comprendre les réticences d'Hugo, à présent soucieux :

– *Reste à régler une chose. Il faudra que j'explique demain, à la messe, la raison de ma présence dans la 18ᵉ rue.*

– Mais tu n'y es pas allé. Tu es resté tout le temps chez Ramon !

– Vous savez, la 18e rue, c'est tout le quartier. Il suffit qu'une de mes ouailles m'ait vu dans le secteur, près de chez Ramon pour que le téléphone arabe fonctionne et qu'on se pose des questions. Je veux que les choses soient claires.

Pierre pose la main sur l'épaule du Père, qu'il sent un peu inquiet :

– Dans ce cas, Hugo, demain c'est moi qui fais le sermon et je raconterai les circonstances. Laisse-moi faire, avec le Saint-Esprit bien sûr !

Dimanche, l'église est pleine à craquer, comme chaque fois. Après l'Évangile, Pierre présente succinctement leurs missions. L'assistance écoute, captivée et compatissante.

Et malgré la gravité du sujet, c'est avec son humour habituel qu'il expose la *virée* de la veille :

– Je tiens à vous dire, confidentiellement, que dans votre belle paroisse de Guayaquil, vous avez un prêtre re-mar-qua-ble. Il visite ses paroissiens et n'oublie aucune de ses paroissiennes. Hier, votre Padre Hugo nous a accompagnés exceptionnellement dans la 18e rue...

Les visages sourient. On s'associe à l'enthousiasme du curé qui cherche des solutions pour aider les nouvelles protégées de Cynthia.

Le Joli Bonheur de Mimi

Boudinée dans un pantalon pistache, la petite blonde boulotte, sans âge, croise les jambes. Elle tortille coquettement sa cheville, entrelacée par les fines brides dorées d'une sandale à talon aiguille. Mimi prend le thé en compagnie d'une habituée d'une trentaine d'années :

– *Mimi t'es chou ! J'en avais plein les guibolles de faire les cent pas dans la rue et j'crevais de soif.*

– *Tiens, prends une tasse, sers-toi Nelly, j'ai fait une grosse théière...*

Amanda est passée, on va avoir de la visite. Et pas celle de d'habitude. Ça nous changera.

– *Ah bon. Qui ça ?*

– *T'en reviendras pas. Amanda, avec la Sœur Emma, nous amènent deux prêtres. Ils viennent de France. Tu t'attendais pas à celle-là, hein ? Il paraîtrait qu'ils aident les sœurs pour que les filles apprennent un métier. En tous cas, moi je suis d'accord pour mes louloutes,* affirme-t-elle.

La chevelure platine se renverse sur le dossier du vieux canapé à motifs, luisant de crasse. Fermant les yeux, elle tire goulûment sur son fume-cigarette fétiche, coincé entre les lèvres d'un fuchsia sans raccord. Avec lenteur, comme à regret, elle exhale une fumée douceâtre au parfum indéfinissable, un peu comme une vague senteur d'eucalyptus.

– *J'ai tellement de demandes pour entrer dans mon « Joli Cœur » ! Hein, ma choute ? Pas vrai ?* ajoute-t-elle en se tournant vers son employée, assise à côté d'elle.

– *Ça, oui !* renchérit la choute en question, flatteuse, *le Joli Bonheur est célèbre à Armenia !*

Satisfaite, Mimi aspire une nouvelle bouffée, gonflant l'opulente poitrine moulée dans un tricot d'angora rose, à manches ballon. Ses yeux, d'un bleu très pâle, comme délavés, et irradiés de multiples petits vaisseaux rouges, se voilent légèrement. Ils accentuent l'expression rêveuse, et presque candide à la fois, dû visage flétri de Barbie. Mimi a du être très jolie ! Dans le quartier, on l'appelle encore la belle Émilie.

Le bordel du *Joli Bonheur*, tenu par Senora Emilia – Mimi pour les intimes – n'est rien d'autre qu'une énième maison de passe dans une rue sinistre d'Armenia. La grande ville se situe dans l'*Eje cafetero*.

Jeudi dernier, c'est Amanda, une ancienne du lieu, qui a organisé une opération *visite :*

– Il faut venir avec Sœur Emma, parler aux filles, Padres ! J'en ai causé à Mimi. Pour elle, ça fait pas un pli ! Elle sait qu'elle aura toujours des volontaires pour le business.

Sur le ton de la confidence, elle poursuit :

– Et pis, en fait, y'a qu'une chose qui l'intéresse, c'est le hasch ! Ça s'voit gros comme une maison.

Mais, elle croit que personne s'en rend compte. Tout son fric y passe. Elle roule ses joints toute la journée en racontant que le tabac revient moins cher comme ça. Vous pensez si les filles connaissent son manège !

Deux jours plus tard, planté devant le *Joli Bonheur*, Pierre s'étonne :

– Pas possible, la bicoque est bonne pour les monuments historiques !

Il faut dire que l'«hôtel», comme l'indique une pancarte minable, paraît aussi solide qu'un château de cartes. Une ruine. On est loin du principe de précaution !

Raymond complète :

– *Pour un coin à tremblements de terre, c'est miracle qu'il soit encore debout.*

Tout en bois, la bâtisse expose ses planches gondolées et ravinées de toutes parts. Les rares fenêtres à l'unique étage sont badigeonnées de blanc pour masquer les « activités ».

Le groupe s'engage dans l'escalier branlant, gris de poussière ; les *moutons* volent en masse entraînés par les courants d'air. Amanda s'annonce en criant à tue-tête :

– *Mimi, tu sais quoi ! J't'amène les pères français et la sœur, comme j't'avais dit.*

En habituée, elle entre dans un grand espace d'une quinzaine de mètres. Quasi tout l'étage. Au bout, dix boxes se répartissent de part et d'autre d'un étroit couloir. On dirait un dortoir d'internat ! Tout au fond du passage, un énorme cadenas protège la chambre de Mimi :

– *Pas de danger qu'on pique sa came !* glisse Amanda à Sœur Emma.

Le seul malheureux néon qui surplombe l'ensemble, n'éclaire aucun meuble si ce n'est le canapé près de l'entrée et une petite table basse aux pieds tarabiscotés. Deux tasses dépareillées, posées dessus, ressortent au milieu d'innombrables auréoles laissées par des verres mouillés. La boîte de conserve qui déborde de mégots, c'est le cendrier ! Mimi se lève, dès l'entrée du groupe, aussitôt suivie de Nelly.

La patronne insiste tant et plus pour qu'ils viennent partager le canapé, ce que Pierre et Raymond refusent énergiquement. Ils préfèrent de loin s'installer sur la grosse poutre vermoulue qui traverse la pièce.

– *Ne vous en faites pas madame Emilia*, lance Pierre jovialement, en manière d'excuse, *en Afrique, on est habitué comme ça !*

C'est donc Sœur Emma qui rejoint les deux femmes sur le siège infect.

La cigarette de l'hôtesse du lieu achève de se consumer. Le regard absent, d'un geste lent, elle écrase méticuleusement son minuscule mégot. Enfin, comme si elle émergeait de sa torpeur, regardant sa montre, elle semble soudain prendre en main la situation. Trois pas chaloupés la conduisent jusqu'à l'entrée du premier box. Malgré ses hauts talons, elle paraît minuscule.

– *Elle va passer à travers le plancher pourri avec ses échasses !* songe Pierre.

Mimi s'arrête et, tapant dans les mains, clame d'une voix pointue :

– *Es la hora !*

Après un léger remue-ménage, quatre clients et leurs *prestataires de services* atterrissent dans la pièce centrale. Avec effusion, Amanda saute au cou de ses anciennes copines de taf tandis que les hommes s'éclipsent rapidement.

Mimi suggère :

– *Coco va donc chercher les autres en bas. Les pères vont nous causer.*

Sur le palier, agrippée à la rampe, Mimi guette *ses* filles.

Dans un brouhaha de voix sur tous les modes, les *chicas* grimpent l'escalier quatre à quatre quand la première demande à Mimi, étonnée :

– *Qu'est-ce-qui se passe ? Coco nous dit qu'y a des missionnaires qui viennent avec Sœur Emma pour nous raconter plein de choses. C'est vrai ?*

– *Tout ce qu'y a d'plus vrai. Magnez-vous.*

Maintenant réunies, une dizaine de *muchachas* se tournent d'un seul bloc vers les frères, intriguées.

Pierre et Raymond se présentent, plaisantant sur le caractère incongru de leur visite et précisant très vite l'objectif.

L'une après l'autre, chacune s'installe, formant un demi-cercle autour des orateurs :

– *Bonjour. Vous voyez, nous avons une croix. Nous sommes prêtres, nous ne sommes pas mariés. Je suis ici avec mon frère Ramon pour vous dire simplement que Dieu – que tu connais, dit-il en s'adressant à une des filles, montrant sa médaille autour du cou, tu es baptisée – que Dieu est votre Père.*

Tu sais, Il t'aime beaucoup. Et toi, et toi...

Les visages féminins s'éclairent en écoutant les frères :

– *C'est possible ça ? On peut sortir de notre vie de chien ? Et Amanda qui dit qu'elle s'est pas fait avoir ! Elle coud même à la machine chez les sœurs ! Et Mimi qu'a l'air d'accord pour qu'on y va aussi... !*

Elles n'arrivent pas à y croire !

Pourtant, au moment de se séparer, madame Emilia dépose, elle-même, d'un geste royal, la pile de tracts de Sœur Emma sur la table basse :

– *Celles qui veulent, elles s'servent ! Et dites merci à la sœur !*

Mimi a donné son maximum.

Soudain fébrile – la pause sans hasch n'a que trop

duré – elle extirpe avec peine du pantalon hyper ajusté qui lui colle à la peau, son coffret aux trésors. Une boîte métallique usagée de *CRAVEN* où s'alignent encore quelques joints... !

Au retour, la religieuse s'inquiète.

– Pauvre Mimi ! Qu'est-ce-qu'elle va devenir ? La drogue maintenant, c'est la double peine ; deux fois esclave.

En tous cas, la municipalité a annoncé un plan de rénovation du secteur. La rue sera rasée d'ici un an ou deux. Un terrain de sport est prévu à la place.

Une chose est sûre, si surréaliste qu'ait été la scène qu'ils viennent de vivre, le trio repart heureux, conscient de l'espoir fou qui brillait dans les yeux des *chicas.* Ça valait le coup de suivre Amanda !

Les sœurs le savent, plusieurs répondront sûrement présent à leur prochaine réunion.

Dans sa déchéance, Mimi a évangélisé aussi sans le savoir !

Coup de filet au Calvaire

– Vous appelez ça un minibus ? Vous croyez qu'on va réussir à vider El calvario de toutes ses chicas ? Franchement, vous tentez Dieu, hermanita !* plaisante Pierre en apercevant le grand autobus, vert et blanc, d'une quarantaine de places, garé le long du trottoir, face à la maison des Sœurs Adoratrices de Cali.

* *Calvario* : calvaire

Dans un éclat de rire, la petite religieuse répond, espiègle :

– Désolée, ce n'est pas moi qu'il faut incriminer mais la Vierge Marie ! Hier j'ai donné au moins six à sept coups de fil pour rien. Impossible de trouver un vrai mini-car comme vous le vouliez pour ramener chez nous quelques filles de la zona. Et ce n'est pas avec notre petite jeep qu'on pouvait y arriver... !

Alors, j'ai pris les mêmes moyens que vous Padre. Je me suis tournée vers Nuestra Señora de Guadalupe : Marie, s'il-te-plaît, fais quelque chose ! Et, croyez-moi si vous voulez, moins d'une heure après, Raul, un voisin de la paroisse, sonne à la porte proposant ses services pour le lendemain, son jour de congé...

Il nous aide souvent pour une course ou une autre en ville.

L'air enjoué, Sœur Inès continue :

– Je me souviens tout à coup qu'il est chauffeur de bus pour le personnel d'une grosse entreprise. Et voilà... ! Il n'y avait plus qu'à demander.

– Pas de problème, j'arrange ça tout de suite et je vous attends demain avec les padres franceses à deux heures tapantes.

Il est efficace le voisin... et ponctuel !

Le début d'après-midi choisi, tout le monde est sur le pont en temps et lieu. La température est plus chaude que jamais pour ce mois d'avril de 1990. Sœur Gloria au teint d'ébène offre un joli contraste avec le visage clair de Sœur Inès. Toutes deux embarquent avec les pères dans le véhicule rutilant.

Le nom de la firme colombienne qui le prête s'étale en toutes lettres sur ses flancs.

Pour leur dernier jour de mission à Cali – tristement baptisée capitale de la drogue – la supérieure tient à montrer aux frères le développement spectaculaire de la ville. Surtout dans la banlieue d'*El Calvario.* C'est le bastion des night-clubs, cinés pornos, cabarets de strip-tease, maisons de passe ou de *massages...* et tutti quanti.
Une prolifération exponentielle !

– *Quelle désolation !* songe Raymond, affligé, *le Calvaire de Cali devient synonyme de perdition et désespoir. Comment ne pas voir l'œuvre typique du démon dans tout ça ?*

Mais le trajet prend fin et le car se range sur le bas-côté d'une large rue centrale. Comme ils s'y attendaient, jeunes femmes et adolescentes pullulent sur le bitume. Seules occupations en attendant le client, fumer et bavarder.

Bien rodés maintenant, le tandem et les sœurs s'approchent des unes et des autres avec respect et délicatesse. Ils sont là pour présenter un projet de réhabilitation conçu exprès pour elles.

La mise en confiance se fait spontanément et les filles commencent à exposer leurs problèmes : les enfants, le logement, les maladies vénériennes, la peur du sida... C'est là que les sœurs proposent de venir visiter les différents ateliers que la communauté a créés pour elles. Elles pourraient recevoir aussi, si elles le veulent, certains médicaments ou une information précise sur les consultations possibles dans un centre de dépistage antivénérien, ou encore sur la façon de sortir de la drogue, de l'alcool...

À Cali, elles sont 2 200 (faible pourcentage sur la totalité) à passer une visite médicale mensuelle – un tiers n'ont pas 18 ans.

Pas d'hésitation, les candidates pour monter dans le bus se multiplient :

– *Hermanita, je peux vraiment venir avec vous tout de suite ?*

– *Et moi, ma sœur, vous m'attendrez si je vais vite chercher les copines qui bossent dans la rue d'après ?*

Ou encore :

– *Vous savez Padre, si je suis ici c'est parce que j'ai huit gosses... vous croyez que les sœurs me prendront dans leurs ateliers à 43 ans ?...*

Cinq, dix, vingt... trente *chicas* grimpent déjà dans l'autocar qui se remplit à vitesse grand V. Une petite jeunette en minijupe, plus proche d'une *maxi-ceinture*, hésite :

– *Je peux venir habillée comme ça ?*

La religieuse sourit avec douceur :

– *On ne va pas très loin, Lilia ! Et puis, si tu veux on t'en donnera une autre !*

Alors que le chauffeur s'apprête à démarrer, une mignonne de dix-huit–vingt ans arrive en courant :

– *Attendez-moi ! Je veux venir moi aussi.*

Un jeune homme basané en chemisette rose cintrée, déboutonnée sur un poitrail velu, la rejoint, furieux. Il n'est pas question pour le patron du

Holiday Night, ou plutôt son fils – il fait si jeune – que sa *strip-étoile* s'envole, ne serait-ce que pour quelques heures !
Il saisit brutalement, par le bras, la *chica*, effondrée.

Trois voyageuses descendent alors du car, pour venir à la rescousse. On sent que ces *muchachas*, plus mûres, n'ont pas froid aux yeux :

– *Hola, bas les pattes ! Ta chica te rapporte assez de pépettes pour que t'y refiles un après-midi de congé. Non* ?

Le dandy aux cheveux noirs, soigneusement plaqués et gominés, reste de marbre.
Une deuxième avocate improvisée s'interpose à son tour :

– V*u, qu'en plus, les sœurs elles vont nous emmener voir un toubi gratos* !

On pourrait croire que l'intéressé n'écoute rien, occupé à retenir sa prisonnière tout en dénouant la breloque de son imposante gourmette dorée, accrochée au sac de la gamine.

Et c'est la troisième qui emporte le morceau, en parlementant. On dirait qu'elle connaît aussi bien le patron que *l'employée* !

– *Allez, Armando, c'est une connerie de pas laisser Marylin venir avec nous ! Et qu'est'ce tu fais si elle s'trouve malade en chopant une saloperie !? Surtout que c'est la plus craquante de tes girls, comme tu dis...*

Mis K.O. par cet assaut inattendu de la défense, le play-boy lâche le bras de sa danseuse. Vexé, il tripote nerveusement la grosse chevalière qui orne son doigt :

– Bon, dégage ! Mais t'as intérêt à être là, ce soir, pour le show de vingt deux heures. Sinon, je fais un malheur. Pigé ?

Puis, crânement, Armando tourne les talons de ses mocassins blancs et s'éloigne en roulant des mécaniques, moulé dans son pantalon à larges pattes d'éléphant.

Enfin, le complaisant Raul enclenche le moteur et file, lui aussi, sans traîner, avec son précieux chargement. Le véhicule est plein : Marylin et trente-six *chicas* !

Dès l'arrivée, c'est le rush sur les inscriptions ! Vingt-quatre vont commencer immédiatement une formation aux ateliers de couture, coiffure et esthéticienne. Partout, c'est l'excitation, les filles n'en croient pas leurs yeux. Enfin de la chance !

Pierre et Raymond exultent... conseillant les unes, plaisantant avec les autres, écoutant toujours les lourds secrets.

Et c'est déjà la fin de l'escapade, chacune repart à sa triste vie.
Pour l'instant... !

Au couvent, on fait le bilan dans une certaine euphorie. En veine de suggestions, les frères imaginent :

– Dans vos annales, vous devriez appeler cet épisode : « la pêche miraculeuse ». Pour en être une, c'en était vraiment une !

Et Sœur Inès, inspirée, enchaîne :

– Mieux que ça, padre, je l'intitulerai : « coup de filet de Marie au Calvaire » !
Vous comprenez maintenant pourquoi la Vierge ne pouvait se contenter d'un mini-bus !

« Tu es Sa petite fille préférée... »

« *...Nous rêvons sincèrement, naïvement d'être aimés. C'est ce que nous croyons... Innocemment. Mais nous nous trompons... Ce dont nous rêvons en réalité, c'est d'être préférés. Aimés, oui, mais UN PEU PLUS que les autres – PRÉFÉRÉS – Un enfant de deux ans reconnaîtrait cela sans peine et qu'avons-nous de plus qu'un enfant de deux ans ?* » Cette réflexion de l'écrivain Christian Bobin rejoint l'intuition de Pierre.

La catéchèse du tandem, simple, limpide, annonce à chaque *chica* cette nouvelle inimaginable mais bien réelle :
Elle a un Père !
Dieu est Père. Son Père !
Et elle est unique à Ses yeux.

Pour qui n'a pas la moindre idée de ce qu'est un père si ce n'est celui qui abandonne, qui boit, tape, voire viole, la découverte de la tendresse d'un Père, et quel Père, c'est un bouleversement.

Par les *Padres* Jaccard, les *chicas* découvrent avec un bonheur sans pareil l'amour paternel, gratuit, désintéressé, qui ne recherche que le bien réel de son enfant. Les frères sont comme un avant-goût de l'Amour sans limite de leur Père à chacune ! Elles peuvent compter sur LUI ! Les mal-aimées sont aimées à l'infini. Même invisible, leur Père ne les laisse pas orphelines. Il est là avec elles.

Et suivant l'inspiration du poète, Pierre complète :

– Pour ma part, je me contente d'ajouter ma petite catéchèse perso sur le Père. C'est pratique pour les paresseux comme moi, ça tient en une seule phrase. J'y crois plus que tout :
Tu sais, Tu es Sa petite fille PRÉFÉRÉE... !

IV.

Mission impossible sans elles

« Si les autres te tournent le dos,
nous, nous te donnons la main ! »
Sainte Maria-Micaela

D'abord une visite au *Patron* !

Quand ils voient le chemin parcouru avec les sœurs, les souvenirs de Pierre et Raymond affluent. Ils revivent avec émotion leur toute première entrevue.

1978 – Simple et extraordinaire à la fois cette rencontre avec les Sœurs Adoratrices dans leur habit gris !

Tout commence par le vrai contact qui s'établit très profondément avec Sœur Esther. Ils sont soufflés par cette femme toute simple et pleine de fougue dont le sourire frappe par sa chaleur. La grande dame transparaît derrière la profonde humilité. Ce matin-là, dès qu'elle est sortie, adultes et enfants se sont jetés sur elle comme une volée de moineaux.

Dans l'immédiat, ils sentent tout de suite une grande communion d'esprit et de cœur. Clairement, le Seigneur fait le lien ; quoi de plus fort ?
Il faut dire que la provinciale des Sœurs Adoratrices*, n'y va pas par quatre chemins quand elle les accueille pour la première fois. Avec elle, on ne tourne pas autour du pot :

– *Voulez-vous aller à la chapelle ?*

Une entrée en matière qui les ravit d'emblée. Le centre de gravité est bien le même :

– *Tout commence avec le Patron !*

*Pour la Colombie, l'Équateur et Saint Domingue.

Au *20 de julio* : les mamas

Ce jour-là, le partage du repas communautaire, à l'invitation de la religieuse, a fait date dans leur vie. Pendant le déjeuner Yiseth s'est tue, intimidée et très respectueuse, comme Renata et Virginia. Toutes trois, installées autour de la table à côté des sœurs, observent avec grande attention, les prêtres français.

Entre les galettes de maïs et les bananes broyées en purée, les sœurs Luisa et Esther expliquent abondamment la vocation atypique de la congrégation : se mettre au service des filles dans les bars, maisons de rendez-vous et hôtels de prostitution du quartier sud de Bogota.

Tout de suite, on voit qu'elles connaissent bien *leurs* filles et les aiment comme une mère, ses enfants. D'ailleurs, les protégées accueillies si maternellement, ne s'y trompent pas ; beaucoup les appellent : *mama*.

On les comprend, c'est bien le seul endroit, pour la plupart, où elles reçoivent un tel crédit de confiance et tant d'amour. Hier matin encore, une femme est arrivée au couvent, complètement ivre. La seule réaction d'Esther a été de proposer :

– *Va dormir dans mon lit, après tu iras mieux.*

– *C'est l'amour à portée de main,* diront d'elle les frères quand ils la connaîtront. Un amour sans limite !

Toutes le savent, même si elles replongent, elles seront accueillies à bras ouverts, à leur retour. Ni reproches, ni représailles, les sœurs les embrassent sans restriction.

Tout en passant les plats, l'eau ou le pain, Sœur Esther expose le calvaire vécue par les jeunes filles. Ancienne professeur de philosophie, elle analyse la situation de façon très réaliste avec une grande justesse. En Colombie l'extrême pauvreté représente le premier des fléaux.

Dix millions de personnes sont en dessous du seuil de pauvreté. Et, question de vie ou de mort, les *muchachas* se prostituent pour que leurs enfants ne meurent pas de faim.

Avec sobriété, la supérieure achève par quelques mots indignés, prononcés avec force, et montrant toute sa compassion :

– *Elles manquent même de l'indispensable pour vivre et ne reçoivent de la société que reproches et mépris.*

Une attitude hostile qui renforce le sentiment de honte, bien ancré chez chacune, du fait de ce *travail* qui n'en est pas un.

Première réaction instinctive, les frères Jaccard sont démoralisés devant toute cette détresse. De leur côté, touchées par la grande affection qu'elles perçoivent dans les propos tenus, les filles se taisent, un peu impressionnées par ces Padres en qui les sœurs ont une telle confiance.
Elles savent qu'elles peuvent compter en tout sur Sœur Esther qui a le chic pour montrer à chacune qu'elle est unique.

– *TOUTES DÉSIRENT S'EN SORTIR !* ponctue énergiquement la supérieure qui sait combien ces filles sont torturées, au sens propre.

Maria - Micaela, marquise et sainte !

On arrive déjà presque au dessert quand Esther raconte l'origine de tout :

– *Dans les années 1850, en Europe, la prostitution avilit et marginalise un bon nombre de femmes. Devant l'ampleur de cette souffrance, sainte Maria-Micaela, notre fondatrice*, s'est sentie appelée à leur consacrer toute sa vie. "Si les autres te tournent le dos, nous, nous te donnons la main" disait-elle.*

Pour ces mal-aimées de la rue, elle a l'intuition qu'il faut fonder une congrégation, à leur service, pour les réhabiliter en leur donnant les moyens de vivre autrement, de retrouver leur dignité de femme. C'est de là que tout est parti.

Esther continue, intarissable quand il s'agit de ses protégées :

– *Point de départ de toute action, notre fondatrice demandait de passer beaucoup de temps en adoration. Aujourd'hui, le Saint Sacrement est exposé du matin au soir. Pendant que deux sœurs prient en présence de Jésus dans l'Eucharistie, d'autres vont dans les rues à la rencontre des chicas.*

Ce qu'elle ne développe pas, c'est que la communauté revient de loin. Le charisme de sainte Maria-Micaela était un peu oublié. Aux quatre coins

**Santa Maria - Micaela Desmaisières y Lopez de Castillo, marquise de Sorbalan, née en 1809, fonde la congrégation des Sœurs Adoratrices « esclavas del Santíssimo Sacramento y de la Caridad » (esclaves du Saint Sacrement et de la Charité), en 1856. Aujourd'hui, la communauté est répandue dans 19 pays.*

du monde, les sœurs s'occupent surtout de collèges chics et de leurs élèves favorisées. Objectif premier : être de bonnes enseignantes.
C'est pourquoi, depuis quelque temps, les sœurs Luisa et Esther essaient de recentrer leur communauté sur sa vocation première.

Cette manière d'agir rejoint totalement celle des frères :

– *Nous sommes frappés par ces religieuses qui associent messe/adoration et présence auprès des plus pauvres.*

Un vrai chef d'entreprise

Avec l'ardeur d'une mère qui plaiderait pour ses enfants, la sœur présente maintenant, sans retenue, leurs rêves au tandem attentif. On voit que les religieuses connaissent parfaitement les besoins de leurs protégées :

– *Nous avons monté un embryon d'atelier de couture avec deux machines à coudre. Il serait bon de créer des ateliers d'apprentissage. Il en faudrait des centaines pour que...*
Elle martèle avec force :

– *Toutes-toutes-toutes apprennent un vrai métier et puissent gagner leur vie. C'est la seule solution pour qu'elles se libèrent de l'esclavage, se reconstruisent et retrouvent leur dignité de femmes.*

L'esprit pratique, Esther va plus loin. Tout est programmé dans sa tête : d'abord aller chercher les filles dans les quartiers où elles croupissent, tenter de les convaincre qu'elles peuvent apprendre un métier. Pour cela trouver les moyens financiers pour créer les structures de formation nécessaires : locaux et machines à coudre, à broder, etc.

Enfin, créer une unité de production. Taillée pour être chef d'entreprise, on dirait qu'elle a littéralement photographié dans son esprit une usine française dont elle reproduit intégralement la description.

Aucune idéalisation, la religieuse part du concret, souple, prête à s'adapter au réel. Dans la foulée des projets évoqués, elle voit déjà comment transformer un coin de banlieue. Tout est prévu, du macadam aux petites maisons accolées les unes aux autres, en passant par les patios, les égouts... Elle connaît même le coût des terrains vagues dont elle a fait tester la qualité de l'eau.

La supérieure parle en visionnaire. Et encore, ils ne savent pas à cet instant, que tout ce qu'elle anticipe avec précision comme devant être mis en œuvre, le sera vingt-cinq ans plus tard, dans les moindres détails. Elle saura drainer puissants et petits derrière son projet.
SIDÉRANT !

Là, le duo expérimentera, une fois de plus, à quel degré de justesse lumineuse l'inspiration de l'Esprit Saint peut conduire qui s'en remet à Lui. Sous son action, tout sera réalisé exactement comme Esther l'a prévu.
Pour l'instant, la maîtresse femme conclut :

– *Comme je vous l'ai dit, aujourd'hui nous n'avons qu'un petit atelier de couture. Si nous avions plus de possibilités...*

Sœur Esther et le tandem, symbiose

Le silence s'installe.

Pour les frères, c'est clair : cette rencontre n'est pas fortuite. La Providence les a clairement conduits auprès de cette âme sœur pour soutenir la démarche entreprise, sans grands moyens, avec un courage qui force l'admiration. Pierre pense :

– *Elles vivent exactement ce que l'on connaît auprès des lépreux.*

De son côté, la supérieure ressent tout de suite une grande proximité avec les frères Jaccard :

– *Leur amour de l'Eucharistie, leur expression d'adoration devant le Saint-Sacrement et leur délicatesse à l'égard des filles, tout me montre que ces prêtres sont hors du commun. J'en suis convaincue, leur venue providentielle fait partie du plan de Dieu.*

Avec émotion, Pierre et Raymond se rappellent alors l'intervention de Yiseth. Pauvre petite fille qui, poussée par un élan intérieur, a pris son courage à deux mains pour appeler au secours.
C'est de là que tout est parti ! Pressentant ce que Dieu attendait d'eux, ils étaient prêts. La collaboration peut commencer, cocktail détonant et efficace au-delà de toute logique humaine.

Électrochoc à Rome

Dès l'année suivante, alors qu'ils sont de passage à Rome, les frères apprennent que Sœur Esther s'y trouve en même temps qu'eux.
Tiens ! Heureux hasard !?
Non, comme d'habitude, le duo a expérimenté un nombre incalculable de fois comment la Providence permet les bonnes rencontres aux moments clés. En l'occurrence, le chapitre général de la communauté des Sœurs Adoratrices.

Circonstance exceptionnelle, quarante provinciales, venues du monde entier, sont réunies dans la capitale italienne pour élire la nouvelle supérieure générale de toute la congrégation.

En tous cas, la sœur saute sur l'occasion de la présence du tandem :

– *Ce serait bien si vous nous donniez une conférence sur les lépreux puisque vous êtes sur place. Vous pourriez peut-être aussi évoquer notre vocation.*
Tous deux acquiescent sans discuter. Les religieuses sont captivées !

Devant cette réaction, Pierre et Raymond n'hésitent pas à élargir leur intervention à ce qu'ils ont découvert : l'action des sœurs Esther et Luisa auprès des mal-aimées de Bogota. Avec chaleur, ils évoquent le charisme initial de la congrégation et l'urgence d'agir auprès de ces victimes que personne ne défend :

– *N'ayez pas peur de vous investir, à fond. C'est là que le Christ vous attend !*

Justement, la suggestion rejoint la demande du pape Jean-Paul II à toutes les congrégations : approfondir l'intuition d'origine des fondateurs.
C'est l'électrochoc.

La congrégation est littéralement retournée. Certaines sont prêtes, d'emblée, à aller jusqu'à une reconversion radicale. Pour d'autres, la transition prend plus de temps.

En tous cas, en février 1994, Jean-Paul II se montrera impressionné par la vie et l'action des religieuses et le mentionnera dans sa *Lettre aux malades.*
Pour l'heure, Sœur Esther repart galvanisée.

Un dénouement sur plateau d'argent

Dans les années 1980, la mission des Sœurs Adoratrices – se consacrer aux *mal-aimées* de la rue – commence donc progressivement à revenir à l'orientation de départ.

Un samedi soir, alors qu'elles réunissent un groupe de prière à l'église, tout le monde implore le Seigneur pour les pauvres filles de la rue. À la fin, la réflexion amère d'un ado secoue les participants :

– C'est bien beau, tout ça, on a bien prié mais ça n'empêchera pas la copine de ma sœur de se prostituer ce soir !
Agacé, David fait allusion à une amie de sa sœur, embarquée dans un bar.

Les religieuses ont écouté la remarque avec émotion. Pour Esther, cette intervention est claire, il est temps d'agir. Elle décide d'accompagner David

dans le bar en question, dès ce soir, pour tenter de parler à la gamine.
Peut-être pourra-t-on l'aider ?

À peine arrivés, une discussion un peu surréaliste s'engage avec la patronne sur l'importance pour Flor de finir ses études. Étonnamment accommodante, elle grommelle :

– *Moi j'veux bien mais, attention, c'est moi qu'a payé sa jupe et son tee-shirt et faut m'rembourser. Tu m'files le fric et c'est bon.*
David n'a rien sur lui, les soeurs non plus.

Le patron s'est tu, mais il a l'œil. Il a repéré aussitôt la montre de l'ado :

– *T'as qu'à cracher ta breloque !*

Cachant leur surprise, ils s'attendaient à plus de résistance, ils s'empressent de repartir avec Flor avant que les tenanciers n'aient le temps de changer d'avis.

Premier sauvetage, cet épisode stimule la communauté, même s'il ne sera pas toujours suivi de dénouements aussi faciles.

D'un pays à l'autre, des décisions parfois draconiennes sont prises, adaptées à la situation locale : fermeture de tel ou tel collège au bénéfice d'ateliers pour les *chicas*, ou son maintien, comme à Bogota et Pereira où l'établissement scolaire garde une place importante. Il accueille notamment gratuitement les enfants des femmes engagées dans une formation. Parfois les ateliers sont mis en place à l'étage, dans les anciennes salles du secondaire, tandis que les enfants du primaire sont installés au rez-de-chaussée.

Progressivement, tout un plan de bataille est

conçu : on va chercher les filles, on va leur parler... Appui indispensable, le duo soutient cet élan lors de ses séjours colombiens, désormais annuels.

Tracts, plan de bataille

Dans l'immédiat, grâce à Angelica, les frères Jaccard commencent à découvrir une des premières initiatives prises par les religieuses :

– *Un jour, je me rends au Centre antivénérien. Une sœur est là qui donne des papiers. Elle est pas toute jeune. Ça surprend d'en voir là. Elle me file une invitation pour une rencontre dans son couvent. J'en reviens pas.*
Enfin une porte qui s'ouvre ! On m'invite, moi ! ?
Je suis allée à la première réunion ; faut voir comment qu'on est accueilli : respect pour tout le monde. En plus, elles disent qu'elles sont contentes de prier pour nous, comme pour ma copine Léa qui doit être dyalisée.

Peu à peu, le combat se formalise et cela ne se fait pas tout seul. Pour ces semblants de tracts, petits bouts de papier avec l'adresse, il faut trouver les mots simples qui touchent. Il s'agit de convaincre :

– *Si tu veux changer de vie, apprendre un métier : coiffure, couture, broderie..., viens nous voir dans nos ateliers, situés... Ils ont été créés pour toi. Tu auras un vrai travail qui te permettra de vivre et d'envoyer tes enfants à l'école.*

Ces premiers aperçus, seulement la surface de l'iceberg, mobilisent les frères. Et toute une dynamique s'enclenche à laquelle ils vont participer activement.

Dans l'immédiat, ils repartent éblouis par le punch et l'intelligence des sœurs. L'inventivité qu'elles déploient avec tant de talent et de courage, et leurs sourires rayonnants dans un tel univers, voilà des signes criants de l'action du Seigneur.

Des anges dans les quartiers chauds

Des personnalités les plus fortes aux plus effacées, les différents charismes des religieuses se complètent et chacune semble bien à sa place. Partout, leur entente frappe, une unité rare et indiscutable.

Peu à peu, elles s'établissent dans la plupart des grandes villes* : de Bogota à Medellin, en passant par Cali, Manizalès, Pereira, Armenia, La Virginia, Bucaramanga et Cucuta. Mais elles ne s'en tiennent pas à la Colombie et Saint-Domingue, les grandes villes d'Équateur sont aussi concernées, que ce soit Quito, Guayaquil, Cuenca...

À quelques-unes, dans de nombreuses petites communautés, elles s'implantent au plus près des *chicas*. Indispensable pour réussir la première opération programmée pour les plus jeunes : aller chercher les filles et leur proposer une formation.

Ainsi à Manizalès, où l'indice de pauvreté bat les records : 45,4% de la population est concernée,

*Les sœurs sont implantées à Bogota (5 maisons), Armenia (2 maisons), Pereira (2 maisons), La Virginia, Manizalès, Cali, et en Equateur (1 maison à Quito, 1 à Guayaquil et 1 à Cuenca).

Gloria et Cardona Maria papotent deux minutes, avant le rush des clients :

– *Dans le quartier, juste près de mon bar, y a un nouveau proprio. Il a les moyens, dis donc. Avant, la bicoque, elle allait s'écrouler. T'as vu, ils ont tout agrandi. C'est tout remis en état, nickel. Julio, il va trouver que c'est bon pour attirer chez lui.*

– *T'es à côté de la plaque ! J'ai vu des sœurs. On dirait que c'est elles qui vont crécher par ici.*

– *C'est pas vrai ! Elles ont pas peur !*

Oui, les nouvelles maîtresses du lieu n'ont pas froid aux yeux. Elles ont acquis cette maison délabrée, grâce au P.A.S., en plein dans la zone la plus chaude. Une option systématique quand c'est possible !

De façon générale, au début les *chicas*, soupçonneuses, ne veulent pas adopter n'importe quel type de formation. Il faut prendre le temps de les apprivoiser.

Cristina, qui restait sur ses gardes, échange ses impressions avec Clara :

– *... Y a un mois, des sœurs viennent bavarder avec nous sur le trottoir et y en a une qui me donne un tract. Quand je vois ça, je me demande si ce qu'elle dit, c'est pas du chiqué : de venir chez elles, qu'on sera accueillies, qu'y a des formations pour un travail après, et patati et patata... Pas possible, c'est une attrape, ou quoi ? Quelques jours après, je vais à l'adresse indiquée sur leur papier. Pour être méfiante, je suis méfiante et je cherche l'embrouille, mais je veux voir et comme j'ai plus rien à perdre...*

Devant la porte, je demande à Dieu de faire quelque chose pour m'aider. Jamais j'aurais pu imaginer ce qui

arrive quand je rencontre les sœurs. Dieu donne des anges pour qu'on s'en sorte. Ça j'en suis sûre !
Tout de suite, je me sens aimée et respectée. Comme un Père pour sa petite fille ! Dieu m'a exaucée...

Clara approuve :

– *Moi aussi, j'y croyais pas, mais maintenant, avec les sœurs, c'est dingue, je découvre un autre monde. C'est des amies et je les aime...*

Peu à peu, quand elles apprennent à connaître les religieuses, la confiance naît et elles finissent par se sentir à l'aise avec elles.

L'autre jour, deux sœurs passent devant un groupe de *mujeres* qui attendent le chaland. Plusieurs les reconnaissent et leur font la fête. Embrassades, échanges de nouvelles sur les enfants et les apprentissages commencés.
On est presque en famille !
Comment pourrait-il en être autrement quand on voit à quel point les petites sœurs sont données ! Des anges !

Pour une qui s'en sort, je donnerais toute ma vie *

Pourtant, rien n'est facile, comme le rappelle Sœur Esther :

– *La prostitution laisse des séquelles profondes, c'est pourquoi nous mettons tous les moyens en œuvre pour qu'elles acquièrent ou retrouvent leur dignité de femme, de mère et de citoyenne, vis-à-vis*

* Pédagogie de *Sainte Maria-Micaela*, la fondatrice des Sœurs Adoratrices

de la société. Car elles ont perdu le sens de leurs droits et de leurs devoirs.

Une seule pédagogie : l'amour, « *secret pour obtenir de bons résultats... et, si possible, la guérison.* »
Maria en sait quelque chose :

– « *Réduite à l'état d'animal, j'avais plus rien d'une femme. J'en pouvais plus et je voulais m'échapper. Sans un sou. Au lieu de rencontrer la compréhension, on m'a fermé la porte au nez. Alors j'ai continué.*
Un jour, je vois une religieuse qui me demande si je veux changer de vie. Elle dit ça avec un respect, ça fait tout drôle. On dirait une langue inconnue. Quelqu'un qui me parle doucement, avec de l'affection. Qui s'intéresse à moi ! Qui me pose une question et qu'attend ma réponse... J'ai jamais connu ça !
Comme je sais pas bien lire et écrire, je demande si je peux aller à l'école, chez ma nouvelle « amie ».
Elle me file l'adresse de la communauté de ses sœurs qui donnent des cours pour des femmes comme moi. Quand j'arrive, on dirait que je vais revivre. Enfin un peu de paix. L'amitié des religieuses, ça m'a fait comme une corde qu'on m'aurait jetée pour pas que je me noye.
Pourtant, je cache pas que j'ai replongé. J'étais pas fière et je voulais tout arrêter. Eh ben, vous me croirez peut-être pas, mais c'est une sœur qu'est venue nous voir, nous, les taulardes. Je la reconnais de suite.
Je reste dans mon coin. J'ai trop honte. Elle, ça la gêne pas, elle s'approche avec son beau sourire et

elle dit rien. C'est moi qui parle : « vous vous rappelez de moi, ma sœur ? » « Bien sûr ! » Je lui raconte tout. Que je suis perdue, une voleuse, prostituée... pas possible de tomber plus bas !

Elle a pas l'air plus étonnée que ça et elle dit : « oublie le passé. Quand tu sortiras de là, reviens chez nous. Nous essaierons de mieux t'aider. Nous demanderons à Dieu de te donner encore plus de force. » Et elle a tout fait pour que je me tire au plus vite. Je m'en suis bien rendu compte.

À la sortie de prison, je sais pas où aller. Mais les paroles de la vieille sœur me trottent dans la tête... Le lendemain, je vais la retrouver. Elle m'accepte tout de suite et je me sens chez moi. »

Odilia, fascinée, examine avec attention l'attitude des sœurs :

– *Avec elles, j'ai appris à être transparente, honnête, forte et même à pardonner. J'ai jamais rencontré des personnes comme elles. Elles nous consacrent tout leur temps avec tant de patience et d'amour ! J'arrête pas de regarder ce qu'elles font. C'est de les voir qui m'a poussée à sortir de cette vie répugnante. Je sens bien que je deviens meilleure. »*

Et sainte Maria-Micaela continue à soutenir les actions entreprises pour les *chinitas*, plus mystérieusement, par la communion des saints. Sandra n'arrête pas de le crier sur tous les toits :

– *Un jour, j'ai supplié la fondatrice des sœurs, de me prendre tout près d'elle... Avant, Dieu je l'appelais mais, je le croyais loin. Je croyais qu'Il s'occupait que des riches et je savais rien sur Jésus. L'affection des sœurs et de mes copines, ça a changé bien des choses. Mais c'est grâce à sainte Micaela que je connais Dieu. La joie, maintenant, je sais ce que c'est !* »

Encadrement pro, on n'est pas au patronage

Touchées, les *chicas* s'intègrent au fur et à mesure aux différents programmes proposés.

Il faut donc un encadrement de qualité. Or, les sœurs ont l'art de s'entourer de laïcs efficaces. Elles multiplient le recrutement de formateurs de talent et des équipes techniques sont constituées.

Les critères sont exigeants. Les sœurs regardent d'abord les options et qualités spirituelles des futurs instructeurs. Elles vérifient aussi que leur professionnalisme s'accompagne toujours du plus grand respect pour toutes les femmes ayant subi, ou endurant encore, un tel asservissement.

La moyenne d'âge ne dépasse pas vingt-cinq à trente ans et les visages, sympathiques, reflètent équilibre et motivation. Reste la question des salaires.
Tout le système tient grâce aux dons du P.A.S... vitaux !

Quand la *chica* arrive pour choisir une formation, tout d'abord, un laïc accompagnateur l'écoute pour connaître son passé et ne pas la laisser se fourvoyer dans des projets irréalisables. C'est elle qui exprime ses souhaits pour sortir du milieu. Même les plus démunies intellectuellement proposent souvent de vraies solutions.

Et les sœurs deviennent vite assiégées, car le nombre des maisons de passe grandit sans cesse. Comment trouver des solutions concrètes qui évitent les délais d'inscription trop longs ?

Au début, des moyens de fortune permettent de quitter le milieu et changer de vie au plus vite. Ils conviennent aussi à celles qui ne peuvent apprendre des métiers compliqués, sur des années d'apprentissage.

Ainsi, les marchandes ambulantes en tous genres pullulent. Les idées ne manquent pas comme confectionner des poupées, préparer des *anchetas** aux couleurs fluo (avec savon, bouteille de vin, biscuits..., le tout emballé dans un beau papier cadeau transparent), des *puchitos* (barquettes de fraises, prunes ou bananes), réaliser des guirlandes de Noël, décorer des cierges etc... selon les besoins. La moitié des petits boulots à Bogota sont informels, non déclarés... Certains ne suffisent pas pour vivre. Sur une trentaine de dollars par mois, en moyenne, il faut en donner six pour sa chambre. Au moins, cette option permet de tenir jusqu'à la fin de l'apprentissage !

Brouette, thermos, récup..., des filons précieux !

Vieilles boîtes de conserves en fer dépliées, planches vermoulues disjointes, papier goudron...

**Anchetas* : paniers ou bassines de Noël proposés pour 15 000 pesos, 6 euros – le SMIC est à 200 euros.

voilà le bric-à-brac qui constitue, parmi tant d'autres, le taudis où vivent Cristina et son petit Alejandro. Pour elle, la trouvaille, c'est l'achat par les sœurs d'une brouette. Grâce à cette idée, Cristina vend des oranges dans la rue. Ça marche ! Mais comment apprendre à gérer son argent pour "réinvestir" chaque matin dans de nouveaux fruits ? La motivation est tellement forte que, peu à peu, elle arrive très bien à s'organiser :

– *Dire que maintenant j'ai un travail et que je peux nourrir Alejandro ! Jésus est avec moi et je suis la plus heureuse des femmes.*

Pour Georgina, c'est pareil. Tous les matins, elle chauffe de l'eau pour en remplir plusieurs thermos. Chargée de bocaux de café et de lait en poudre, elle arpente les trottoirs du quartier mais, cette fois, la joie dans le cœur. Georgina vend des boissons chaudes. Elle est libre !

– *Eh, Paolina ! Viens avec moi.* »

Parfois, toutes deux se croisent. C'est bien, car leurs activités se complètent. Paolina se lève, dès l'aube, pour cuire du pain brioché. Les passants l'apprécient car il est tout frais à portée de main. Elles sont nombreuses à commencer leur journée aux aurores.

Sara moud du maïs vers trois heures du matin, tandis que ses deux fils de quinze et dix-sept ans, dorment encore un peu. Elle fait cuire ses *arepas* qu'elle vend, comme sa meilleure copine qui propose des boissons glacées maison, des bonbons, des cigarettes, et se débrouille pour être dans le même secteur.

– Tu sais pas, Lora s'y colle maintenant, elle a quitté Mimi et elle met ses chinitos dans le coup. À quatre heures du matin, c'est réveil en fanfare ! Ils commencent à fabriquer des balais.*
Les sœurs, elles ont donné un stock de nylon et pis Lora, elle a trouvé des chutes de toile, de la récup., je sais plus où. Au début, fallait voir, elle et les mioches, ils savaient pas comment qu'on faisait. Son premier balai, elle l'a gardé tellement il est moche, rien que pour le souvenir. Ça m'a fait rigoler. Ah, la Lora, elle paye !
Si t'avais vu ! Ses balais, au début, ça payait pas justement. 20 pesos (10 centimes d'euro) chacun. Tu vois le tableau.

Cinquante qu'il en fallait par jour. Au moins. Pour vivre avec ses mioches. Elle était toute découragée avant même de commencer. Faut dire qu'elle pensait aux clients d'avant qui donnaient 15 000 pesos de l'heure (moins d'un euro). Et tu sais ce qui a fait le déclic ? Elle m'a tout raconté : elle venait d'arrêter de boire – entre parenthèses « respect !» – et sa petite Monica lui a dit « allez, viens mama, on va chez les sœurs ! » Elle l'a fait et elle arrête pas de clamer que c'est sa gamine qui l'a sauvée et que le plus dur c'est le premier pas Et pis, elle s'est mise dans un atelier, en même temps qu'elle commençait le boulot. Et voilà le travail !

Au fait, hier, elle m'a dit : « où qu'elle est Sara, j'aimerais bien la voir ? »

Sara, soucieuse, fait une pause et s'assied sur une marche :

– Moi aussi. Mais je pense surtout à Nina, j'sais

* Chinito : gamin

pas si elle va tenir, elle est toute maigre. Le mécanicien qui lui donne ses bleus de travail, pleins de cambouis, à laver, ça lui suffit pas pour donner à manger à sa marmaille. 30 centimes d'euro la pièce qu'il lui balance. Et qui c'est qui casque pour la lessive ? C'est elle ! En plus, qu'elle se lève avant quatre heures du matin pour chauffer l'eau, sinon elle coule plus. Tu connais ! Déjà, faut qu'elle s'habitue – c'était pas nos horaires – mais même que ça colle, faut qu'elle trouve autre chose. »

– Elle pourrait peut-être coudre des masques pour les docteurs, tu sais ceux qui font les opérations... ah oui, les chirurgiens. C'est une idée de Sœur Luisa. Faudrait qu'elle leur demande un coup de main.

Tu sais pas la dernière ? À Noël, la prof. de l'atelier d'Ingrid, elle a pas hésité. Elle a demandé à voir le dirlo du supermarché à côté pour proposer ses anchetas, vu qu'elle est inscrite dans son apprentissage. Toute seule, elle ferait pas l'poids.

Pour les unes et les autres, se soutenir, c'est capital, car on ne sort pas de l'indicible d'un coup de baguette magique !

À plusieurs, c'est plus facile !

Toujours à l'affût pour secourir les *chinitas*, très vite la communauté pense à solliciter les anciennes. Rien de tel que le témoignage de celles qui ont vécu le même asservissement. D'autant plus que l'entente entre elles est excellente.

Si, parfois, certaines retournent voir le(a)

patron(ne) des bordels où elles ont vécu le pire, le plus souvent le souvenir est tellement insoutenable, qu'elles attendent des années avant de pouvoir remettre les pieds dans ce milieu :

– *Cet après-midi dans la Galeria, au milieu des filles, ça m'a fait très mal ! Je pensais à ce que j'ai vécu dans ce milieu. Y a pas plus dégradant. Et quand on s'est trouvé devant la Japonaise, j'ai pas pu entrer. Même avec les pères et les sœurs... Pour l'instant, je peux que prier pour la libération des copines !*

C'est l'injustice qui aide Juliana à sortir de ses retranchements :

– *Dernièrement, on m'invite à une réunion de jeunes. J'entends qu'on parle mal de mes anciennes copines.*
Mon sang bouillonne dans mes veines, mais j'ose rien dire. J'ai peur qu'on me mette dans le même panier qu'elles. Finalement, je me décide : « si ces filles, que vous montrez du doigt, sont dans la galère, c'est la faute à qui ? Est-ce qu'elles sont responsables ? La société les trompe et les exploite. Elles y peuvent rien ! »
Ils me regardent tous et je me sens rougir. Quelqu'un dit : « Elle a raison, pourquoi juger ces filles ? Qu'est-ce qu'on fait pour elles ? »
À la fin de cette réunion, un groupe s'est mis à aider les adolescentes qui se prostituent. J'étais contente d'y participer. C'est peut-être pour ça aussi que le Seigneur m'a aidée à m'en sortir !

Quoi qu'il en soit, tendre la main aux *chicas*, encore prisonnières, est la première préoccupation de beaucoup.
Plusieurs, tirées d'affaire, vont dans les rues

accoster leurs copines de galère. Les victimes, enfin libres deviennent actrices du sauvetage des autres :

– *J'ai trente-deux ans et je suis restée dans la rue, de neuf à vingt et un ans. Quand je pense qu'il y en a plein d'autres qui continuent à subir cette vie infernale !*

Alors, si je peux faire quelque chose ! Tout à l'heure, j'étais contente de donner mon témoignage... Je me souviens, y a deux ans, quand Diana m'avait invitée à venir chez les sœurs pour un métier, Je m'étais mise à pleurer. Au début, je me sentais oppressée, et puis Carmenza m'a convaincue en me disant : « il y a dix ans, j'étais assise à ta place...» Aujourd'hui, il me reste une seule souffrance : les copines !

Alors, elles s'organisent, comme Carmela, professeur de couture. Le sourire aux lèvres, elle explique comment ces réunions changent tout :

– *Le passé pour moi, c'est définitivement terminé. J'aime pas en parler. Vous savez, en travaillant à la couture et à la broderie, les filles et les mamans retrouvent leur vraie valeur. Les groupes se rejoignent chez l'une ou l'autre, ou dans un local qu'on loue.*

Marta, une autre ancienne, en réunit trois chez elle :

– *Dans notre quartier si pauvre, presque toutes se prostituent... On se sent responsables d'elles. Ensemble, on cherche ce qu'on peut faire. Le plus important : apporter une réponse très concrète par le travail. Aujourd'hui, nos petites communautés de travail, c'est des lueurs d'espérance.*

Le malheur dépassé les soude, même les futures mamans se retrouvent dans des séances communes. Enlisées dans la prostitution, les *chicas* vivent en marge d'une société qui se développe et s'organise. Phénomène croissant d'exclusion dont les Sœurs Adoratrices sont tout à fait conscientes.
C'est pourquoi, peu à peu, de vrais programmes de réhabilitation sont conçus, selon l'idée initiale de Sœur Esther.

Rien n'est donné. Le travail est une pédagogie de responsabilisation. L'assistanat n'est pas une aide qui libère l'être humain. Celui-ci a besoin de participer à sa propre réhabilitation. Voilà la philosophie adoptée pour faire grandir la personne.

Cette vision répond à la conviction intime des frères Jaccard :

– *On retrouve chez Sœur Esther ce qu'on vit au plus profond de nous-mêmes.*
La libération par le travail continue, à pas de géant.

Trois mille femmes en atelier

Sur une trentaine d'années, quatre-vingt *Religieuses Adoratrices* mettent en place des apprentissages dans toutes les grandes villes où elles sont installées. Leur priorité depuis toujours ! Cent trente-sept !

Avec professionnalisme, on procède à l'acquisition de machines électriques à coudre, à tisser, à broder..., et du mobilier pour l'équipement et le fonctionnement. Une fois les ateliers installés, on y prépare à divers métiers : coiffure-manucure, esthéticienne, boulangerie, confiserie, cuisine, couture-coupe, informatique, fabrication artisanale (objets en bambou, balais...).

Quand une *chica* accepte de changer de vie, la large palette permet de disposer d'un vrai choix pour se spécialiser dans le travail qui lui convient. Pour s'inscrire, chacune participe financièrement à la hauteur de ses capacités.

En 2010, elles sont trois mille femmes à apprendre un vrai métier !
Trois mille vies sauvées !

La durée d'enseignement varie selon l'apprentissage désiré. Pour beaucoup qui n'ont jamais mis les pieds à l'école, il va de pair avec une démarche d'alphabétisation. Si des études primaires ou secondaires ont été commencées, tout est fait pour qu'elles puissent être reprises.

De plus, les sœurs cherchent à ce que les plus instruites poursuivent leur développement humain et personnel. Elles leur offrent une formation à la mesure de leurs connaissances, particulièrement dans des organismes comme le SENA* qui propose une bonne instruction technique et pratique, en accord avec les exigences de notre époque.

Quelle satisfaction de voir des *chicas* devenir de vraies professionnelles en confection et broderie industrielle pour l'exportation ! Que d'autres deviennent cadres, encore un motif de grande réjouissance pour Sœur Esther et toute la communauté, surtout que cette réussite

*SENA : Servicio-National de Aprendizaje, organisme gouvernemental

s'accompagne d'un développement complet de la personne :

– *Quelques anciennes dirigent des ateliers, travaillent avec un grand sens des responsabilités et s'impliquent activement dans les différentes réunions professionnelles ou d'évangélisation et dans la vie paroissiale.*

Certaines en viennent à exercer une profession d'assistante maternelle, d'infirmière, d'assistante sociale, de formatrice, de chef d'atelier et de technicienne dans le cadre de l'usine, ou même d'avocat, de professeur...

Mais pour de tels résultats, encore faut-il pouvoir confier ses *bambinos.* Les sœurs l'ont bien compris !

Garderie et cantine pilote : l'excellence !

– *Comment ça s'est passé ce matin* ?

Gloria, penchée vers sa *nina* qu'elle embrasse avec effusion, interroge l'assistante maternelle, une ancienne qu'elle connaît bien, et qui garde les enfants des *chicas* en apprentissage :

– *Muy bien, Elsa a été très sage. Je crois qu'elle s'est fait un nouveau copain, elle n'a pas arrêté de jouer avec lui !*

Le jardin d'enfants est juste à côté de chez les sœurs, c'est pratique. À Manizalès, la garderie est installée sur le toit terrasse de leur maison. Pièce maîtresse, pour favoriser l'intégration des femmes, toute la vie sociale tourne autour. Les religieuses y tiennent comme à la prunelle de leurs yeux. Là, quel que soit l'âge, les *ninos* sont accueillis et pas par n'importe qui. C'est Sœur Lilia, quatre-vingt cinq ans, qui assure ! Toute la journée ! Vingt-cinq pitchouns le matin alternent avec vingt-cinq autres l'après-midi, pendant la classe de mathématiques... Le goûter servi dans le patio est très apprécié. La joie se lit sur les visages des *bambinos*, des privilégiés dans cet univers de pauvreté.

– *Et le déjeuner ? Tu l'as bien tout pris ?*

Subtilement, le ton de Gloria a changé, plus anxieux.

La maman espère qu'Elsa a profité au maximum du repas de la cantine, le soir il n'y aura pas grand-chose. Et encore, c'est mieux qu'avant où le seul repas était celui de midi. Gloria pense aux enfants de sa copine, qui n'a pas commencé de programme de réhabilitation. Une de plus encore coincée dans le turbin !

Elsa, les yeux pétillants, les pommettes hautes, rosies par les jeux, agite la main pour dire au revoir aux autres bambins puis se retourne vers sa maman :

– *C'était super bon et j'ai tout mangé. Une grande part !*

Gloria, ravie, tout sourire, remercie l'assistante qui raconte, intriguée, une de ses observations du jour :

– *Comme d'habitude, le repas a été complet, nourrissant et délicieux.*

De toute façon, on n'est pas difficile quand on a connu la faim, pense Gloria tandis que son interlocutrice poursuit :

– *Mais, il y a une chose que je n'ai pas comprise,*

Elsa n'a pas arrêté de sauter violemment sur sa chaise tout en mangeant. Savez-vous pourquoi ?

– *Elsa, pourquoi tu sautais comme ça ?* questionne sa maman qui commence à deviner ce dont il s'agit.

– *J'voulais faire descendre le manger pour demander une autre part parce que demain, j'viens pas.*

L'anecdote, mi-triste, mi-amusante, traduit bien les diètes forcées des familles qui n'ont d'autres ressources que la *galeria*.

Avec l'organisation de pointe mise en place, on peut parler de cantine pilote. Les enfants disposent de cartes que l'on poinçonne à chaque déjeuner. Puis, comme dans le conte de Boucle d'Or et des Trois Ours, ils choisissent entre trois tailles de portions, selon leur appétit. À chacun d'apprendre à l'évaluer. Une seule règle impérative : finir son assiette. On ne gaspille pas. Dans une ambiance générale paisible et très ordonnée, chaque enfant profite de ce moment pour recharger les batteries au maximum car, pour la plupart, ce sera la seule nourriture de la journée.

Celui qui peut jeter un œil côté cuisine, remarque les fourneaux impeccables et les tenues des femmes parfaitement en règle avec les normes d'hygiène les plus exigeantes. Il en est de même pour la sécurité. L'excellence, c'est la marque des sœurs et les frères Jaccard constatent avec bonheur de tels résultats !

Quelle chance de pouvoir confier les enfants quand on commence une formation, songe Gloria, autrement on pourrait pas. Heureusement que la liste d'attente était pas trop longue. J'en peux

plus de retourner au *boxon*, le soir ! J'ai qu'une idée avoir un travail, un vrai et basta...
Dès qu'elle aura terminé son cursus, elle commencera à travailler. Et, pour parfaire sa reconversion, Daniela, une laïque, l'accompagnera pour lui apprendre à gérer son salaire. Même si ce n'est pas une ancienne, elle sait comprendre les difficultés d'adaptation inévitables.

Avec tous ces atouts, les réalisations se développent en fonction des besoins spécifiques de chaque lieu. Comme en République Dominicaine.

Paradis artificiel pour perversité cachée

Sur fond de mer turquoise, sirotant un soda, calé dans un profond fauteuil installé sous les cocotiers, Steve s'extasie devant la couleur du sable, presque blanc, qui coule entre ses doigts de pieds. Des rosaces de fleurs exotiques aux couleurs très vives ressortent sur la moquette verte d'herbe fraîchement coupée et arrosée. Tentures de verdure, des murs de plantes étudiées forment des tableaux qui accrochent le regard. Dans ce cadre paradisiaque, on peut dire que tout est fait pour le touriste. Rien de tel qu'une île pour oublier tous ses soucis. Steve profite au maximum du calme et de la sérénité qui se dégagent du lieu. Tout est magnifique et le service est parfait. Un vrai petit coin de paradis !

La République dominicaine offre un décor de carte postale qui attire un tourisme international, surtout en provenance des États-Unis (à une heure de vol de Miami). On a l'embarras du choix entre les hôtels grand luxe. Certains drainent des sommes d'argent considérables. Mais derrière l'apparence idyllique, se cache une prostitution enfantine galopante.

Ainsi, dans la ville de La Romana, 200 000 habitants, à une centaine de km de la capitale, ce type d'exploitation est florissant. Comme une pieuvre tentaculaire, elle s'introduit partout : bars, arrivées d'autobus, garages, centres de lavage de voitures, hôtels, sorties d'usines... Partout où l'homme, attiré par la chair humaine pourrait se transformer en prédateur. Steve peut s'offrir Cheddi ou Surima – neuf ans – pour le prix d'UN chewing-gum ! Il pourra s'amuser à gogo toute la journée avec ses *sex-toys* vivants et les petits « singes » au ventre vide auront peut-être droit à des cacahuètes, si ce n'est au sida !

MIR, un complexe d'Amour

Goutte d'eau dans un océan de souffrances, la maison de la Paix, MIR, où cinq sœurs, secondées par une trentaine d'éducateurs, accueillent inlassablement tous ceux qui frappent à la porte, dans une ambiance FAMILIALE. Là, on peut parler d'amour !

À MIR, on ne lésine pas sur la diversité des services offerts : consultations médicales, analyses de laboratoire, pharmacie, information sur le sida, développement de la personnalité, accompagnement spirituel, accueil de “cas urgents” avec quelques chambres d’hôtes...

Dans les *bateyes* (villages haïtiens pauvres des plantations de canne à sucre), les jeunes filles très nombreuses, convoitées par les marchands de plaisir, risquent à tous moments d’être embarquées dans les bordels de la ville. Aussi, les religieuses s’attellent à développer une prévention sociale efficace.

Pour les *chicas*, déjà à la merci du milieu, elles engagent aussi toute une politique de soins pour enrayer les maladies vénériennes que toutes craignent.
Partout, elles poussent les filles à se rendre dans les centres antivénériens. Devant leur efficacité, le gouvernement a même confié à la communauté trois appareils médicaux très sophistiqués pour détecter le sida, occasion exceptionnelle de contact avec les filles.

Les projets abondent jusqu’en cette année de 2011 où l’on rêve d’ouvrir une maison d’accueil pour des petits sidéens, à Manizalès. Le terrain est déjà localisé. Reste à assurer le salaire des formateurs. Terrain sur lequel le P.A.S. est bien sûr sollicité !

Diplômées d’État !

C’est la fête. Aujourd’hui, la grande distribution des diplômes a commencé.

– *J’ai la trouille. Si j’ai pas mon CAP, comment que je ferai ?*

Tout en posant la question, Lina n'y croit pas. Elle a bien travaillé pendant tout l'apprentissage et elle sait qu'elle a toutes les chances d'obtenir un vrai certificat, sa capacitación*. Sans le dire, elle a déjà prévu une place sur un mur de sa maison pour le mettre en vedette, à côté du *bachillero*, (équivalent du Bac français) de sa fille.
Pas de géant, l'organisme gouvernemental SENA valide toutes les formations engagées par les sœurs. Oui, elles ont obtenu la reconnaissance officielle de leurs CAP et ce n'est pas une mince affaire.

Dans la bataille engagée pour un statut, les soutiens proviennent parfois des premières concernées.

– *Je suis tombée enceinte. Je sais pas quoi faire. Ma mère, elle va me chasser. Et à treize ans, je sais pas comment travailler. Je suis complètement paumée.*

– *T'as qu'à demander à Julia, elle connaît Fabiola. Paraît qu'elle dit de venir chez elle quand c'est qu'on attend un bébé et qu'on a pas dix-huit ans.*

En effet, Fabiola, ancienne de la rue, a monté un centre d'accueil pour les petites adolescentes de la rue, enceintes. Elle aussi s'est battue pour qu'il soit officiellement reconnu par le *BIENESTAR FAMILIAR* (équivalent de la DASS en France).
Fabiola envoie ses pensionnaires, les petites adolescentes enceintes au centre de formation des sœurs, non loin de là. Elles y préparent un CAP.

* capacitación : CAP

Si l'État valide volontiers ces initiatives ou ces formations, il faut dire que cela ne lui coûte pas le moindre centime ! Il ne donne aucune subvention, ne finance aucun salaire, que ce soit des professeurs ou des animateurs.

Les chrétiens, ici comme dans bien des coins du monde, se donnent sans compter pour remplacer les déficiences des gouvernements.

En tout cas, au fil des ans, les sœurs savent fédérer les bonnes volontés pour pérenniser les avancées. Elles travaillent en collaboration avec des assistantes sociales, des élus municipaux et des laïcs investis à fond dans chacun des centres. Beaucoup sont habités par la même foi.

Dans cette logique de reconnaissance et d'exigence, l'usine décrite si précisément, il y a longtemps par Sœur Esther, est opérationnelle aujourd'hui.

Et elle n'a rien d'artisanal !

Même une usine Iso 9 000 !

Ici on travaille, on partage et on s'aime

S'investir tout de suite dans le monde du travail, pour celles qui terminent un apprentissage en couture, ce n'est pas si simple !

Les sœurs l'ont bien saisi et organisent, pendant un certain temps, un passage en *usine protégée*, conçue pour elles.

On a choisi la cour de la communauté pour la

bâtir à proximité. Le système conçu permet l'accès au plus grand nombre et l'accoutumance progressive : horaires fixes, travail avec d'autres, cadences rapides... Deux groupes se succèdent, dans les mêmes locaux, huit heures par jour.

Certaines ont besoin de ce soutien pendant plusieurs années. Quand elles seront prêtes, elles pourront travailler à domicile, en micro-entreprise, ou dans une usine extérieure.

L'usine de production n'est pas équipée de machines industrielles à bout de souffle. Pour la coupe, la couture ou la broderie, le matériel est à la pointe du progrès et le visiteur ressort émerveillé.

Du haut d'une coursive qui surplombe et entoure une salle géante, on admire les cent cinquante femmes qui s'affairent le matin et autant l'après-midi. Les ouvrières fournissent 5 000 pièces chaque mois. Les mains s'activent avec des gestes techniques extrêmement précis. L'attention est soutenue et les regards extérieurs ne distraient en rien la concentration. Un vrai professionnalisme !
Le spectacle est impressionnant.

L'excellence, perceptible dès l'entrée, s'appuie sur toute une philosophie qui fait la différence. À l'accueil, on peut lire en belles lettres transversales :

*« **Ici on travaille, on partage et on s'aime** » !*

Les *Creaciones Miquelina* fabriquent des vêtements sous la marque VIP, pour la Colombie. Mais l'entreprise ne s'arrête pas là, elle travaille aussi pour l'exportation !

Style, coupe, des vêtements de ski à la dernière

mode partent pour l'Angleterre. Élaborés, fonctionnels et confortables, ils arborent la marque PARAMO.
Et, on ne bricole pas car toutes les fabrications sont aux normes ISO* !

Chaque *chica* touche le salaire minimum légal colombien : 535 600 pesos, environ 200 euros. De plus, dans les années 90, elles accèdent à différents droits sociaux fondamentaux : maladie, retraite, vieillesse.

La pérennité de la production est vitale alors que la crise économique mondiale provoque une baisse de l'activité. Il faut parfois débrayer avec des conséquences terribles pour les salariées.

Le souci premier des sœurs est de trouver d'autres débouchés à l'exportation ! Pour un apport financier plus intéressant que le marché intérieur qui reste limité.

Encore faudrait-il avoir les moyens d'une bonne communication pour faire connaître des produits qui ont tout pour satisfaire le consommateur européen le plus exigeant.

Le top : une coopérative
La COOMIQUELINA

De la réinsertion personnelle on passe à un phénomène collectif.

*ISO : Organisation Internationale de Normalisation (reconnue par 158 pays), qui définit des normes internationales industrielles et commerciales, pour servir les intérêts des consommateurs et utilisateurs.
* *Por mujeres, para mujeres* : par des femmes, pour des femmes

En juillet 1988 les sœurs, qui n'ont peur de rien, envisagent une organisation en coopérative *por mujeres, para mujeres* *.

Les fonds ne sont pas au rendez-vous mais, providentiellement, un bienfaiteur occasionnel donne une très belle horloge française et une bague en or. Grâce à ces objets, une loterie permet de démarrer (son montant placé en banque). Plus tard, les créations Miquelina et le P.A.S. renforcent le dispositif.

La COOMIQUELINA naît pour la construction, l'approvisionnement (avec magasins où l'on peut se fournir en produits de première nécessité), la surveillance et le financement. Prémices d'une nouvelle vie sociale, basée sur la responsabilité et l'ouverture aux autres.
Aujourd'hui, le financement initial de la coopérative – 1 300 adhérentes – assure un fonds de solidarité et de prestations couvrant des dépenses liées aux besoins domestiques, médicaux et intellectuels des enfants.

De plus, beaucoup de femmes peuvent être logées dans de petites maisons, devenant même propriétaires grâce à un apport personnel (environ la moitié de la somme). Un emprunt, consenti par la coopérative, complète le montant. Remboursable mensuellement, il équivaut à un loyer normal.
Cet accès à la propriété représente un facteur majeur de réinsertion. Non seulement les *chicas* sont valorisées mais, en plus, elles disposent de locaux pour leurs micro-entreprises : réunion de travail, petit commerce, garde d'enfants ou cantine de midi.

Il a fallu vingt ans pour consolider la coopérative dont l'objectif est de construire une vie digne. Les valeurs de la COOMIQUELINA, qui font sa force, s'affichent clairement : responsabilité personnelle et sociale, aide mutuelle, démocratie, égalité, justice, solidarité, honnêteté, transparence, sens des autres, formation chrétienne. Aujourd'hui, elles sont 120 familles à en bénéficier.

Un ensemble qui crée un sentiment d'appartenance très fort au groupe féminin Miquelina. La fondatrice Micaela n'est pas loin !

Un nid pour chacune, le rêve absolu !

Dès 1989, un rapport du tandem adressé à Rome et à leurs évêques, montre l'ampleur du projet en cours de concrétisation :

– « *Impossible de rendre compte de toutes les réalisations depuis douze ans. Le bénéfice des derniers festivals de Besançon a permis aux sœurs... de construire des petites maisons, très humbles mais dignes, dont les femmes, libérées du milieu, se rendent propriétaires, pour partie grâce à leur propre travail.* »

Plus de vingt ans plus tard, lors d'un état des lieux 2011, la religieuse décrit la progression et tient à souligner le rôle du tandem :

– « *Toutes nos maisons de la Province de Colombie et de l'Équateur sont témoins de l'élan donné par le P.A.S., grâce aux frères : achat de 100 parcelles de terrain, dans le quartier Juan José Rondon, construction de maisons, et d'une chapelle pour la célébration eucharistique, d'ateliers de formation et de production ainsi que d'une garderie pour deux cents petits enfants et d'une cantine populaire pour six cents gosses de familles très pauvres. Un ensemble qui fait de ce quartier un modèle de référence pour les autres, encore plus démunis, de Bogota-Sud.* »

Oui, les projets de sœur Esther continuent de se réaliser. Des logements sortent de terre jusqu'à créer un quartier complètement rénové. Un vrai village émerge, tout en dénivelé. Eau potable, électricité, macadam sur le sol, tout y est. Des artères entières de petites constructions, côte à côte, qui continuent à pousser comme des champignons. Parfois surélevées pour permettre d'installer un atelier de broderie...

Déjà 80 !

Comme dans la publicité, *il y a un avant et un après,* sans comparaison !

Le rêve de toutes : passer de leur taudis insalubre à un nid bien à soi :

– *Tu le sais, toi, que dans la bicoque où je crèche, il y a 40 personnes, une cuisine, une douche et un WC pour tout le monde. Avec mes 4 niños on est dans une seule pièce, sans eau ni électricité. Y a des fois où je supporte plus. C'est surtout dur pour élever les enfants. Heureusement que je commence à m'en sortir et que je peux les mettre à l'école chez les sœurs. Je travaille chez elles, de 7 heures à midi et de 1 heure à 7 heures du soir. En plus, je fais des lessives pour 2 euros... Après, je récupère les pitchouns. J'ai de la chance, je me bats pour arriver à avoir ma maison !*

– Et toi ?

– Moi ! Tu t'souviens pas ? Après un gros orage, quand ma mère a vu une partie du toit écroulé, elle m'a virée. Depuis, une bâche en plastique pour couper le vent et la pluie, c'est ma "niche" comme je l'appelle. J'ai jamais eu d'piaule mais maintenant j'ai un travail, et tout c'qui m'manque c'est une petite maison de deux pièces pour moi et mes mômes... mais avec des fenêtres !

En tout cas, le rêve ne tombe pas du ciel, des affichettes apposées sur les murs du couvent le rappellent : « *El sueno de tener vivienda propia lo forjamos con nuestras proprias manos !* » « Le rêve d'avoir notre propre maison, nous le forgeons de nos mains ! » Une fois encore, il s'agit de responsabiliser les bénéficiaires, non de les assister.

Accéder à ce bonheur suppose d'avoir amassé un petit pécule, avant d'emprunter le reste à la coopérative. Celles qui ont cette chance, sont d'autant plus émerveillées, qu'elles reviennent de loin. Comme Ursula qui a connu la prison ou Antonia (p.65) qui retrouve sa joie de vivre :

– Aujourd'hui j'peux rire, Padres, parce que j'sais que le mois prochain, grâce à vous et aux sœurs, j'emménage dans ma maison. Une VRAIE. En dur.

Palaces aux yeux des *chicas* (les photos comparatives par rapport au bidonville sont éloquentes !), ces logements en briques ou parpaing de béton, de deux pièces – environ 28 m^2– sont très simples, pour le coût le plus modique possible, 1 800 euros en moyenne. Le toit en fibrociment est parfois remplacé par une terrasse qui permettra de monter un atelier.

Dès que la structure tient debout, c'est l'emménagement. Il est toujours temps après de coller du papier ou de donner un coup de peinture... Sans oublier l'achat ou la fabrication d'un minimum de mobilier. La pendaison de crémaillère donne lieu à une véritable cérémonie pour la remise des clés en mains propres.

Pour les chrétiennes, la bénédiction par les pères de la maison et ses habitants, va de soi. Fête en musique, dans une ambiance colorée et joyeuse comme les colombiens savent les vivre. C'est l'occasion d'inviter amis et voisins à danser la salsa... sur des rythmes endiablés. Il est rare de ne pas voir un instrument de musique. Une priorité ! On sait se réjouir de petits bonheurs.
Et, quelle sécurité pour les enfants d'avoir enfin un vrai chez soi ! Jacky n'en finit pas d'améliorer SA maison :

– *Ça va pas très vite parce que j'veux pas faire d'emprunt. Mais j'aurais jamais cru ça possible et chez moi c'est nickel !*

Chez toutes, les lieux sont impeccables. Une constante qui frappe le visiteur. Que l'on arrive à l'improviste ou non, ordre et propreté rigoureux règnent en maîtres, marque d'une fierté retrouvée. À la place d'honneur, la plupart aménagent un coin prière avec une croix, des fleurs, parfois la photo de sainte Micaela, Sœur Esther ou celle des frères, en hommage.

Tout est prévu depuis le début, la vie sociale aussi bien que paroissiale qui se tisse dans ces artères nouvelles où rue ne rime plus avec perdue.

Tentation des sirènes de la richesse

Ces exploits n'empêchent pas les évolutions de la société colombienne du XXIe siècle.

Il est plus difficile de convaincre les jeunes filles de se former pour un travail parce que certaines gagnent plus d'argent dans le cadre de la prostitution. Tant qu'elles n'ont pas achevé leur formation à un vrai métier – toutes trouvent cette période très dure – l'attrait de la société de consommation, la tentation des sirènes de la richesse sont puissants. Trompées par des promesses qui ne seront pas tenues, elles sont plus enclines à partir à l'étranger. On leur fournit un passeport et les voilà embarquées par la traite des blanches, le narcotrafic...

La même tentation guette celles qui dépassent les trente-cinq ans et qui ne supportent plus leur vie de misère.

Cependant, les progrès restent marquants, conséquences positives en chaîne des programmes engagés. Les religieuses s'en réjouissent :

– *Dans le quartier Juan Jose Rondon, la période d'accompagnement des chicas réhabilitées et de leur famille, est un moyen efficace pour préserver leurs filles. Elles évitent la voie choisie avant par leurs mamans. Ce qui les encourage à se former pour obtenir un travail. Une fois le job en poche, elles poursuivent leurs études, en même temps, surtout lorsqu'elles sont universitaires.*

Aujourd'hui, summum : l'inauguration de la paroisse Santa Maria Micaela, dont les frères ont posé la première pierre dans un lieu de désolation alors que maintenant l'église est le centre d'évangélisation, non seulement du barrio, mais aussi de tout le secteur. »

La situation du *barrio*, là où se termine la partie urbaine de la ville, aurait pu être un obstacle. Mais, « *comme c'est le Seigneur qui réalise tout, il fait en sorte de raccourcir les distances.*» Les quartiers voisins sont touchés par l'exemple.
Si l'aide persiste, les perspectives d'avenir sont réelles, avec l'objectif d'arriver à l'autonomie.

Dans ce petit coin de Bogota, où le gouvernement n'a rien mis en place et d'où l'Église était absente, le trio, sœurs-frères et P.A.S., a permis une naissance. Celle d'un modèle.

Au cœur, l'église !

On l'a bichonnée pour qu'elle soit aussi belle que possible. Si les murs sont de briques, le chœur en marbre rose est particulièrement soigné. Une paroisse française de Marcq-en-Barœul, près de Lille, s'est investie à fond, mois après mois, pour embellir l'église.
Baptisée Santa Maria-Micaela par l'évêque du lieu, elle aura bientôt le statut de paroisse pour tous les habitants des alentours, futur centre d'évangélisation de toute une partie de la ville.

L'influence de la foi rayonnante des sœurs se fait largement sentir. Et si les obstacles ne manquent pas, l'inquiétude n'entache pas leur confiance : Dieu pourvoit en temps utile ! Elles s'en remettent à Lui en toutes choses, attelées bien sûr, à faire leur part. Les *chicas* ne s'y trompent pas. Dans l'épreuve, les sœurs sont les premiers recours humains. Lucia a couru dès qu'elle a su la nouvelle :

– Ma sœur, ma sœur, comment j'vais faire pour mes niños ? J'ai un cancer. J'suis foutue. Et les enfants, qu'est-ce qu'ils d'viendront ?

– Viens me raconter tout ce que tu sais et dis-moi quel médecin tu as vu. Nous n'allons pas te lâcher, tu le sais bien. On va se battre et puis on va demander au Seigneur qu'Il te donne sa force...

En arrivant à la formation au *20 de Julio*, rares sont celles qui ne font pas un petit tour à la chapelle avant de commencer la journée d'atelier !

Ici, comme ailleurs, toutes les initiatives matérielles se développent par leur ancrage dans l'Essentiel. L'espoir de vivre autrement, grâce à de nouveaux et vrais amis, ravive le besoin de s'entraider, mais pas seulement matériellement.

Une soif de Dieu insatiable

Après une telle expérience de vide et de néant, la soif de Dieu semble insatiable. Que reste-t-il de leur vocation de femme si ce n'est le désir de tout faire pour sauver leurs enfants, même au prix de leur vie ?

Pour celles qui le désirent, on s'attelle à diversifier les offres : groupes de prière, de réflexion sur l'Évangile ou sur différents sujets d'actualité, et d'approfondissement de la foi.

Vécues comme une aide puissante, ces propositions remportent un vif succès. Il faut dire que le terreau est favorable. Alors que leurs ancêtres étaient Indiens, ce sont les Espagnols qui ont apporté la foi chrétienne vers 1300. Depuis des siècles ! Aujourd'hui, presque tout le monde connaît quelques bribes de caté, souvent transmises par les *abuelas*...

En général ce sont les sœurs, ou des laïcs, qui animent les groupes mais parfois, une ancienne entraîne tout le monde. Comme Lucia qui a suivi des cours d'Écriture Sainte, pendant quatre ans, et donne des cours bibliques pour ses copines encore dans la *galeria* !

D'autres innovations remportent un grand succès :

– Ça fait longtemps que je suis pas allée au ciné. Les padres, ils lésinent pas sur les moyens. T'as vu combien qu'on est ?

– 120 !

– Eh bé ! Ça doit valoir le détour ! Je sais même plus le titre du film. Il paraît qu'il vient d'sortir partout. Pour une fois, on sera dans le coup.

– Moi, je crois bien que je vais chialer. Un Innocent qui prend tout, je supporte plus.

Leurs places offertes, des *chicas* encore en *casa de cita*, se pressent devant le cinéma pour voir : « La Passion du Christ ».

Après la séance, c'est l'unanimité :

– On est comme Jésus ! On se moque de nous, on nous montre du doigt, les clients nous maltraitent avec des couteaux ou des flingues...

Preuve à l'appui, elles montrent des cicatrices dont

l'origine ne fait aucun doute. Martyres des temps modernes, certaines comprennent intuitivement saint Paul qui acceptait de participer aux épreuves du Christ.

Dans le même esprit, confiants en Dieu et en leurs propres capacités, laïcs et anciennes relaient aujourd'hui les religieuses.

Et celui qui félicitera Sœur Esther, et ses sœurs par personne interposée, aura droit à un éclat de rire et une réponse lapidaire :

– *C'est le Seigneur ! « Ce que vous avez fait au plus petit d'entre les miens, c'est à moi que vous l'avez fait... »* Mt 25, 40

Et en avant. Pas le moindre retour sur soi.

V.

Sortie d'enfer

« Je suis la Lumière du monde !
Celui qui me suit aura la lumière de la Vie.»
Jean 8, 12

« Si je m'en suis sortie, pourquoi pas vous ? »

Membre très actif de l'association française du NID, Michèle Guéneguen, cette femme extraordinaire qui a changé radicalement de vie après dix ans de prostitution à Pigalle, présente une vision de la vie qui remet sur pied.

Quand elle fait la connaissance des frères Jaccard, elle n'a qu'une idée : proposer son soutien pour les filles de Colombie. Une opportunité idéale pour les frères qui s'empressent de l'emmener épauler ses petites sœurs de galère.

Plonger, plonger encore, glisser dans la fange..., beaucoup de *chicas* connaissent ce sentiment de déchéance inéluctable, envahissant, annihilant toute volonté... Certaines s'en sortent après une succession de chutes. Sur place, pleine de fougue, Michèle Guéneguen les console et les exhorte avec ardeur :

– *Si je m'en suis sortie, pourquoi pas vous ? Si vous le voulez vraiment, vous le pouvez !*

Elle désigne le crucifix coloré qu'elle tient à la main :

– *Avec LUI !* et poursuit en montrant une grande fresque de Notre-Dame de Guadalupe :

– *Avec Elle !*

Jésus, Lui, ne risque pas de vous larguer. Il ne vous plaquera jamais ! Son amour est plus fort que tout ! Plus fort que le basuco, le rhum ou la chicha et toutes les vieilles mauvaises habitudes...

J'ai envie de crier... qu'à travers toutes ces souffrances, on peut revivre... si vous y croyez, si vous apprenez qu'on ne peut s'en sortir qu'avec les autres.
Nous, qui avons été défigurées, pouvons dire que rien n'est jamais totalement perdu. Si vous repartez chez vous sans la certitude que le Christ est vraiment vivant, nous avons perdu notre temps.
Parce qu'IL est vivant,
C'est pas du baratin !
Et, se casser la gueule, ça fait partie du chemin de croix. Jésus nous relève avec Lui, et après, y'a la RÉ-SUR-REC-TION !
Du DÉFINITIF !

De l'autre côté du trottoir !

Une voix belle, chaude, profonde s'élève sous le petit cloître intérieur. Debout, la chanteuse a fermé les yeux. Elle n'est plus que chant. Que prière.

Les deux frères, assis entre les piliers, sont saisis par l'harmonie qui se dégage du lieu. Quiétude du patio, splendeur d'une multitude de roses au parfum voluptueux, mais surtout beauté d'un timbre légèrement enroué. Cri des entrailles.

– *Un avant-goût du ciel !* pense Raymond.

Joyeuses ou suppliantes, les paroles vibrent sous la voûte de briques :

– *Seigneur,*
Tu n'as cherché ni savants, ni riches pour te suivre
Mais moi dans mon péché, Tu m'as guettée,

Tu m'as fait signe de traverser,
Pour qu'avec Toi je sois
Sur l'autre rive...

Deux sublimes prunelles noires, fenêtres de l'âme, réapparaissent, illuminant le visage radieux de Luz Inès, éclatante dans sa robe rouge. C'est clair, la traversée de l'enfer, de la mort à la Vie, elle l'a accomplie !

On peut dire que Luz Inès sait de quoi elle parle :

– « Padres, ce cantique c'est le hameçon du Seigneur qui m'a repêchée ! C'est lui qui m'a tirée du mal qui m'aveuglait !

Mais, faut pas croire quand même que ça s'est fait tout seul, comme ça, en un jour ! Y a cinq ans de ça et je dois être une dure à cuire parce que je me bagarre encore avec moi-même, pour lâcher mon passé. Des fois, il me remonte à la gorge.

Faut que je vous raconte. Imaginez (Cf. p.93) :

– « J'ai vingt-cinq ans, trois gosses et... une maison close – J'ose à peine encore vous l'avouer – Cette *affaire*, montée à la force du poignet, avec vingt petiotes entre huit et quinze ans, ça marche du tonnerre. Du billard ! Fric à gogo, clientèle sans problème grâce aux réseaux du tourisme sexuel, *personnel* à dispo pour tenir la boîte. »

Pourtant, je me sens pas bien, on dirait que je traîne un boulet. Y a comme une fêlure au plus profond de moi.

Quand mes enfants qui grandissent, heureux à l'école, commencent à me poser des questions sur mon *métier*, ça me rend malade. Au début, je me contente de masquer la réalité : *mama est femme*

d'affaires ! Ça suffit et les copains d'école sont bluffés.
Mais, ça me brasse. J'y pense tout le temps.
Et s'ils me demandent : *quelles affaires* ? Qu'est-ce que je vais leur dire ? Je pourrai pas ruser indéfiniment. Faudra que je mente pour de bon !
En moi, c'est comme une voix qui me dit que si je les aime, j'ai pas le droit de leur faire ça. Notre amour, c'est sacré. Non ? Tout mais pas ça. C'est comme si je les salissais.
Avec le temps, je suis de moins en moins à l'aise dans mon job rapport aux *gamines* que je fais bosser.

Un jour que je passe dans ma boîte, mon associé qui la tient avec sa copine, me dit comme ça :

– La dernière greluche que j'ai rentrée, elle a la cote avec les clients –huit ans et demi, joli minois... c'est du bonus ! Y a qu'un problème, elle pense qu'à s'faire la malle. Je l'ai déjà rattrapée tout juste, un jour qu'elle allait m'filer entre les pattes pendant que j'téléphonais. J'ai les boules qu'elle s'taille, comme l'autre qui s'était débinée. Tu te souviens ? En s'laissant glisser du deuxième, le long d'la gouttière. Celle-là aussi, elle serait fichue d'le faire. Elle est délurée. Alors, maintenant, entre les passes, je l'attache à sa chaise. C'est Gonzalès qui me l'a conseillé.
Ils font ça aussi chez Romulo.

Il ricane, goguenard :

– On peut aussi les shooter au basuco, ça les calme mais ça plaît pas aux clients si elles font que dormir.

Luz Inès, accablée, se passe la main sur le visage, les joues rougies de honte :

– « Mon Dieu, comment j'ai pu être aussi aveugle ! Je voyais plus le mal. Sur le moment, je crois que j'ai même pas réagi à ce que racontait mon gars. Si ça se trouve, je lui ai aussi bien dit qu'il avait tout bon...
Mais, c'est quand je suis rentrée chez moi, que j'ai eu le choc. En dedans. J'aperçois ma grande de sept ans, de dos, assise sur une chaise en train de dessiner. Alors, d'un coup, ça fait comme deux images superposées : celle de la *chinita* de huit ans, entrevue dans ma boîte, le poignet gauche rivé à son siège, et celle de ma Betty, presque de la même taille. Et, là, j'ai comme une petite voix intérieure qui se ramène : « et toi, si on faisait pareil à ta Betty ? »

Avant le coucher, Nola, ma dernière, quand je vais pour l'embrasser dans son lit, en remet une couche. Elle me serre dans ses bras et me fait :

– *T'es la plus gentille mama du monde ! J'voudrais que toutes les petites filles, elles aient une mama comme toi !*
Fallait voir. J'ai plus de voix pour dire bonsoir aux enfants. Heureusement, ils remarquent rien et je fonce dans ma chambre, en larmes sur mon lit.
Un vrai tsunami !
Je peux plus m'arrêter. Je sais pas comment expliquer ça. C'est comme un mur entier qui s'écroule dans mon cœur. Ça faisait un bail que j'avais pas chialé comme ça ! Pas depuis mes dix-sept ans, en tout cas, quand on m'a vendue de *casa de cita* en *casa de cita*... Une copine m'avait dit :

– *Surtout tu t'blindes en dedans. Faut qu'ce soye béton ! Après, tu verras, on sent plus rien. Et, on s'bousille pas comme celles qui se shootent !* »

La jeune femme sourit soudain :

– « En fait, ce soir-là, mon béton, il a fondu dans les larmes ! Et, le lendemain, je me sens mieux, comme soulagée.
Là-dessus, voilà que je rencontre une sœur.
Là, c'est le flash.
Je sais pas expliquer : de l'amour et de la lumière. Que ça !
J'en prends plein la gueule en l'écoutant.

Bon sang ! Quand je vois ce qu'elles font, elles, pour libérer les filles ! Je me dégoûte carrément en me comparant. Moi qui fais juste le contraire. Et que pour du pognon !
Alors là, pareil. Comme pour mes mômes. Je me dis qu'il faut que j'arrête de mentir. Faut que ces bonnes sœurs, elles sachent que je suis pas une pute comme les autres. Mais mille fois pire. Une maquerelle ! Ça a pas été trop dur. J'étais sûre qu'elles me jugeraient pas.

Et, au fond de moi, la petite voix recommence son ramdam : « quand c'est que tu vas te décider un bon coup à en finir avec toute cette pourriture ? Tu dis que t'aimes Betty, Pedro et Nola mais c'est de la foutaise si t'es pas cap de changer. Tu veux qu'ils te crachent, un jour, à la gueule pour tes mensonges ? Tu vois pas que t'as qu'une chose à faire ?... »
Ça me prend la tête, mais alors !
Plus moyen de roupiller tranquille. Si ça pouvait s'arrêter ! La nuit, j'allume mon transistor pour me changer les idées. Rien à faire.
Oui, je sais, faut-que-je-ferme-mon-bordel !

Mais je voudrais que ce soye les frangines qui m'ordonnent ce que je dois faire. Mais elles donnent jamais d'ordres. Que des conseils, et avec le sourire. C'est sûr, plusieurs fois, elles me suggèrent d'écouter ma conscience, comme elles disent. Justement j'aimerais bien qu'elle s'écrase, celle-là ! Trois semaines à un mois, que ça dure ce petit manège.

Un soir que je viens de coucher les enfants, ça remet ça. Je me précipite sur l'électrophone et mets le premier disque qui me tombe sous la main pour plus penser. C'est Sœur Luisa qui me l'a filé, la veille, avec deux, trois autres : *des beaux chants* qu'elle m'a dit, *des prières.*
Le n°1 de la pile, c'est : *Qui me passera sur l'autre rive ?*
Là, pire, je suis retournée comme une crêpe.
J'explique pas. Je sais pas ce qui m'arrive. Je suis sens dessus dessous, folle de joie... d'amour.
Je pleure et ris en même temps.
Je remets dix fois, quinze fois, le disque sur le pick-up... À le savoir par cœur : *pour qu'avec Toi, je sois sur l'autre rive, l'autre rive...*
C'est comme un million d'étoiles qui s'allument dans mon cœur.
Ça y est, j'ai pigé.
Je SAIS que c'est Dieu.
Il me parle – à moi – oui – EN DIRECT.
Il m'appelle, j'en suis SÛRE !
C'est Lui qui prend carrément les commandes, c'est tout ce que j'attends. Je sens en moi ce qu'Il veut.
Que je change tout.
Et je craque, je dis oui, même si ça va faire mal.

Faut que je précise, en fait, j'ai des hauts et des bas. Mais sans hésiter – vous allez pas me croire ! – ma baraque, eh ben, je la ferme.
Dès le lendemain.

Et je relâche mes vingt *chicas* dans la rue.
De la pure inconscience, c'est vrai. Mais, je plane. Un peu comme si je marche sur un nuage. Un seul objectif sur le moment : changer de vie. Je passe sur l'autre rive ! Avec Dieu !

Mais faut que je trouve un nouveau boulot. Je vois la sœur Josefa dans une salle à manger qui sert le déjeuner aux filles. Alors, j'ai une idée :

– « Ma sœur, si vous avez pas peur de recevoir une femme comme moi dans votre cuisine, prenez-moi, je cherche du travail ».

– *Avec plaisir, Luz Inès, mais on ne pourra pas te rémunérer beaucoup car nous sommes pauvres !*
Je vous dis pas ma joie ; les mensonges, je pouvais plus.

Alors je loue une chambre pour me rapprocher des sœurs. Je mets mes gosses dans leur école. Et j'ai besoin d'elles pour pas flancher sinon, j'aurais jamais pu tenir.
C'est pas facile.
La transition, ça se fait pas comme ça, faut vraiment être épaulé !

Elles me proposent une formation couture et broderie. J'apprends à lire, à écrire en même temps que mon Pedro et ma Nola !
Les *hermanas*, c'est que de l'amour et de la délicatesse ! Ça aussi, je veux le crier bien haut.

Jusqu'à mes derniers jours, jamais j'oublierai ce qu'elles ont fait pour me tirer de la merde. C'est encore par elles que je connais un groupe de prière. Ça m'a bien soutenue, vu que là aussi j'ai tout à découvrir.

Là-dessus, comme je me défends bien, question boulot, je crée mon propre atelier de confection dames, enfants. Il est minuscule mais ça gaze, les commandes arrivent peu à peu et j'en profite pour faire bosser quelques *chicas* encore à la rue.

Aujourd'hui, à trente ans, j'ai plein de projets, comme ouvrir une boutique dans quelques années avec Betty ou Nola. J'aimerais encore monter un petit centre d'accueil, où il y aurait que de l'amour et de la joie.

J'ai déjà le nom : *Chez l'enfant prodigue.* À cause que l'histoire de l'Évangile, c'est moi et toutes les autres ! Les filles qu'en peuvent plus, je vais souvent les voir et parler avec elles.

Mais, surtout, je veux réaliser l'idéal que je me suis fixé, avec Dieu : aider les filles à quitter la *galeria* avec autant d'énergie que j'avais avant pour les forcer à y entrer !

C'est pour ça, et rien d'autre, que je suis passée de l'autre côté du trottoir ! »

La loi du Milieu

On le sait, la période de transition est risquée !

En 2011, Sœur Esther analyse les différentes situations :

– Dans les différents programmes, 60% restent en contact avec nous car elles ont changé de vie, ou

parce qu'elles ont toujours besoin d'aide.

Environ 30% replongent, mais il n'est pas facile d'en avoir une idée précise car elles peuvent disparaître à certaines périodes. Quelques-unes partent après un temps, et nous ne savons rien d'elles. Surtout, si elles ont trouvé un travail stable qui permette de subvenir à leurs besoins et à ceux de leur famille.

D'autres reviennent, après de nombreuses années, et nous surprennent par leurs progrès et réussites. En revanche, certaines que nous croyions réhabilitées retombent facilement. En priorité, les consommatrices de drogue.

Ce n'est pas pour rien que les *chicas* sont systématiquement droguées quand elles sont séquestrées.

Quel meilleur moyen pour les asservir ?

Les clivages sont nets entre celles qui fument occasionnellement un joint depuis quelques années, et celles qui carburent à l'héroïne dès l'enfance, et devront passer par un stage de désintoxication pour espérer retrouver leur santé. Une thérapie bien souvent inefficace, lorsqu'à son issue, la jeune droguée côtoie son milieu antérieur, avec ses anciens fournisseurs...

De plus, le danger est bien réel d'être menacé par ceux dont on connaît toutes les ficelles et les trafics. Celle qui sort du circuit gêne, elle peut rompre la loi du silence.

À l'occasion d'une rencontre fortuite dans un magasin, un ancien du cartel de Medellin intimide Gladys (cf. p.85), l'ex petite *mule* des hippies : « On aura ta peau, tu nous as trahis ». Elle a lâché sa bande, elle doit payer !

La menace de mort plane :

– « *J'étais terrorisée et je suis rentrée aussitôt au foyer. Sœur Luisa était là, j'ai pleuré tout ce que j'ai su dans ses bras. Heureusement, elle a décidé de m'envoyer me cacher.* »

Elle rejoindra celles qui doivent aussi leur vie à cette mesure radicale. Dans une retraite aux conditions d'hébergement sommaires, en attendant de pouvoir refaire surface.

Protection suffisante ?

Rien n'est moins sûr. Le cartel a mainmise sur tout le secteur.

Gladys, même désintoxiquée depuis quelques mois, reste une proie très vulnérable. Elle a commencé à sniffer au boxer à six ans et à se piquer à l'héroïne, peu après.

Comme elle, Elena se cache de la bande de narco -trafiquants parmi laquelle elle a grandi et qui craint qu'elle crache le morceau. Aussi bardée de volonté pour tenir qu'elle l'était de sachets de drogue.

Mais, sa mère à laquelle elle est attachée, écrouée pour trafic illicite, s'apprête à sortir de prison. Or, elle appartient à la même bande, qu'elle réintègrera une fois dehors, sans l'ombre d'un doute ! Elena se réjouit de la revoir ainsi que ses frères qu'elle aime beaucoup. Que font-ils ? Ils cultivent la coca !

Pour Gladys et pour Elena, le pronostic d'avenir est plus qu'aléatoire.

Comment reconquérir sa dignité quand on vous jette à la figure, comme si vous en étiez responsable, un passé terrible que l'on a subi malgré soi, et que l'on cherche à oublier ?

Griffes de tigresse

C'est l'anniversaire de Felipe, neuf ans, et Rosa, qui sort de son travail à l'usine, n'a que le temps de sauter dans un bus pour aller lui acheter la voiture de pompier de ses rêves.
Il ne parle que de ça du matin au soir !
Rosa se sent heureuse.
Enfin, elle peut gâter un peu son grand, enfin elle gagne de quoi élever ses quatre enfants.

La *galeria* où elle était encore il y a un an, c'est FINI. Depuis, elle n'a pas chômé, c'est sûr. On l'a même félicitée pour ses compétences. Elle a fait preuve de tant de zèle qu'elle est responsable d'un secteur de production. Elle, Rosa !

– *Je reviens de loin*, pense-t-elle quand, soudain...

Plus tard, elle raconte :

– *Au moment de descendre à sa station, un gars passe à côté de moi. J'étais tranquillement assise à une place le long du couloir. Avant que je réalise ce qui m'arrive, je me retrouve avec une gifle maison et il me balance : « tiens, attrape ça, sale cuero* ! »*

Échauffée à propos de ce souvenir cuisant, Rosa allume une cigarette pour se détendre. Ses splendides yeux noirs tranchant sur un visage déjà fané – elle n'a pourtant pas quarante ans – lancent des étincelles.

Les frères écoutent attentivement son récit, débité à vive allure. Les mots se bousculent sous le

* *Cuero* : putain

coup de l'énervement mais elle reprend :

– *Pas le temps de récupérer tous mes esprits qu'il a déjà filé et que le car redémarre. J'ai beau tourner et retourner tout dans ma tête, je vois pas qui c'est ce mec. Est-ce qu'il m'a confondue avec une autre ? Ou reconnue ? Moi pas, en tous cas ! Sa tronche, elle me disait vraiment rien... Naturellement, dans le bus, y a eu personne pour me défendre. Faut pas rêver. Et moi aussi, j'ai dû la fermer. Je voulais pas me faire jeter à la station suivante pour trouble à l'ordre public ! Ça aurait pas loupé !*

Pfffff ! Rosa lâche un gros nuage de fumée et de colère. Ça va mieux. C'est dit.

Un large sourire illumine à nouveau ses traits réguliers. La force de sa personnalité pointe derrière la légèreté retrouvée :

– *O.K., affaire classée, padres ! La rancune, c'est pas mon truc et pis c'est pas chrétien non plus, vous me direz... Mais, vous savez, c'est pas marrant d'être tout le temps taxé sur son passé. Et les flics, ils sont les premiers à nous le recoller sur le dos et... à en profiter ! Ils auraient tort de se gêner !*
N'empêche qu'une fois, là, je les ai bien eus. Avec mes griffes !
Elle pouffe de rire et montre les longs ongles, vernis de rouge, qui ornent des mains étonnamment fines.

Rosa ne résiste pas plus longtemps à l'occasion de raconter sa victoire :

– *Un jour, je suis dans la rue avec mon petit Tony. Il a deux ans. Un tombo* rapplique. Est-ce qu'il m'avait déjà reluquée dans le quartier avant ? Quand je bossais dans la rue...*

* *Tombo* : flic

En tous cas, l'air sournois, il me provoque en douce, avec un geste obscène – je vous dis pas – Moi, je réponds rien et fais mine de passer mon chemin comme si que j'avais rien vu. Alors, même topo que le gars du bus : ni une ni deux, il me file une baffe. Cette fois, mon sang fait qu'un tour, comme on dit. Furax, je le traite de tous les noms. Je contrôle plus : « Espèce de brute, pauvre mec, flic à la con... et j'en passe et des meilleures ! Ça y cloue le bec à ce minus. Et les gens dans la rue qui commencent à rigoler... Mais, avant que j'ai eu le temps de dire ouf, deux autres tombos se ramènent en vitesse et me v'là embarquée, avec mon petiot, pour « insulte au service d'ordre ». Une femme contre trois gars ! Je me suis pas laissée faire comme ça, vous pensez. Dans la bagarre, j'ai griffé un bon coup mon agresseur. Je l'ai pas loupé. Il avait une de ces balafres sur le pif, fallait voir ça !

Béate de satisfaction, Rosa tire une longue bouffée gratifiante.

– Non mais des fois pour quoi qu'ils se prennent ? Ce jour là, j'avais vraiment, mais VRAIMENT, rien fait quand l'autre pignouf dégueulasse m'a agressée. Pour des « gardiens de la paix », c'est plutôt eux qui commencent la guerre !

Au poste, bien sûr, on me fait poireauter un max en attendant le commissaire. Près de trois heures sur ses quilles, la « tigresse » comme ils disent. En pleine chaleur.

Mais, figurez-vous, pour finir, ils m'ont relâchée avant que le chef rapplique :

– Allez, tire-toi la gonzesse ! Y en a ras le bol

d'entendre ton morveux chougner qu'il a soif !

Rosa commente, offusquée :

– *Le pauvre gamin, il crevait de chaud. Vous croyez qu'ils seraient allés lui chercher un peu d'eau, ces vaches !*

Mais, le rire l'emporte sur l'indignation :

– *En fait, s'ils m'ont fait dégager, comme ça, vite fait, c'est que la tigresse, elle les avait bien bluffés. J'ai baratiné tout ce que j'ai pu pendant les trois heures, sans leur laisser le temps de souffler et sans montrer que j'avais les jetons. J'ai raconté que j'avais des potes qui pourraient témoigner de la scène dans la rue, « provoc » du flic compris.*

Mais surtout, je me suis inventé un ami avocat haut placé... et patati et patata... qui fait la pluie et le beau temps au ministère de la Justice. Vu que c'est un copain d'école du chef de cabinet etc... En veux-tu, en voilà. Plus j'en rajoutais avec assurance, plus ils gobaient tout comme des mouches. Je parie qu'ils en menaient pas large pour finir.

Rosa se redresse :

– *Oui, là, j'en suis sortie la tête haute !*

La tristesse fige tout de même ses traits :

– *Quand même, ça fait mal rien que d'y penser, je vous jure. Parce que des histoires comme ça, où c'est pas les filles qui commencent, y en a des centaines en Colombie, tous les jours. Et c'est elles qui trinquent à 99%. Trois jours de gnouf par-ci, un mois de taule par-là...* »

L'étiquette indélébile de Gisou

Dans le vestiaire qui longe la cantine scolaire des Sœurs Adoratrices, deux femmes s'équipent de la tête aux pieds avant de commencer leur journée :

– *Les bottes, la blouse, le tablier, la toque... et c'est pas fini !* marmonne Teresa. Elle continue à voix haute :

– *Ça fait six mois que je bosse ici et je me prends encore pour un chirurgien quand j'enfile les gants et le masque. Pas toi, Gis ?*

Joignant le geste à la parole, Teresa guette, dans le miroir au-dessus du lavabo, la réaction de sa collègue, nettement plus jeune :

– *Ben dis-donc, t'as pas l'air dans ton assiette, toi, aujourd'hui ! C'est la première fois que je te vois avec cette tête ! C'est quand même pas ma réflexion de tout à l'heure sur ta purée d'hier ?*

Gisela se retourne vivement :

– *Mais non t'inquiète ! T'y es pour rien !*
Une chef comme toi, y en a pas deux, c'est juste un truc qui m'revient à l'esprit... D'hier tantôt... quand j'ai été voir mon père.

Gisela entre d'un pas ferme dans la cuisine moderne et immaculée, suivie de Teresa, intriguée.

– *Je fais les tomates et je te raconte.*

La jeune cuisinière ouvre la chambre froide et, en quelques va-et-vient, dépose plusieurs cagettes de légumes sur le plan de travail :

– *Bon, tu sais que je retourne voir mon père à la plantation de temps en temps. Depuis que j'ai quitté la galeria. Je l'aime trop !*

On s'est toujours bien entendu tous les deux, avant que ma mère le plaque et qu'il foute le camp. Il paraît qu'on se ressemble comme deux jumeaux. Pour le physique en tous cas...
Hier, c'était son jour de congé. Comme moi. On décide de faire des courses ensemble. J'étais ravie, c'est pas si souvent !
On rentre au « grand Bazar ». Tu sais ? Juste à la sortie de Manizalès !
Papa y est bon client parce qu'il vient souvent faire des achats pour la plantation. Pas que pour lui. Du coup, il a un compte. C'est pratique. Il peut payer à la fin du mois.

Quand on arrive à la caisse, je vois le patron qui me fixe, l'œil mauvais et il demande à mon père :

– «Qui c'est ? »
Mon père, qu'est toujours de bon poil quand je suis avec lui, répond en rigolant :

– «Ça se voit pas ? Il paraît pourtant que ça crève les yeux que c'est ma fille ! La même bobine... sans les moustaches. Heureusement ! »
D'un coup, venimeux, le commerçant se met à ricaner exprès devant les deux, trois clients qu'attendaient :

– «Ah, bon ! ? Moi, j'dirais plutôt que c'est une pute... Hein !
Merci de m'régler la note de suite. Je préfère. »

Quand j'entends ça, je crois que je vais exploser :

– «Non, mais, dis-donc, ça va pas mieux ! Tu t'es pas regardé ! »

Mon père, c'est un doux. Il me met la main sur la bouche :

– « Laisse tomber Gisou ! » qu'il me fait avec un sourire tout triste. Pis, il sort un gros billet pour

payer la facture et le solde de tout compte. J'ai cru mourir de honte ! Les gens, gênés, ils regardaient sans broncher.

Mais, tu sais ce qui m'a fait le plus mal ? C'est de voir mon paternel humilié, comme ça, en public. À cause de celle qu'il aime plus que tout : sa fille !
Et par qui ? Un salaud qu'avait couché avec moi dans un bar où il va se saouler le samedi. Ça fait belle lurette, six mois au moins...
En plus, la maloka de papa à la plantation vient de brûler et faut qu'il s'en reconstruise une. On peut dire que ce crédit, il en a archi besoin. Je te jure, ça pouvait pas plus mal tomber.*

Moi, j'aurais voulu qu'il se défende, qu'il casse la gueule du mec. Mais, c'est pas son genre. C'est bien le seul homme que j'aie jamais vu crier après quelqu'un !

Quand même, avant de sortir du magasin, il me fait une super surprise. Il se retourne et d'une voix calme, mais fort pour que tout le monde entende, il dit :

– « Ça fait un bon client de moins pour ce magasin ! Et sa renommée, j'm'en charge ! »

Et puis, avec des manières de grand seigneur, comme si que j'étais une dame, il m'ouvre la porte vitrée et ajoute encore plus fort :

– « Viens, c'est le New Bazar qui va en profiter ! Si on allait y faire un tour ? »

Gisela fait une pause, les yeux embués. Puis, elle précise à Teresa avant de poursuivre son récit :

– Tu sais, le nouveau commerce qu'est juste de l'autre côté du carrefour ? Ça fait de la concurrence.

* *Maloka* : hutte indigène ronde avec toit de palmes

Quand, on s'est retrouvés dans la rue, j'ai pas pu m'empêcher de l'embrasser le grand seigneur. Et pis, là, j'lui ai demandé pardon d'lui avoir fait honte avec ma vie d'avant.

Alors, avec son sourire taquin que j'aime tant, il a fait presque mine de pas comprendre :

– « Gisou, on s'était pas dit, tous les deux, que nos plus vieux souvenirs, ils dépassent pas six mois ? »

– Oui, tu me croiras pas mais il m'a jamais fait la moindre remarque sur mon business dans la rue. Juste, là : « si t'as des gosses, quoiqu'il arrive, toi, mets-les à l'école ! Qu'ils apprennent un métier. Pas comme moi qu'a tout plaqué dès que ta mère s'est taillée avec son connard. »

En fait, il se sent coupable, mon p'tit père vu qu'il voit bien que moi, maintenant j'ai une étiquette indélébile sur la gueule !

Malgré tout, même dans les situations humainement les plus bloquées, des miracles arrivent. Magdalena en est convaincue.

Cas rarissime dans les annales de la traite des blanches

Voilà quatorze mois que Magdalena vit un horrible cauchemar, victime de la traite des blanches et séquestrée au douzième étage du somptueux « Lune d'argent » (cf. p.97) , au cœur de Tokyo.

La jeune Colombienne lutte péniblement contre le désespoir. Que peut-elle espérer pour se libérer, à part un violent tremblement de terre ? Assez fort pour briser sa cage de verre malgré les normes antisismiques... Improbable.
D'ailleurs, sa première prison, ici, c'est la langue. Personnel, clients... seuls des visages japonais défilent sous ses yeux.
Un autre univers !
Pas un mot d'identifiable. Elle a renoncé à interroger, en espagnol, les uns ou les autres. À chaque fois, une courbette polie ou un geste de dénégation avec la tête font office de réponses.

Presque toutes ses *collègues* d'esclavage sont Asiatiques. Même rythme de vie et même logement dans le couloir pour chacune. Seule différence de taille, les autres semblent être *volontaires*. Elles passent leur temps *libre* à se rendre visite dans les chambres pour bavarder en pouffant de rire.

Avec trois filles à l'allure européenne, Magdalena est à l'écart, sous clé. Un jour, sa voisine, une grande blonde, lui glisse à la sauvette avec un ton suppliant :

– *English ? English ?*

Fiasco complet pour la communication, Magdalena ne comprend rien ; elle ne connaît que sa langue maternelle.
De plus, un soi-disant maître d'hôtel, en gants blancs, aussi froid et impénétrable qu'un bloc de marbre, monte la garde. Il ne décolle pas du couloir des *chicas*, ou plutôt des *geishas.* La permanence est assurée, car ils sont deux à se relayer. C'est d'ailleurs toujours sous escorte d'un de ces

chambellans que les quatre jeunes filles étrangères sont conduites dans l'alcôve du client qui les a commandées, pour une heure ou une nuit.

Sous l'effet de la drogue administrée quotidiennement, Magdalena se sent abrutie, molle. Sa volonté est comme annihilée.

Comment tenter une évasion dans ces conditions ?

Elle est incapable de concevoir un plan pour s'enfuir. Ni papiers, ni argent, le tableau est complet. Sa seule ressource : prier.

Jour après jour, au lever comme au coucher, elle implore :

– *Vierge Marie, faites un miracle pour me sortir de là.*

Les mois passent et la notion même du temps s'estompe dans son esprit.

– *Habla español ? Le entiendo un poco !* *

Interdite, Magdalena s'arrête sur le seuil de la suite où on vient de l'introduire. Affable, l'homme l'accueille avec la politesse japonaise habituelle. Il semble fier de ces quelques mots prononcés lentement mais avec un accent impeccable.

Pour la jeune Colombienne, le choc émotionnel est trop grand. La voilà qui fond en larmes.

Le Japonais est étonné. Cette attitude n'est pas courante chez les « honorables demoiselles de compagnie » :

– *Por favor, qué puedo hacer para ti ?* *

Magdalena se reprend très vite, bien que saisie

* *Habla español ? Le entiendo un poco* : vous parlez espagnol ? Je le comprends un peu.

**Por favor, qué puedo hacer para ti ? :* s'il te plaît, qu'est-ce que je peux faire pour toi ?

par un tremblement incoercible. Curieusement, sans transition, elle n'est plus qu'espoir. Comme si elle pressentait, de façon sûre, que cet homme allait la sauver. Alors, contrôlant tant bien que mal son débit verbal, trop accéléré, elle raconte le calvaire de ces derniers mois. Le client semble ébranlé. Obsédée par l'idée qu'il faut absolument qu'il la comprenne, Magdalena n'omet aucune des tortures morales ou des viols à répétition.

À l'écoute de ces horreurs, bouleversé, l'homme tente maladroitement d'exprimer sa compassion. Il les croyait toutes consentantes.

– *Me llamo Fukuda ! Quiero ayudarte ! Esperame !* *

Comme il l'explique, cette fois-ci, il ne peut rien faire car il est entre deux avions. Mais, il le promet solennellement, il reviendra dans un mois, lors d'un congrès à Tokyo.

Si Magdalena plane maintenant, c'est de joie : « je sens que je peux lui faire confiance. Il m'a écouté avec attention et beaucoup de respect. »

En plus, le riche industriel connaît toutes les capitales du monde. Bogota comprise !

Regonflée, la jeune fille décide alors un vrai plan d'action : « maintenant, je ne dois plus boire le thé si fort qu'on me refile chaque matin.

Je suis sûre qu'on y met de la drogue. En même temps, si ça fait comme pour Luisa (une amie de Bogota) je vais *déguster !*

Je me souviens, elle tremblait, elle avait des

**Me llamo Fukuda ! Quiero ayudarte ! Esperame !* : je m'appelle Fukuda ! Je veux t'aider ! Attends-moi !

hallucinations et de la fièvre... quand elle a voulu arrêter de se droguer.
De toute façon, j'ai pas le choix. Et puis, il est très amer et je n'ai plus besoin d'être anesthésiée.
Au contraire, il faut que je retrouve tous mes moyens pour être prête quand je pourrai quitter la *Lune d'argent.*
Je me sens d'attaque pour tout encaisser plutôt que de rester.»

Et la détermination, elle n'en manque pas. Désormais, hors des regards, la Colombienne vide sa tasse dans le lavabo. Les débuts sont rudes : elle se sent mal et c'est tout l'organisme qui semble se rebeller. Douleurs en tous genres, nausées, bouffées de chaleur et refroidissements brutaux, impression de manque..., une panoplie de souffrances qu'il faut dissimuler à tout prix.

Intelligente, elle consacre une énergie qu'elle ne se connaissait pas pour garder le même comportement qu'auparavant. Ne pas éveiller les soupçons :

– «Si mon geôlier aux gants blancs se doute de quelque chose, je suis foutue. Je sais comment ils font : ils me transfèreront dans un autre bagne cinq étoiles ! »

Mais, à son grand étonnement, assez vite, la torpeur et l'abrutissement qui plombaient sa volonté s'amenuisent.

– « Ça alors, la dose devait être légère ! »

Quatre semaines interminables s'égrènent avec lenteur, dans des affres insupportables. Chaque seconde pèse le poids d'une angoisse qui, parfois, frôle la panique.
Sur des charbons ardents, certains jours,

Magdalena s'affole : « Fukuda va-t-il tenir sa promesse ? Je le connais si peu... »

Mais, le jour J du retour arrive enfin. Et le riche Japonais tient parole. Son miracle, il est là.
Des tractations dont elle ne perçoit que la surface, comme pour un iceberg, et c'est la libération.
Quel est son prix ? Combien de yens sont prélevés sur le compte en banque ?
Mystère !
Fukuda est plus que discret sur ce terrain. À la japonaise. Magdalena n'en saura jamais rien.

Pour l'heure, seul compte son départ de la maison de passe. Ostensible. Avec lui, ou plutôt derrière lui. Au pays du soleil levant, quand un couple déambule dans les lieux publics, le mari marche devant, sa femme derrière. Cette tradition machiste est bien le cadet des soucis de Magdalena qui suit son libérateur, la tête haute, comme dans un rêve. Les voilà en taxi.

Dans le véhicule, elle découvre combien Fukuda s'est bien renseigné : il connaît la présence de Sœurs Adoratrices à Tokyo et leur rôle. Plein de compassion et d'attentions, il la conduit aussitôt auprès d'elles.

Les religieuses qui l'accueillent alertent sans délai (en anglais) celles de Bogota. Sœur Akiko – Perle de cristal – prend en charge la nouvelle protégée et tout va très vite.

En urgence, Sœur Esther appelle les frères Jaccard au secours et le P.A.S. finance le billet d'avion pour rentrer au pays !
Magdalena est sauvée !

À défaut d'oubli, l'héroïne redécouvre le bonheur de l'amour gratuit et pleure de gratitude devant ses bienfaiteurs, quand elle rencontre Pierre et Raymond, quelques mois plus tard, au *20 de Julio.*

Dans la foulée, la jeune fille retrouve même sa famille, qui n'y croyait plus. Tout d'abord, elle travaille quelque temps dans les ateliers des religieuses pour préparer sa réinsertion sociale.
Aujourd'hui, la voilà vendeuse en grande surface et sa foi s'est considérablement développée à la suite de cette épreuve.
Rarissime happy end dans les rouages démoniaques de la traite des blanches... !

Pour la jeune fille, pas l'ombre d'une hésitation :
– *C'est la Lupita qui m'en a tirée !*

Elle en est sûre, elle qui l'a toujours aimée et priée. Sa reconnaissance pour *Notre-Dame de Guadalupe**, la Vierge des Amériques, est infinie. Tous les mois, la *miraculée* monte, les bras chargés de fleurs, jusqu'à son sanctuaire.
Pour la Lupita !

La Vierge n'a pas fini de prendre soin de celles qui l'appellent du fond du gouffre le plus obscur.

Résurrection après 18 coups de poignard

Vigile pascale à Manizalès. La nuit claire et douce vient de tomber sur le Samedi saint.

**Notre-Dame de Guadalupe* : lieu d'apparitions de la Vierge Marie au Mexique reconnues par l'Église catholique

Une silhouette gracile remonte rapidement l'enfilade de *cuchitriles* *. Haletante, Susana ne ralentit pourtant pas l'allure.

Une obsession la hante : « pourvu que je râte pas Garcia chez Lino ! Avec l'arrivage de came, il doit arroser sa semaine, plein aux as. Il m'en faut juste une dose. Il peut pas me refuser ça. Je vais lui dire. Il voudra bien.
Juste une toute petite.
Demain, je m'en passerai...
Une petite !
Ça se verra même pas dans le reste.
Ça y est, j'y suis. Ouf, il est là, je reconnais son chapeau. »

La jeune femme, en sueur, traverse la chaussée défoncée. Le minable troquet de Lino, grand ouvert, se repère plus par le fond sonore que par l'éclairage pâle de son néon.

À l'extrémité de la salle basse, perché dans l'angle du toit, un vieux poste de télé, noir et blanc, retransmet un match de foot. La voix excitée et précipitée du commentateur s'entend de loin.

– *Ola* ! s'exclame la *chica* en pénétrant dans le bistrot.
Aucune réponse.

Quatre hommes, attablés au milieu de la pièce, sont scotchés au petit écran. Quant à Lino, affalé dans un fauteuil de camping, jambes étalées, il obstrue l'étroite allée. Fidèle supporter de la *Bogatana,* captivé, il suit le jeu de son équipe préférée. À défaut de ballon, il ponctue chaque

* *Cuchitriles* : taudis, bouges

dribble d'un coup de langue prodigieux qui propulse son éternel mégot jaune, d'un coin à l'autre des lèvres épaisses.

Pas plus que ses clients, le patron ne daigne tourner les yeux à l'entrée de Susana. Routine, elle ne s'en formalise pas.

Celui qui l'intéresse est à deux pas. Déjà, elle se glisse près de lui, sur la banquette de skaï. Le buveur solitaire semble plus accroc de vodka que de foot ! Devant lui, une bouteille, largement entamée, en fait foi.

Le couvre-chef, rejeté à l'arrière du crâne dégarni, accompagne le mouvement de la tête qui dodeline et pique régulièrement du nez sur le large poitrail.

– Garcia, faudrait que j'te voie. Écoute, j'ai juste besoin...

– Hein ! Quoi !

Le visage violacé, barré d'un long trait fin moustachu soigneusement taillé, se redresse. L'homme sort de sa torpeur.

De toute évidence, la visite ne l'enchante pas.

Bouffi d'alcool, il grogne en bégayant :

– Qu'est-c'tu viens encore m'en... m'emmerder ? Tu vois pas que j'regarde le match ! »

– T'inquièt., j'en ai pas pour long. J'veux que tu me fourgues tu sais quoi et je pars.

– Et c'que j't'ai avancé ma... mardi, en urgence ?

– J'ai tout vendu.

Parler affaires réveille pour de bon le fournisseur particulier. Son regard mauvais se fait inquisiteur. Il se pose sur les doigts de la *chica* qui tambourine nerveusement la table de formica pour masquer ses tremblements.

L'ivrogne éructe bruyamment. Il ébauche un rictus, découvrant une imposante incisive d'or au milieu de la mâchoire supérieure.

– *Ben, dis-donc. T'as la bosse du co... commerce, toi.*

Soudain, glacial, il tend la main, paume apparente et lance :

– *Allonge le pèze, traînée et ma... madame sera servie.*

Les premières tortures du manque commencent à ravager sérieusement Susana. L'étau qui lui broie la tête lui fait perdre tout contrôle. Elle s'enferre dans ses mensonges maladroits :

– *J'te rembourse lundi. Sûr !*
Là, je suis à sec. J'ai dû acheter du sirop pour la gosse qui fait que tousser. T'avais dit qu'ça pressait pas !

– *De... De quoi ? Meeenteuse ! Pour qui qu'tu me prends, spèce de camée. Tu crois que j'vois pas ton jeu.*

– *« Le Garcia, j'en fais c'que j'veux, il m'fera gratos. Dé... dégage si t'as pas le flouze. Ou tu payes ou c'est ta morveuse qui trinque.*

Le supplice mental de Susana lui fait perdre les pédales, les effets de la dépendance deviennent insoutenables. La poudre *libératrice,* à portée de main, la rend folle. Plus possible d'attendre.
Il lui faut tout de suite.
TOUT DE SUITE.
Sa voix, montée dans les aigus, fait enfin réagir. Du fond du troquet gronde :

– *Ta gueule, cuero. Tu vas la fermer, oui ?*

Mais la jeune femme devient hystérique :

– *Garcia, t'es qu'un salaud.*

Elle s'approche en hurlant :

– *C'est pas parce que t'es bourré que tu me fais peur. Tu serais pas cap de toucher à la môme ! Moi, j'me tire pas sans le shit.*

La main, fébrile, se tend vers la poche renflée de la veste Prince de Galles, défraîchie et crasseuse. L'éclair d'une lame jaillit dans la pénombre, tandis que Lino et les fans embrayent la seconde mi-temps du Bogota-Cali, première division.

La vue du couteau calme brusquement la malheureuse.
Dans un réflexe de survie, chancelante, elle se lève pour s'enfuir en courant et se bute, dans l'obscurité, à l'attache du rideau métallique que Lino descendra tout à l'heure devant son boui-boui.
Projetée à plat ventre sur l'accotement, la proie est facile à atteindre pour Garcia, enragé, devant la tentative désespérée de la *chica* :

– *Elle a failli m'échapper, la garce !*

Il bondit, trébuchant à moitié lui aussi, et brandit au-dessus d'elle le poignard à manche de nacre. De la main gauche, il agrippe violemment le pull de la fille et la plaque, dos à terre, coincée sous son genou. Secondes d'épouvante.

Susana voit le fou furieux, défiguré par la haine, à cinquante centimètres d'elle. Vacillant jusque là, le regard de la brute se mue dans une fixité impressionnante. Cruel. Déterminé.
Lentement, l'arme se rapproche.

– *Non, Garcia... non, non... !*

Le cri s'achève dans un gargouillis. La lame s'est

déjà tracé un chemin dans la chair.

– Saloperie, tu crois qu'on vole Garcia comme un imbécile.

Un deuxième coup vient larder le buste de la *chica* qui ruisselle de sang.

– Attrape, sale pétasse... Prends-ça en prime, pute de malheur...

Le mitraillage au poignard continue à une cadence effrénée :

– Ah ? j'suis un salaud ? Ah, j'suis bourré ?

Le geste se fait mécanique : une injure, un coup, une injure, un coup... Déchaînement aveugle d'un boucher sans maîtrise, à la violence robotisée. Éclaboussé, sanguinolent, il halète, essoufflé.

Puis, aussi soudainement que tout s'est enclenché, le bourreau lâche sa victime, inanimée, dans la mare tiède et visqueuse s'élargissant autour d'elle.

D'un pas lourd, titubant, il s'enfonce dans le noir.

Chez Lino, le match s'achève dans la consternation : Cali a marqué un but !

Flash-back

Ce Mercredi saint, accompagnés des sœurs Lilia et Rosa, Pierre et Raymond font la connaissance de Susana aux abords d'un bar. Bien que passablement ivre, la jeune femme accepte sans la moindre hésitation l'invitation du tandem au festival de l'Espérance. Comme d'habitude il se déroule le lendemain. À Manizalès, cette année.

À seulement vingt-six ans, la *chica* gît dans les bas-fonds de l'enfer, presque depuis toujours. Elle en porte les stigmates classiques, on lui donnerait presque la quarantaine.

Seule bouée de sauvetage dans le naufrage d'une vie torpillée, sa petite Rafaela de trois ans. Pour elle, Susana est toute tendue vers le désir de quitter la *galeria*. Sous l'emprise de l'esclavage vécu, sa foi profonde n'a pas réussi à entraver une faiblesse tout aussi grande.

Cette fois-ci l'occasion est trop belle et la jeune maman la saisit. Le Jeudi-Saint, elle participe, la joie au cœur, à la journée de fête et d'adoration de Jésus-Eucharistie.

Elle se confesse pour amorcer une nouvelle vie. À la suite du Christ mort, descendu aux enfers, et ressuscité. Prémices de sa propre résurrection. La Pâque pour la chrétienne qu'elle a toujours été au fond d'elle.
Elle s'engage même à tourner la page.
Solennellement.
Devant toute l'assemblée, lors de la messe.

Et le dimanche de Pâques :

– *Vous croyez qu'elle va s'en sortir docteur* ?
Le chirurgien qui sort de la salle de réanimation hoche la tête d'un air dubitatif :

– *J'ai fait ce que j'ai pu padres, mais elle a perdu trop de sang et son coma est profond. Pour ne pas être complètement pessimiste, disons qu'elle a... 0,5 chances sur 100. Mais déjà, le vrai « miracle » –je peux vous le dire puisque je m'adresse à des religieux– c'est qu'elle soit encore en vie avec 18 coups de poignard dans la poitrine ! Pas un seul n'a atteint le cœur, l'aorte ou même la veine jugulaire. Je n'ai jamais vu ça dans toute ma carrière. On voudrait le faire exprès qu'on n'y arriverait pas !*

– *Oui,* songe Raymond, *pas le moindre hasard*

dans cette tragédie. À commencer par la date.
Dans les escaliers de l'hôpital, un groupe de *chicas* en larmes croise le tandem :

– *Vous pleurez à cause de Susana ?* interroge Pierre qui connaît la réponse.

– *Oui, on est ses copines. Il paraît qu'elle va sûrement mourir.*

– *C'est vrai qu'il y a de quoi pleurer,* fait remarquer Raymond, *Jésus, vous savez, pleure aussi avec nous.*

– *Mais vous, PRIEZ plutôt pour elle !* enchaîne Pierre.

– *On sait pas prier. Qu'est-ce qu'il faut faire* ?

– *Prier, c'est dire à Jésus qu'on L'aime.*

– *Nous trois ?* » s'étonne Angie.

– *Oui, vous trois. Dites simplement : Jésus, nous T'aimons de tout notre cœur.*

– *Ça suffit, Padre ?*

– *Ça suffit* .

Vingt-quatre heures plus tard, les frères s'envolent pour le Cameroun.

L'année suivante, à peine arrivés au *20 de Julio*, ils entendent Sœur Esther avec délectation :

– *Padres, vous savez Susana a été sauvée. Quand elle a su que vous arriviez, elle a voyagé toute la nuit pour vous voir.*
Loué soit le Seigneur et son infinie miséricorde ! Le miracle a eu lieu.
Vous vous souvenez ? Dès votre départ les chicas ont prié avec une ferveur et une constance émouvantes. Particulièrement celles que vous aviez entraperçues à l'hôpital. Totalement mobilisées, elles ont organisé une veillée de prière avec d'autres...

Maintenant Susana a fini sa convalescence chez nous, avec sa petite Rafaela. Bien entourée, elle a repris goût à la vie.
Quant au chirurgien, il a admis que la science n'explique pas tout.

Les frères s'empressent de rejoindre la jeune femme dans la cuisine des sœurs où elle les accueille, radieuse.

Son implication dans l'atelier coiffure lui plaît beaucoup... Rayonnante, elle met la main dans la poche arrière de son jean et en tire un petit Évangile qu'elle lit chaque jour :

– *Il ne me quitte plus. Depuis que Jésus m'a sauvée, il faut que je le dise à tout le monde !*

Dénominateur commun, celles qui s'en sortent développent une volonté de fer.

La clé des champs

– *Oh ! Le pingo* * *! Un peu plus et il t'arrangeait le portrait quelque chose de bien, dis donc. Défigurée que t'aurais été ma jolie...Si c'est pas une pitié !*
Alvaro, donne à manger à l'âne. Tu vois bien que j'parle avec Catarina !

Catarina raconte son aventure pour la énième fois. Comme toujours, les frères sont tout ouïe.

– « Enfin un peu de réconfort sur la place de mon village, ce p'tit matin-là! Grâce à Ramonda.

Faut dire que je viens d'arriver tout juste après que le Carlos, il m'ait foutue à la porte. »

* *Oh ! Lo pingo* : oh ! Le porc (animal sauvage d'Amérique du sud qui vit en horde saccageant tout sur son passage)

La *campesina** et le plus grand de ses gars s'installent sur le marché. Des corbeilles et des paniers, y'en a tout un tas, par terre, en vrac sur la couverture. Remplis de marchandise, une montagne de tiges de cannes à sucre pour la nourriture des bêtes.

Chapeaux à larges bords pour le soleil, qui cognera dur, et *ruanas** typiques, les deux marchands sont très couleur locale.

Ramonda attire son amie à côté d'elle, à croupetons sur un coussin :

– *Tiens, ma Cati, assieds-toi là. Raconte ! Fais voir ton bras... Sainte Vierge et tous les saints ! T'as bien fait de mettre de la coca sur la brûlure ! Ça peut que calmer. Mais j'serais d'toi, je filerais quand même à « l'hospital ». C'est drôlement profond et la cloque, elle est grosse comme ma main.*

– « Bah ! que j'y fais, je suis pas trop douillette. Pis, t'oublie que j'ai pas un rond. Pendant les quatre ans qu'on était ensemble, Carlos, il m'en a jamais refilé, ou presque. C'est pas le jour où il me jette qu'il va le faire ! D'ailleurs il est radin comme c'est pas permis... même pour lui.
Quand il m'a balancé dessus le bouillon gras, j'ai foncé à l'abreuvoir qu'est dans la cour pour tremper mon bras. Faut voir comment qu'il hurlait après moi :

– *Dégage que j'te dis ! Et pour de bon !*
Et le v'là qu'attrape une fourche. J'avais pu qu'à me barrer en vitesse si je voulais pas prendre une dérouillée. Il était cap de me tuer.

**Campesina* : paysanne
**Ruana* : poncho colombien d'origine indienne

Alors, je file au jardin. Il fait noir. Tu parles, c'est les neuf heures passées.
Heureusement, comme ça, il me court pas après. Il est complètement miro, la nuit, le Carlos.
Je peux dire que pour cavaler, j'ai cavalé... jusqu'au bout du champ de coca, sans demander mon reste. Près de la cabane à outils où je me suis écroulée dans l'herbe.

Là-bas, crois-moi si tu veux, à part ma brûlure, je sens qu'une chose : je suis soulagée. Il fait bon ; rien que de voir le ciel et les étoiles, je me sens mieux ! Libre ! T'es libre. C'est ce que je me répète sans arrêt. « T'aurais jamais dû attendre jusque-là. Pas de danger qu'il me revoye, ce salaud.»

Je cueille des feuilles de coca pour me faire des pansements avec le petit fichu que j'ai autour du cou. Et, malgré la douleur, je m'endors en moins de deux, sur des sacs de jute que j'ai trouvés par terre dans le cabanon. Au réveil, ça me fait tout drôle de me retrouver là. Le bras, ouille (!), il fait pas du bien. Et, d'un coup, je pense que c'est jour de marché. Je devrais être en train de ramasser, trier et laver les légumes... Eh ben ! Qu'il se démerde le Môssieur !

Je parie que lui, il y pense même pas. Ça fait un bail qu'il se lève plus avant huit heures. J'avale au moins un kilo d'abricots du verger.

Et c'est comme ça que me v'là. Je sais que t'es toujours la première au marché. »

– *Tu crois pas que l'Carlos, il risque de s'pointer, histoire de savoir si je t'ai vue* ?

– « Ah, ça, c'est sûr qu'il va venir. Mais pas avant deux, trois heures.

Il va te faire une comédie que c'est pas possible : et que je me suis taillée (comme l'autre d'avant), et qu'il est malheureux. Qu'il m'a trop gâtée...
Tout ça, c'est des conneries. Si ça se trouve, il espère que je vais m'en retourner en faisant les yeux doux, en pleurant... Alors là, faut pas y compter et je voulais que tu le saches, Ramonda.
Avec le Carlos, c'est fini. FINI. Je me barre pour de bon. À Armenia pour commencer. »

– *T'as bien raison, Cati. Carlos ? Tout le monde, il sait c'qu'il vaut dans le pays. Toi, t'es une vraie bosseuse. J'suis sûre que tu vas t'en tirer. Tu vas me manquer et j'penserai à toi. Au fait, ce soir, va donc crècher chez ma sœur – garage Alonso – près du supermarket, sortie nord. Enrica qu'elle s'appelle. Elle est douce comme c'te miche que je te laisse pour ton manger. Fais-y une bise de ma part. Son Romulo, il est brave aussi. Elle a plus de chance que toi. J'prie la sainte patronne des voyageurs qu'elle t'accompagne ! Tu sais, c'est Notre-Dame du Carmel.*

Direction Armenia, le village est à 20 km, même pas, vu que je coupe par les champs de canne à sucre ou les plantations de café. J'aurais l'air malin tiens, à marcher sur le bord de la route des fois que le Carlos, il passe avec sa bagnole !
Qu'est-ce que je vais faire ?
Primo, je retournerai jamais avec lui.
Deuzio, je veux pas plus aller dans la *galeria*.
J'ai beau me dire : ma pauvre vieille, y a que ça qui t'attend, te fais pas de cinéma. Non, je sais trop de quoi il retourne. Je pourrais plus supporter.
Je veux être LIBRE.
En vrai.

Pourtant, c'est pas encore gagné.
Mais, je l'ai DÉCIDÉ.

Quand j'ai suivi le Carlos, j'étais encore toute gamine sur mes vingt ans et je veux construire ma vie, comme on dit.

Le garage Alonso, y a pas plus facile à dégoter.
Et Enrica ? C'est pas du bon pain, c'est de la brioche.
Les deux frangines, elles sont pareilles.
Avec elle, on cause sans chichi et elle pige tout. Ma vie d'avant et celle avec le Carlos.

Tout d'un coup, elle me fait :

– *Les sœurs ! Faut que t'ailles chez elles.*
Alors moi, aussi sec :

– « Non mais, tu déconnes ou quoi ? Tu me vois rentrer au couvent ? »

Et v'là qu'elle se met à rire, qu'elle en peut plus. J'en fais autant. À pleurer ! N'empêche, ça fait du bien. Après, elle m'explique tout ce qu'elles font pour nous, les Sœurs Adoratrices : des ateliers de couture, et tout. J'en reviens pas !

– *C'est pas loin, demain on ira ensemble. Elles t'apprendront même un métier. De toutes façons, cherche pas, y a que comme ça que tu pourras t'en sortir.*

Je suis pas emballée. Dans quoi qu'elle veut m'embarquer ! Moi qui me verrais tout le temps dehors. À l'intérieur, j'y crains.
En attendant, Enrica me passe une super pommade qui soulage mon bras.

Le lendemain, sur le trajet, je discute encore :

– *Qu'est-ce que tu veux que j'y fasse, je me vois pas enfermée dans un bureau. Pas plus dans une*

usine ou derrière une machine à coudre.
V'la qu'on arrive et les frangines nous accueillent avec des sourires longs comme le bras.
J'ai pas l'habitude, mais il en faut plus pour me dérider.

Enrica, elle, est emballée. On visite les ateliers. Pis d'un coup, une sœur géniale me fait en me lançant un coup d'œil :

– *Ça te plairait de voir le potager ? Tu pourrais peut-être faire un stage de jardinage ? Qu'est-ce que t'en penses ?*
Là, je fais ni une ni deux et je saute au cou de la *hermanita.* Y a même une chambre toute prête qui m'attend, avec un lavabo.
Rien que pour moi !
Je m'attends à trimer comme une dingue. Je suis habituée.
Mais non, la sœur infirmière, elle veut que je me repose, que je reprenne du poids pour que la brûlure guérisse vite, vu qu'elle a l'air de s'infecter. Alors, je dors, je dors, je mange... incroyable. Et dès que je peux, je vais dans le jardin et là, je chôme plus.
Je veux montrer que ça me plaît. Dire merci. Mon prof, c'est un vieux jardinier indien. En même temps, la sœur, elle m'a mise dans une classe de rattrapage scolaire, pour le calcul surtout. Faut que je sache un peu de comptabilité.

– *Dans six mois*, qu'elle me dit, *il faut que tu te lances, Catarina. Avec un projet, pour gagner ta vie toute seule. On t'aidera, mais à toi de faire des propositions.*

J'ai pas eu à chercher longtemps.
Mon plan, elles l'ont accepté de suite. D'abord, je

quitte Armenia pour Pereira. Les sœurs aussi, elles me le conseillent pour pas revoir Carlos. Même s'il me reconnaîtrait pas avec mes 10 kilos en plus !

Là-bas, les sœurs, elles me font connaître une grossiste en légumes aux halles. En plus, les amis des *padres franceses*, ils me fournissent une carriole à bras que je peins en bleu. Comme le ciel.
Et, le rêve ! Me v'la marchande ambulante de fruits et primeurs.
Ça marche bien, j'ai de la variété et toute la journée, je me balade. Et pis, j'ai deux tarifs. Un pour les quartiers riches et un autre pour les autres.
Normal, non ?

Pour une bouchée de pain, je loue chez une mamie trop mignonne, une petite chambre. Pour compenser, je lui fais ses courses et son manger.

Et c'est pas fini. Je mets tout ce que je peux de côté pour passer mon permis de conduire. La deuxième partie de mon plan aussi est acceptée. Alors, dès que je conduis, j'achète une vieille fourgonnette et je fais le tour des banlieues de Pereira. Jusque dans les villages de campagne. La ville, c'est pas mon truc.

Voilà. Aussi paumée que j'étais, je REVIS !
Et tout ça grâce aux sœurs : c'est quand même une *hermanita* d'Armenia qui m'a aidée à prendre la clé des champs.

Pour moi, c'est un peu comme pour Isabel, je m'en suis sortie...

Y a un moment où faut se décider, se jeter à l'eau pour obtenir la liberté. Quand elle m'a confié son histoire, je me suis sentie sur la même longueur d'ondes... »

De Vicka-guérillera à Isa-mama

(cf. p. 71)

– Vicka, tu sais ce que j'viens d'apprendre par Elina ? Une des filles du Sexy Club s'est tirée hier ! Tu sais comment ?
T'y croiras pas ! Elle a réussi à s'faire virer en se faisant passer pour timbrée. Mais alors, le grand jeu ! Pendant trois jours, elle a fait que baver, hurler, grogner comme une bête... T'imagines ! Pour finir, la v'la qui casse une bouteille et agresse le patron par surprise. Sûr, il l'a maîtrisée mais comme il était à cran à cause qu'elle faisait tout ce cirque, ça lui a flanqué la frousse et il l'a foutue dehors : « j'veux plus te voir ! » qu'il gueulait, « va te faire soigner, espèce de cinglée. »
La chinita, c'est tout ce qu'elle attendait. Elle a dégagé en vitesse.

Elina l'a rencontrée deux heures après, toute fière de son exploit.
Il paraît que c'est la première fois qu'une chica arrive à s'barrer de c'te boîte où elles sont toutes bouclées vingt-quatre heures sur vingt-quatre.
À même pas quinze ans, elle est super dégourdie !

– Eh ben, dis-donc ! Qu'est-ce qu'elle va faire maintenant ?

– Là j'comprends pas trop. Paraîtrait qu'elle veut s'engager dans la guérilla. Elle connaît un... comment qu'on les appelle déjà ?... Ah, oui, un masero, si je me trompe pas, c'est le type qui recrute. Elle veut le contacter.*

* *Masero* : homme qui fait le lien entre la guérilla et les paysans, qui le craignent. Il dénonce, recrute, spolie...

– Oh, NNNON !

Grande, splendide, sculptée par le sport, la belle brune dénommée Vicka saute lestement du muret sur lequel elle est assise au coin de la rue. Soudainement dans un état d'agitation intérieure intense, elle répète rageusement en shootant dans un paquet de Marlboro qui traîne par terre :

– Non, non et non !

– Ben quoi, qu'est-ce qui t'prend ? Si ça lui plaît la guérilla, ça la regarde. Moi, c'est pas mon truc mais j'comprends quand même. La vie en plein air, d'quoi bouffer et des gars qui t'sautent pas dessus, c'est déjà pas mal. Et pis...

Vicka s'interpose, glaciale, la mâchoire crispée. Le ton est sec :

– Arrête, tu sais pas de quoi tu parles ! T'es aussi maboul qu'elle, ma parole !
Sa prison, ce sera la jungle. Ses clients, tous les guérilleros qui voudront se la farcir... Si tu crois qu'ils lui demanderont son avis !
Son ciné : des conférences sur Trotsky ou Fidel Castro... De quoi lui bourrer le mou. Et son joujou : une kalachnikov...
Ciao, je vais faire un tour.
Ça me fout en boule. J'ai besoin de marcher.

Les deux poings fourrés dans les poches de son blouson, d'une démarche souple et élastique, elle s'éloigne à grandes enjambées de son amie, éberluée.

– J'sais pas ce qui lui prend ! On peut pas dire le mot « guérilla » sans qu'elle monte sur ses grands chevaux. Deux fois que ça arrive. Pour un peu, on croirait qu'elle y a été...

Je demanderai à Mario s'il connaît « Trozzki »... c'est vrai, c'est qui celui-là ?...

De sa longue foulée, Vicka a déjà atteint le tournant et disparaît du champ de vision.

– Je marche, je marche. Je peux plus m'arrêter. Cette histoire, ça me rend malade. La chinita qui fuit la galeria pour se retrouver dans la guérilla. Tout le contraire de moi.
Pauvre Patsy, elle peut pas comprendre ! Mais cinq secondes de plus et je me trahissais. J'ai bien fait de partir.
Ah, j'ai la tête qui explose !
La gamine du Sexy Club, elle a un sacré cran quand même.
À quinze ans !
Moi qu'en ai vingt-huit, je suis embourbée dans la peur et la honte... Si Papa me voyait !
Et Manuelito... lui qu'était si fier de moi quand il était petit et que j'allais le chercher à l'école. « C'est ma sœur » qu'il disait à tout le monde.

Les souvenirs continuent à défiler, sans répit, lancinants :

– J'en peux plus de revoir Papa et mes frères tués, noyés par ces salauds de guérilleros. C'est ce qui me hante le plus. Ça me mine...
Manuelito, tu me manques tellement...

Le trop-plein s'écoule le long des joues de Vicka :

– Petit frère, quand je pense à toi, ça me calme. On dirait que tu parles à mon cœur : « t'es folle Isa ou tu risques de le devenir pour de bon si tu restes dans la galeria. Tu vois bien que t'en crèves. Fais comme la gamine, plaque tout un bon coup. T'as plus rien à perdre. T'es pas toute seule. Avec Papa,

Mama et Ramon, on va t'aider. Le ciel, c'est quoi Isa ? C'est Dieu, la Santissima et tous ceux qui sont déjà avec Lui dans la joie, comme nous...

Ces pensées ramènent Vicka à l'époque des jours bénis où la vie en famille s'écoulait heureuse. Simple réminiscence ou rappel providentiel, lui revient une phrase que sa *mama* formulait si souvent : « aide-toi et le ciel t'aidera ».

La course bienfaisante apaise la *chica* qui, parvenue à une petite place encerclant une église, entre machinalement sous le porche entrouvert.
Comme téléguidée.
C'est la fin de la grand-messe :

– Ça fait treize ans que je ne sais plus ce que c'est qu'un dimanche ! On a tiré un rideau de fer sur mon enfance et il est toujours là.
Je vais rester derrière un pilier.
Une vraie loque, voilà ce que je suis !
Entre la guerilla et maintenant la galeria... voilà ma saleté de vie. Et les gens qui prient et qui chantent. Moi, je sais plus.

En tous cas, je me sens bien ici. C'est comme avant, avec les petits frères, enfants de chœur, et mon père qui chantait toujours « Minuit chrétien » à Noël, avec sa belle voix.

À la sortie de la messe, Vicka suit la foule. Le soleil intense l'éblouit et elle se sent complètement perdue au milieu de tous ces gens qui se saluent. Seule...

Pourtant, sa décision est prise :

– Ma vie de putain, c'est fini. Je coucherai sous le porche de l'église s'il faut, je m'en fous. Les bars, j'y remets plus les pieds. Si tu peux, aide-moi Manuelito...

Je vais demander au curé s'il peut m'embaucher pour du ménage ou me trouver des gens. C'est peut-être toi qui me souffles cette idée ? En tous cas, je me sens plus forte.

– Bonjour, t'es pas du quartier ? C'est la première fois que je te vois.

Devant elle, un des jeunes de l'assemblée qui semble connaître tout le monde, main tendue, lui sourit amicalement :

– Moi, c'est José. Et toi ?

– Isabel.

Intérieurement, Vicka n'en revient pas :

– Qu'est ce qui me prend ! J'ai dit mon vrai nom ! Ça alors, c'est bien la première fois depuis mon enlèvement. Pour les FARC j'étais la Virginia. Ils se foulaient pas en prenant le nom de ma ville. Même chose pour la Boyaca, l'autre ranguera qu'ils appelaient comme sa région. Mais mon commandant, il disait : « Vicka ».

J'ai gardé ce surnom depuis que j'ai appris le sort réservé à mes parents et à mes frères. Isa, elle est morte avec eux.

Ces observations passent le temps d'un éclair et une déferlante d'émotion submerge la jeune fille qui fond en larmes.

Impossible d'endiguer le poids de tant d'années de souffrance extrême. Le visage dans les mains, Vicka-Isabel sanglote sans pouvoir s'arrêter.

Jusqu'à ce jour, dans un combat terrible, jamais elle ne s'est autorisée la moindre faille.

Laisser jaillir la peine réprimée, c'était s'affaiblir, se condamner. Aujourd'hui, elle ne maîtrise tout à coup plus rien.

Isabel sent la légère pression d'une main sur son épaule tandis qu'une voix lui chuchote :

– *Bouge pas ! Je reviens tout de suite. Je vais chercher quelqu'un qui va sûrement t'aider.*

Enfin on la regarde comme une personne.

Peu à peu, le calme revient et Isabel se dépêche de se moucher et de s'essuyer les yeux. La place s'est presque vidée et José revient, accompagné d'une sœur minuscule :

– *Une sœur ! Ça fait si longtemps que je n'en ai pas vu !* pense-t-elle déjà en confiance.

– *Regarde Isabel, je t'ai trouvé Sœur Josefina. Tu sais t'as de la chance, c'est l'amour en personne. En plus, c'est bien rare qu'elle vienne dans la paroisse. Je parie qu'elle t'invite à déjeuner avec sa communauté. Pas vrai hermanita ?*

– *Il a tout à fait raison. Tu es d'accord, Isabel ?*

Tout sourire, elle embrasse la *chica* comme une amie de longue date, pendant que celle-ci bredouille :

– *Merci ! Merci... Excusez-moi...*

José l'interrompt :

– *Qu'est-ce que je te disais ? Elles vont te chouchouter un max. Moi je dois partir, mais j'espère qu'on se reverra. À bientôt ma sœur, ciao Isabel !*

Après un mois chez les Sœurs Adoratrices de Pereira, menant la vie réglée d'une pensionnaire, tout doucement Isabel commence à refaire surface :

– *Cette confession avec Padre Pedro, c'est fou. J'ai eu l'impression qu'on m'enlevait une pierre du cou ! L'avenir, je croyais que j'en avais plus et tout change !*

Quand je vois les autres, j'ai de la chance. L'alcool, la drogue, j'ai jamais pu m'y mettre. Au moins, j'ai pas besoin de désintoxication. Avec les sœurs, je me suis fixé un objectif : passer mon bac l'année prochaine. Quand je pense que j'ai été kidnappée à la fin de ma seconde alors que les études pour moi, ça marchait bien. »

L'après-midi, la *chica* manie le balai et aide à la cuisine. Elle commence aussi une formation en secrétariat-informatique parce que, comme elle l'a raconté aux religieuses :

– *Dans la jungle, mon commandant m'avait initiée car il voyait que ça me plaisait et que je pouvais être utile.*

Les soirées sont bien occupées entre le travail scolaire, des veillées de prière, ou la catéchèse proposée. Une fois, en plein débat sur la souffrance et la vie du chrétien, Isabel est touchée par la remarque de Sœur Josefina :

– *Tu sais, Isabel, toi qui as tant souffert des FARC, comme guérillera forcée, tu dois comprendre mieux que personne celle des familles d'otages, immense. Tes parents l'ont connue... et tant d'autres. Ce garçon, tu sais celui de ton âge l'autre jour, à l'église San Miguel, il en sait quelque chose...*

– *José ?*

La jeune fille prononce son nom du bout des lèvres, traversée par une décharge électrique.

– *Oui, José. Son frère, Andrès, a été pris pendant son service – il était policier– il y aura bientôt quatre ans. Personne n'a la moindre nouvelle. Avec un père retraité de la police, et José, gendarme, ils n'ont pas plus d'informations et tous deux perdent espoir par moments. Seule la maman affirme haut et fort qu'Andrès est vivant. Elle en est sûre. En attendant, quel tourment pour les trois... La prière, il n'y a que ça qui les fait tenir, me dit José qui adore son frère aîné.*

Déjà, Isabel n'écoute plus la religieuse.
José ! Elle repense à son attitude à la sortie de la messe, tout sourire, allant vers les autres..., comme elle. Éffondrée au contraire.
Alors qu'elle admire son courage et sa force, lui vient l'idée qu'elle pourrait peut-être l'aider.
Comment ?

En lui racontant la vie dans la jungle par exemple. Elle sait quelques détails qui seraient peut-être utiles. Les prisonniers militaires et policiers sont regroupés dans des camps, très loin dans la jungle, et sans cesse déplacés. Une fois seulement, elle en a vu, lors d'un transfert. Une dizaine d'hommes, enchaînés et gardés de près par les AK 47 braqués sur eux. Le soir, elle avait même réagi auprès du commandant en disant que les chaînes, c'est dégueulasse. Il avait expliqué :

– *Ils sont nos otages les plus précieux, notre monnaie d'échange. On les soigne, on les nourrit. Les chaînes, c'est juste pour les déplacements. Pour ne pas risquer d'en perdre un seul...*

Le dimanche suivant paraît ne jamais arriver, tant Isabel a hâte de foncer à la grand-messe de San Miguel. À la fin, elle sort tout de suite pour ne pas le râter : « Mon Dieu, faites qu'il soit là ! »
Personne ce jour-là.
Jusqu'à ce qu'Isabel entende, car elle revient avec persévérance deux semaines de suite :

– *Isabel.*

Sa voix chaleureuse. C'est lui !

Il l'a vue le premier.

Elle ne l'avait même pas aperçu dans la foule. La voilà étrangement heureuse tout à coup, et intimidée comme une gamine par la haute silhouette – il est immense – et par la beauté de ce visage au menton volontaire et au regard clair :

– *Bonjour José ! Je... Je... Écoute, il faut que je te parle !*

– *Formidable, je rentre juste d'une période militaire à Tolemaida* et j'allais prendre de tes nouvelles ces jours-ci. Ça a l'air d'aller beaucoup mieux. Je me trompe ?*

Sans attendre la réponse, dans la foulée, il propose :

– *Une plancha* dans un petit resto tranquille et sympa, ça te dit ? Si oui, tu n'as qu'à me suivre, je connais la ville comme ma poche.*

Voilà le jour où Isabel vit sa vraie libération.

Plus que lors de son évasion !

José, elle le trouve merveilleux. Il l'a écoutée sans l'interrompre une seconde, les yeux brillants de larmes...

Puis, à son tour, il a confié l'enlèvement d'Andrès avec l'un de ses collègues, l'angoisse de ses parents qu'il essaie d'entourer au maximum... Et Isabel a sangloté pour eux, pour lui.

Finalement, en pleurs dans les bras l'un de l'autre, en silence, sans rien dire, chacun a pris sur lui la douleur révélée. Un élan de tout l'être qui

* *Tolemaida* : base militaire près de Bogota

**Plancha* : spécialité colombienne, mélange de viande, riz et légumes servis sur une planche en guise d'assiette

conduit José à embrasser la jeune fille. Son geste exprime tant de douceur et de respect qu'elle n'en revient pas. Au-delà de la proximité de l'expérience, déjà naît en eux la certitude d'une communion plus profonde.

D'ailleurs, depuis, José et elle ne se quittent plus. Les parents du militaire l'ont adoptée dès le premier contact.

Tous ensemble prient *comme des malades*, dit Isabel, pour qu'Andrès soit libéré. Ils lui envoient des messages sur *Radio Secuestro et la Carrilera**.

Elle explique comment cela marche : « les otages peuvent les écouter quand ils ont un transistor. Les gars fabriquent des antennes en défaisant des éponges métalliques à récurer. On attache le fil obtenu au poste et l'autre bout à une pierre. Et c'est à qui la lancera le plus haut possible dans les branches d'arbres, à 30 ou 40 mètres au-dessus de nous. On a alors une bonne transmission. Ça ne peut que regonfler le moral d'Andres ! ».

Ils invoquent aussi les parents et les frères d'Isabel, *bien placés* pour aider le prisonnier ! José s'est exclamé, une fois : « Manuelito, c'est mon petit frère aussi. Normal que je lui confie la mission de ramener le grand ! Du ciel, il va agir, tu vas voir. »

Isabel vit ce qu'elle pensait ne jamais connaître : un VRAI amour.

Un ami de José, aumônier militaire, les marie rapidement dans l'intimité. Malgré son passé si lourd qui ne peut s'oublier, toute la personne d'Isabel imprégnée d'une enfance où Dieu avait la

* *Carrilera* : émission quotidienne à destination des otages

première place, s'épanouit enfin. Au-delà de ses limites, elle découvre par José cette alchimie de tendresse, d'amour, d'attention et de considération pour ce qu'elle est devenue aujourd'hui. Attitudes typiquement liées au regard chrétien sur la femme.

Isabel est estomaquée par la puissance de la prière. Non seulement Andrès est libéré quelques temps plus tard mais encore... un bébé s'annonce pour Noël.

Le prénom s'impose : ce sera Manuelito !

Mais pour une qui se marie, combien restent seules ! Contrairement à Isabel, trop marquées, elles ne sont qu'un très petit nombre à se marier. Comme cette ado qui confie :

– *Je pourrai jamais regarder un homme en face. Ils m'ont fait trop de mal. Je veux vivre pour mon enfant, ça me suffit !*

Bébé volé

– *Qu'est-ce que je fais là, toute seule, sous un banc dans ce jardin public ? Je rêve ou quoi ?*

Stella (cf. p. 104) se frotte les yeux :

– *Ah, ça y est, ça me revient : hier, je m'suis barrée. Fini l'cucho ! Ça lui apprendra à oublier de fermer la porte. Depuis mes huit ans, que je suis avec ce cochon de cinglé. Il est pas prêt de m'revoir. Mais, faut surtout pas que les flics, ils m'attrapent et me ramènent chez lui.*

Douze ans dans sa chair meurtrie, petite bonne femme menue, l'adolescente se lève fouettée par une

énergie nouvelle. Pour se réchauffer – la morsure du froid la taraude – et secouer la poussière de ses vêtements, elle s'administre une série de claques retentissantes sur son jean et son polo de coton rouge.
Et les cheveux ?
Ils disparaissent presque sous des débris de mousse, feuilles, petites épines de mélèze...
Tout en les démêlant, Stella essaie de se repérer :

– Est-ce que je m'approche du quartier de ma tia ? Non. Dans son coin, des tours, y en a pas. Que des petites maisons... C'est encore loin.
Je m'en fous. Je marcherai jusqu'à ce que j'la retrouve.
Quand la teigne et son Jules m'ont embarquée, on a fait quoi ? Je m'souviens pas bien. Ah si, on a roulé un moment en voiture avant d'atterrir chez le dingue. Eh ben, j'en ai encore du chemin et je sais même pas par où commencer !
De toutes façons, j'ai intérêt à dégager avant que le jardinier vienne arroser les fleurs.

Circonspecte, elle se dirige vers la sortie. Pas un bruit. Ses tennis semblent survoler le sable de l'allée :

– Heureusement ! Mais, j'ai la dalle, grave. Je suis bête, j'aurais dû prévoir des provisions pour le jour où je m'taillerais. J'vais quand même pas mendier ! D'abord, je suis trop bien fringuée...
J'ai plus qu'à faire les poubelles... C'est pas compliqué, j'en ai une devant moi.

Sous ses yeux, un paquet de biscuits émiettés, à peine entamé :

– Ça, c'est un riche qu'a dû l'jeter. L'aubaine ! J'en

mange qu'un peu et je garde le reste pour tout à l'heure.

Et Stella avance d'un bon pas pour atteindre la maison de sa tante avant la nuit :

– *Dire que je pourrais prendre le tram si j'avais des sous.*

Le deuxième jour de fugue passe comme le premier. L'adolescente s'est trompée de direction au départ ; elle est perdue.

La vendeuse du magasin qu'elle interroge lui éclate de rire au nez :

– *Mets-toi bien dans le crâne que Bogota fait rien moins que trente kilomètres de long et la moitié de large. Si tu sais même pas le nom de la rue que tu cherches, je te souhaite bien du plaisir. Quant à une église Saint-Jean, il y en a au moins une dizaine dans toute la ville...*

Autant chercher une aiguille dans une botte de foin !

Stella, épuisée, se trouve gagnée par le désespoir.

San Juan, c'était une petite chapelle vétuste où la *tia* l'emmenait quelquefois. Pour dire le chapelet.

Quand elle n'avait pas trop mal à la jambe.

Elle se sent sale, *la petite étoile.* La faim lui crispe le ventre, le froid raidit les membres vidés.

Elle a peur aussi.

Hier, elle venait de trouver un pain d'épices entier, à peine moisi, quand, v'lan, un gamin, surgi de nulle part, lui a flanqué un coup de pied magistral. Pas le temps de dire *ouf* et il avait embarqué sa proie en détalant comme une fusée. C'est comme quand, dans l'autre rue, tout à l'heure, deux gars ont tabassé un troisième. Elle ne sait même pas pourquoi.

Le lendemain, la fillette s'approche de l'entrée d'une grande surface. Dans la poche de son sweat, une galette tombée par terre. Elle la garde pour ce soir.

Les gens vont et viennent, affairés. Une grande dame avance, accompagnée d'un garçonnet qui tire une poussette de bébé. Maladroitement, il la gare à cinquante centimètres de la jeune fugueuse tandis que la femme s'adresse au gamin :

– *Paolino, reste là pour garder le niño. J'en ai pas pour longtemps…*

Elle s'engouffre dans le flot des clients du magasin.

– *C'est ton petit frère ? Comment il s'appelle ?* »

Stella, tout attendrie, s'accroupit à la hauteur du gros poupon. Il dort profondément, indifférent à au brouhaha extérieur.

– *Il s'appelle Ludo, comme le champion de foot colombien de 1ère division. C'est moi qu'a choisi son nom. Il a neuf mois...*

Les derniers mots de l'enfant sont couverts par le vrombissement d'une énorme moto rutilante sur le parking. Fringant dans son blouson de cuir noir clouté, le conducteur stoppe brusquement son engin. Tout près. Spécialiste de ce genre de manœuvre, faussement désinvolte, le motard ôte casque et gants avec une lenteur étudiée. Les yeux rivés sur le monstre aux chromes étincelants, une petite cour d'admirateurs commence à se former.

Fasciné, Paolino ne résiste pas à l'attrait du spectacle et s'approche du groupe.

Oublié le petit frère !
La Harley Davidson capte toute son attention.

Ce beau bébé en rappelle un autre à Stella :

– *Ça me tord les boyaux tout d'un coup et je pense au mien qu'on m'a piqué à l'hosto. Et que je peux plus en avoir, c'est l'docteur qui m'a opérée qui l'a dit. C'est la première fois que j'y repense. C'est drôle, c'est comme si j'avais oublié. Pourtant, j'ai pas rigolé ce jour-là.*
Qu'il est mignon celui-là, avec ses petites menottes. C'est plus fort que moi, y a pas, faut que j'le prends dans mes bras. J'vais y aller doucement pour pas qu'il se réveille. Ludo, ça sera MON-BÉBÉ-À-MOI.

La gamine fait quelques pas. Personne ne semble faire attention. Elle en profite pour courir, courir à perdre haleine. Loin du parking. Vers des entrepôts déserts et fermés.
Stella se faufile dans un escalier extérieur qui conduit au sous-sol :

– *Blottis en bas tous les deux, on peut pas nous voir de là-haut.*
Mais ce bel optimisme fond très vite quand elle entend les pleurs, même les hurlements de Ludo, secoué par la galopade :

– *Non, ça marche pas. J'peux pas rester là. Chut, mon Lulu* ! On va nous entendre. Regarde, j'ai un cadeau pour toi...*
La fillette extirpe alors de sa poche la galette du matin et en fourre un petit morceau dans la bouche largement ouverte du pitchoun.
Magique !

**Lulu : diminutif de Ludo - signifie aussi « chéri » en termes familiers.*

Le silence s'installe instantanément. Aussi radical que l'expression de détresse antérieure !

Bébé raffole du biscuit. Les petites quenottes le mâchonnent vigoureusement. Heureuse, la nouvelle nounou voit son dîner disparaître dans le ventre du petit glouton.

Sa propre faim ? Elle l'a oubliée. Avisant, un peu plus loin, le talus qui longe le chemin de fer voisin, elle disparaît avec son beau chargement dans les herbes hautes, encore chaudes de soleil.

Pendant deux heures, Stella joue à la maman avec le gros nourrisson apprivoisé.

Elle le câline, lui cueille des fleurs, chante une comptine de son enfance... Enfin, lui fait quelques guili-guili sans parler de grimaces imaginatives qui arrachent des éclats de rire au petit Ludo. D'instinct, ses gestes sont justes avec lui.

Puis, le jour baissant, elle revient vers le supermarché, à l'affût pour trouver une boisson pour le petit père qui pèse un bon poids. Elle doit changer régulièrement de bras pour le porter et commence à sentir un début de crampes.

Un bidon en carton de jus d'orange traîne, près d'une benne à ordures. Vide... ?

Non, chance, il reste un fond que le bébé boit goulûment. Les quignons de pain rassis qui dépassaient des sacs poubelles reçoivent aussi le meilleur accueil.

Stella ne veut pas traîner dans le coin et repart s'installer sous l'auvent en béton du sous-sol de l'entrepôt.

Assise sur une marche, éclairée par les premiers rayons de lune, elle réalise soudain la précarité de la situation. Le poupon sent maintenant très mauvais. Rien pour le changer. Pas de berceau pour la nuit...

Elle échafaude quelques plans enfantins tout en se laissant envahir par une vague somnolence :

– *Demain, je trouverai un policier dans la rue et je lui dirai que je me suis perdue en promenant mon petit frère. Comme ça, s'il veut nous mettre dans le tram qui va jusqu'à l'église San Juan, après je retrouverai mon chemin. La tia, elle donnera des sous pour acheter des couches et faire une bouillie pour mon lutin. Mon Dieu, faites qu'il pleure plus...*

– *Mais, qu'est-ce que tu fais là, toi ?*

Appuyé contre la rambarde de l'escalier, un gardien, une torche électrique à la main, inonde de lumière le petit visage chiffonné de la gamine :

– *Et lui, qui c'est ?*

Avant de rentrer chez lui, Javier faisait sa ronde quand le faisceau lumineux lui a révélé le joli tableau.

La suite se devine sans peine. Le soir même – il n'est que vingt heures trente – on restitue Ludo à sa famille. Éplorée, la maman a porté plainte dès qu'elle a constaté la disparition de son enfant.

Voilà Stella fichée. Même si on l'expédie illico au centre de redressement pour mineures, on lui promet une enquête pour retrouver la *tia* qu'elle réclame à cor et à cri. Une pensée l'obsède :

– *J'ai la trouille qu'on me renvoie chez le dingo. Je dirai à l'assistante sociale que j'me suis sauvée de chez ma tia à cause que j'étais fâchée, et que je regrette. Je veux m'en retourner chez elle.*

On conduit Stella à la visite médicale de l'établissement :

– *Pourquoi la doctoresse regarde mon ventre comme ça ? Elle a un drôle d'air. C'est la grande cicatrice qui l'intéresse ? Depuis un mois, elle est encore toute rouge.*
Ils t'ont foutu une fermeture éclair, il disait, le cucho, en rigolant quand on m'a opérée pour me prendre mon bébé. Il appelait ça une césarienne. Mais pour la doctoresse, faut que j'invente un bobard :

– *J'ai eu la "pintisite" !*

La fillette se rassure tout à fait quand la dame médecin affirme :

– *Ah, je comprends !*

– *Ouf, ça va, elle pose pas de questions et elle écrit quelque chose sur son dossier.*

Quelques jours après, alors qu'elle piaffe d'impatience, deux dames la reçoivent dans un bureau du centre.

Il y a une *vieille sœur* – d'au moins cinquante ans ! – assise, qui lui sourit quand elle entre et une grande dame brune, au chignon serré. C'est elle qui entame le dialogue :

– *Stella, je suis la directrice du centre et j'ai une proposition à te faire. Sœur Esther, que voici, va t'emmener dans sa maison où tu pourras aller à l'école et même apprendre un métier. C'est vraiment de la chance. Qu'est-ce que tu aimerais : coudre à la machine ? Faire coiffeuse ?...*
Stella tombe des nues :

– *Mais, mais... j'sais pas, moi ! Ce que j'veux c'est rentrer chez ma tia.*

La responsable toussote, visiblement embarrassée :

– *Écoute, je te laisse un peu avec Sœur Esther ; il faut que je donne un coup de fil. Tu vas pouvoir faire sa connaissance et elle va t'expliquer. À tout de suite !*

Dès qu'elle est partie, la religieuse s'approche d'elle et lui prend la main. Tout en douceur, elle l'appelle même *Stellanita mia* – ma petite étoile – comme sa tante.
Son visage devient grave tandis qu'elle engage le dialogue :

– *J'ai une nouvelle difficile à te donner. Tu vas avoir un gros chagrin. Ta tia est partie au ciel.*

Comme la petite éclate en sanglots, elle la prend tendrement dans ses bras et la berce comme une enfant :

– *C'est arrivé, il y a déjà trois ans et demi... Elle t'aimait beaucoup, tu sais, et je crois bien qu'elle ne supportait pas d'être séparée de toi.*
Stella se laisse emmener sans résistance au *20 de julio,* chez les sœurs. Plus rien n'a de sens.
Elle n'a plus qu'une envie : mourir elle aussi.

– *J'ai plus personne à aimer. Plus ma tia, plus le bébé de mon ventre, plus Lulu que j'voulais adopter...*

Durant les quatre années où elles la gardent dans leur maison d'accueil pour adolescentes, les Sœurs Adoratrices s'attachent au contraire à lui redonner joie et espérance. Une mission difficile dont le plus ardu consiste non à effacer, mais à estomper les séquelles psychologiques et affectives de la fillette.

Le statut d'esclave soumise à un détraqué sexuel,

la mémoire blessée... des traumatismes qui se paient au prix le plus fort. Il faut toute la patience et l'amour des *anges* qui la soutiennent, jour après jour, pour se reconstruire :

– *On est quarante-sept orphelines. Presque toutes mes copines ont été vendues comme moi. Mais elles, dans des casas de cita.*
Ici, on est comme dans une grande famille où on nous apprend tout ce qu'on savait pas : être propre, ranger nos affaires et les soigner, mettre le couvert, faire son lit, être à l'heure... Les sœurs disent souvent qu'elles veulent qu'on découvre qu'on est des vraies femmes et qu'on garde pas des habitudes de bêtes sauvages !
Et puis, la catéchèse, elle nous fait voir que Dieu nous aime et qu'Il est venu à notre secours. C'est vrai que je retrouve la petite flamme de foi que m'avait donnée ma tia. Elle m'avait appris le « Je vous salue Marie ». Des fois, je le récitais tout bas, surtout quand le cucho venait de me battre. Elle m'avait dit aussi que le Bon Dieu m'écoutait toujours, ou que je soye ! Elle avait bien raison, vu que j'ai réussi à m'sauver. Et si j'ai fait une connerie en volant le petit Ludo, n'empêche que c'est à cause de lui que je suis avec mes mamas – hermanitas !

L'après-midi, on va à l'atelier et j'apprends à coudre à la machine. Le matin, je vais à l'école en uniforme super chic : une jupe plissée qui s'appelle kilt en Écosse, à ce qui paraît. J'ai regardé où c'est ce pays sur une mappemonde. C'est pas à côté !
Je travaille dur. Parce qu'après mon certificat, je veux être aide-maternelle.

C'est décidé. J'aurai pas moins de vingt Lulu à m'occuper.
Mes bébés... Presque en vrai !

MERCI !

Tant de renaissances !
Les *mujeres* ne savent comment manifester leur gratitude.

En 2005, l'inauguration à Bogota d'un kiosque pour quatre cents personnes, donne l'occasion d'un vrai discours. On peut dire qu'il a été préparé avec grand soin. Trouver les mots pour exprimer les sentiments partagés, ce n'est pas toujours facile.

Émue, Conchita, une ancienne qui croupissait dans un souterrain, avec ses trois sœurs, sa mère et sa grand'mère, l'est terriblement. Les frères Jaccard connaissent la famille depuis très longtemps. Les six, plongées dans la prostitution la plus dégradante, survivaient aussi en faisant les poubelles.

Aujourd'hui, Conchita lit, elle-même, le message du cœur au nom des autres, tout aussi remuées :
« ... Nous rendons grâces à Dieu de nous avoir donné des pères comme vous. La vie nous a durement éprouvées, mais vous étiez là, avec vos amis d'Europe et nos mères, les Religieuses Adoratrices, pour nous aider à prendre notre vie en main.
Certaines d'entre nous ont désormais leur petite maison et personne ne pourra les en chasser. Nous

pouvons tenir la tête haute car par notre travail, nous donnons à manger à nos enfants et ils peuvent aller à l'école. C'est grâce à vous que nous sommes ici. Vous nous avez permis de regarder le monde d'une autre manière. Et le plus beau, c'est que Dieu nous parle à travers vous et nous savons qu'Il nous aime.
Nous vous aimons beaucoup et vous disons un grand MERCI pour tout ».
Elles ne sont pas les seules à exprimer avec ardeur leur reconnaissance.

Quand sonne pour les frères l'heure d'une vie plus retirée, chez les moniales de Bethléem, la Provinciale émérite des Sœurs Adoratrices intervient à son tour :

– *Ces trente années, partagées profondément avec vous, ont été d'une grande richesse, pour nous et nos filles.*
Toutes se rappellent les festivals avec grande émotion. Je remercie de façon intense le Seigneur sachant que vous avez été une présence efficace de Sa Providence qui m'a accompagnée sans cesse. Malgré la distance, j'éprouve encore cette proximité, à nos côtés dans l'Invisible, évidente depuis toujours. Vous n'avez plus besoin de prendre l'avion pour bourlinguer où l'Esprit vous appelle du fond de votre ermitage.

Les rencontres avec vous, en chair et en os ou par téléphone, ont toujours été des moments très forts. J'ai pu vous parler en toute confiance. Non seulement vous apportiez une aide matérielle de nos amis français mais, en plus, vous avez partagé certaines de mes aspirations et préoccupations personnelles vis-à-vis de la congrégation, des vocations...»

Je tiens à vous remercier, ainsi que tous ceux d'Europe. Que Dieu vous bénisse car, par votre générosité, vous faites ressentir Sa présence dans Ses œuvres. Vous avez su compatir avec celles qui manquent même de l'indispensable pour vivre et qui ne reçoivent de la société que reproches et mépris. Vous avez contribué à la libération de l'oppression de tant de mamans et de leurs enfants !

La joie au cœur, les frères ajoutent :

– *Maintenant, aumôniers chez les Moniales de Bethléem, plus que jamais nous nous consacrons à la prière pour vous toutes. Religieuses comme chicas, vous faites partie de notre vie de prêtres.*

À son tour, malgré son talent, Lisa Bruna, passée de la rue au métier d'avocate, n'a pas de mot assez puissant, pour dire son amour. Ce qu'elle a vécu, c'est une véritable résurrection !
De l'overdose d'horreur, elle a découvert, éblouie, la Vierge Marie, beauté et douceur suprêmes. LA MAMAN qui console, conseille, soutient au-delà de tout.

De l'overdose à Marie

Bogota 1er de l'an 1984.

À l'hôpital San Juan de Dios de Palmira, l'infirmière entre aux urgences :

– *Hola ! Feliz año nuevo !* s'exclame-t-elle en embrassant sa collègue.

– *À tu tambien !*

C'est le moment des transmissions et tout en enfilant sa blouse, Lisbeth s'informe :

– *Qué tal * pour la gosse shootée de cette nuit ?*

– *Une méga overdose ! Le cœur continue à faire des pics pas possibles. Pas moyen de le stabiliser. Le docteur Lopez s'attend à ce qu'il lâche d'un moment à l'autre. La chinita aurait voulu en finir, elle ne s'y serait pas prise autrement avec tout ce qu'elle a pris. Le paquet !*

En résumé : coma profond –sous perf– tension bloquée à 3 –pouls qui file... Ce n'est plus qu'une question d'heures ou de minutes.

– *Pauvre fille, se suicider, à quatorze ans, un jour de l'an ! Faut vraiment pas voir la vie en rose ! Ses parents sont là ?*

– *Ses parents ? Tu rigoles, je te parie qu'elle n'a personne. Le gars qui l'a amenée à une heure du matin, c'était son mac. D'ailleurs, il l'a présentée comme une des « hôtesses » de son night-club et il s'est barré, vite fait, sous prétexte d'aller prévenir la famille. Mon œil ! À mon avis, on le reverra pas de sitôt ! Ça m'étonnerait qu'il veuille payer le cercueil !*

* *Qué tal* : comment ça va

– Ni risquer les questions indiscrètes de la police ! Bon, j'y vais.

Lisbeth se retourne pour poser une dernière question :

– Au fait, t'as pensé à prévenir les sœurs ?

– Oui, Sœurs Esther et Luisa se relaient, depuis ce matin, auprès de la gamine. Elles ne risquent pas de la lâcher, tu les connais ! Elles lui tiennent la main et prient avec leur chapelet de tout leur cœur.

Transfusion d'amour, de vie, patient goutte-à-goutte qui rythme les longues heures s'égrenant au fil du rosaire.

Trois jours après son arrivée, moribonde, dans le service des soins palliatifs, Lisa Bruna semble commencer à émerger lentement de son coma.

– *Incroyable*, songe le docteur Lopez, *le cœur a tenu. Elle avait pourtant avalé de quoi foudroyer un éléphant !*

Deux grands yeux noisette s'entrouvrent à peine pour se refermer aussitôt. Le temps passe et la jeune fille, secouée de frissons, grelotte et claque des dents.

Quelques minutes après, à l'inverse, le front perle de sueur. Sœur Esther, attentive, essuie délicatement le visage encore enfantin, piqueté de taches de rousseur.

Ces heures de présence ininterrompue, empreintes de douceur, reiacclimatent l'ado à ce monde qu'elle semble encore vouloir fuir.

Inlassablement, la religieuse répète :

– *Tu n'es pas seule, ma petite fille. Dieu est avec toi.*

Il est au fond de ton cœur.

Il t'aime tant !
Sais-tu que tu es unique au monde ? Il a encore besoin de toi sur la terre !

Elle approche de l'oreiller un joli bouquet de fleurs fraîchement coupées, apportées du cloître ce matin, quand elle entend :

– *Moi, je suis du fumier,* tandis qu'un voile passe sur les yeux de la *chica*.

– *Non, répond calmement l'ange gardien, Dieu, c'est le papa merveilleux de six milliards d'enfants. Il veut qu'aucun ne se perde, que chacun soit comme cette fleur épanouie qu'il garde sur son cœur.*
Joignant le geste à la parole, la sœur extrait du vase une ravissante rose qu'elle dépose sur le drap.

Plus tard, lorsque Lisa Bruna évoque son geste désespéré :

– *C'est le déclic de ma vie ! Ma vraie naissance. J'étais au fond du gouffre. Du bout du tunnel, j'ai débouché sur la lumière et l'amour de Dieu. Il s'est révélé à moi à travers les mots simples d'une religieuse au cœur de feu, de silence et de tendresse.*
J'attendais QUE ça sans le savoir.
Je n'attendais que ça !
Un retournement, un apaisement de tout mon être.

Cependant, dès le lendemain de son réveil, la petite rescapée est avertie par une infirmière inconnue :

– *Votre bon de sortie est signé. Il faut libérer la chambre avant dix heures.*
La *chica* s'affole :

– Déjà ! Où aller ?

Elle n'a personne et doit partir sans avoir revu la sœur qui l'aurait sûrement conseillée. Elle n'a même pas son adresse !

Curieusement, la panique ne l'emporte pas :

– *Je me sens toute drôle et ce n'est pas la drogue. Il se passe en moi quelque chose que je n'arrive pas à saisir ou analyser.*
Un rêve tout éveillée ? Sans doute, mais surtout le sentiment d'une présence aimante qui m'habite. Quelqu'un !
À la fois, je suis seule et je ne le suis plus. Je me sens hors du temps et de l'espace.

Sans réfléchir, comme une automate, je reprends le chemin du Stellar-Club. Les seuls lieux et visages qui me sont familiers dans la ville.
On m'accueille comme si de rien n'était. Ou presque ! On m'engueule pour la forme devant les copines.

– *Ça t'apprendra à pas faire gaffe avec le shit et nous foutre des emmerdes. La prochaine qui fait l'même cirque, j'la laisse crever sur son plumard !*

Va dans ta piaule et demain, t'as intérêt à mettre le turbo.

– *En fait, le patron apprécie mes services, car je suis une des meilleures pour pousser le client à la consommation. Je peux encaisser un max : jusqu'à vingt verres par jour.*
Je vais dans ma chambre, un placard.

Alors, sans savoir comment, ni pourquoi, je tombe à genoux, la tête enfouie dans ce matelas sur lequel j'ai voulu en finir. Je supplie de toute mon âme : « Dieu ! Si tu m'aimes, comme dit la sœur, fais un miracle pour me sortir de cette vie de chien. Ou fais

que je meure pour de bon, si tu veux pas. S'il-te-plaît, Dieu ! »
Je m'effondre sur le grabat et dors jusqu'au matin.
Là, le choc !
Impossible de me lever. Mes jambes sont paralysées.
On dirait du plomb. Je ne les sens plus.
Une copine essaie de m'aider. Rien à faire !

La patronne arrive, excédée, elle crie tout ce qu'elle sait :

– Y en a marre de tes histoires. Tu vas arrêter ton ciné, j'te le jure.

– Avec deux filles, elle tente à son tour de me mettre debout mais je m'affale aussitôt, comme un pantin articulé dont on aurait relâché les fils.
Hors d'elle, la maquerelle sort en claquant la porte et j'entends ses commentaires dans le couloir.

– C'est pas du chiqué et on a perdu assez de temps comme ça. Pepe, faut la r'filer à l'hôpital et qu'on en parle plus.
Retour à la case départ.
La marionnette revient à San Juan de Dios.

– Aussi incroyable que cela puisse paraître, la peur ne me submerge pas. Il y a pourtant de quoi. Je suis peut-être paralysée pour le reste de mes jours.
En fait, je n'y pense même pas !
Une seule chose me vient à l'esprit : le miracle s'est produit.
Dieu m'a sortie de la galeria pour de bon ! Maintenant, je n'y retournerai plus jamais. Et puis, je vais revoir la sœur. Sa prière m'a sauvée, j'y crois de toutes mes forces.
Non, c'est plus que ça. J'en SUIS SÛRE !

Les retrouvailles ont un goût de miel. Celles d'une maman avec sa petite fille. Je n'ai jamais connu ça. Sœur Esther m'apprend comment elle a réagi depuis la veille, quand, horrifiée, elle a appris mon renvoi à la va-vite. Elle a secoué tout le monde pour retrouver ma trace : bureau d'admission, d'aide sociale, service des urgences...
En vain.
Le patron du Stellar-Club s'est bien gardé de donner des coordonnées. Ma nouvelle amie s'en voulait à mort de ne pas avoir donné les siennes.

Surtout que dès le premier jour, elle avait pris sa décision.

– Si elle s'en tire, je la fais entrer au centre de défense des mineurs.

– Et mes jambes ? La réalité avec Dieu, c'est beaucoup mieux que les contes de fée !

À peine dans le milieu médical, en quelques heures la paralysie disparaît aussi inexplicablement qu'elle est apparue.
Depuis, je galope du matin au soir.
Démonstration. Pour appuyer ses paroles, la pétulante jeune femme, vêtue d'un élégant pantalon de flanelle grise, se lève et pivote sur ses fines boots de cuir noir.

Elle s'exclame en riant :

– « *Les aveugles voient, les boîteux marchent, les morts ressuscitent ...* ! » (Mt 11, 5)
La Parole de Dieu se réalise. J'en suis la preuve vivante !

Convaincue, elle poursuit, pleine de fougue :

– *Avec la Vierge Marie, j'affirme :*
« *Le Seigneur fit pour moi des merveilles.* » (Lc 1, 49)

Lisa Bruna se rassied.

– *Au Centre des Mineurs, je prends le temps de récupérer, de trouver un équilibre de vie inconnu jusque là, de lessiver mon organisme de toutes traces de drogue et d'alcool... Mama Esther vient me voir régulièrement.*
J'apprends même à lire et à écrire.
Puis, enfin, c'est l'entrée comme pensionnaire au 20 de Julio.
Et le voilà mon uniforme de rêve ! Cent fois plus beau.
Apprendre, apprendre... Je me passionne pour l'étude, surtout que j'ai beaucoup de facilités et une excellente mémoire.

Au collège, nous sommes vingt-sept chicas, toutes du même monde. Ce que l'une a vécu, l'autre aussi l'a souffert. Très vite, mes copines me nomment chef de groupe. À dix-sept ans, je fais la connaissance des frères Pedro et Ramon.
Quelle fête quand ils viennent !
Avec les sœurs et eux, on est comme une grande famille. On s'aime et ça m'éclate le cœur de bonheur.
Je carbure pour continuer à assimiler. Dans la journée, je travaille dans un supermarché pour gagner ma vie, tout en achevant mes études secondaires, en cours du soir.

Je n'ai qu'une idée en tête : être avocate pour défendre tous les gosses violés, battus, abandonnés. Ce que j'ai connu, quoi.

Depuis que j'ai croisé la route des sœurs, des padres et que j'ai expérimenté la tendresse de mon Père du ciel au fond de l'âme, je suis une privilégiée. Cette chance, ce don, je veux les partager avec tous ceux de la rue.

2008 – Lisa Bruna décroche son diplôme d'avocate. Avant de commencer sa carrière, elle a déjà ouvert une maison d'accueil pour les *gamines* : *Les semences de Marie.*

– *Ce sont mes enfants.*

Silence.

– *Non,* se reprend-elle, *ce sont les enfants que Marie m'a confiés pour semer en eux l'Espérance que j'ai reçue dans ma nuit.*

Comme Lisa Bruna, celles qui gardent, envers et contre tout, leur médaille de la Vierge autour du cou, dans les conditions les plus sordides – la plupart –, pressentent que Marie est leur Maman. À elles aussi !

Le plus souvent, c'est vers ELLE qu'elles se tournent dans un élan spontané. Et les frères en sont convaincus, c'est cette foi ancrée dans la petite enfance qui leur a permis d'apprivoiser, parfois si vite, les cœurs et les âmes. La Vierge les a accompagnées pas à pas.

Mission impossible sans ELLE !

Oui, pour celles qui ont tant souffert, la Sainte Vierge, présence aimante d'une maman qui regarde avec tendresse son enfant, n'est pas un secret.

Sans doute sous l'influence de Notre-Dame de Guadalupe de Mexico, toute l'Amérique Latine est profondément marquée par l'amour de la Vierge. Partout, la même découverte surprenante du duo :

– *Nous demandons aux chicas si elles savent une prière, la réponse ne manque jamais : « l'Ave Maria.* »

À peine leur maison est-elle debout, le ciment encore frais, qu'elles affichent déjà à la place d'honneur Celle sur qui s'appuie toute leur vie : le chromo d'une Vierge à l'Enfant !

Petites, beaucoup ont vu ou participé aux innombrables pèlerinages ou processions, dédiés à la Vierge. De plus, paramètre psychologique important, peu ont connu une vraie maman. Ce qui ne les empêche pas d'être très mères.

Bien au contraire.

La réaction de Lula, le jour où elle reçoit un coup de revolver dans la hanche, l'illustre à merveille. Lorsqu'elle s'effondre, son cri : *mon bébé, mon bébé !* c'est pour son *niño**.

Raymond a tout de suite perçu cette fibre maternelle :

– *Si elles ne savent pas que Marie est une mère pour chacun de nous, leur propre maternité cependant leur permet de nouer des relations très fortes avec la Vierge. Même si elles ont bien de la peine à l'exprimer, elles répètent souvent : "J'aime la Sainte Vierge, car je suis comme elle, une maman".*

Spectaculaire œuvre matérielle, sociale, humaine !

Sans ELLE, sans LUI, la réussite serait-elle d'une telle ampleur ? Atteindrait-elle l'ÊTRE DANS SON CŒUR PROFOND ?

Les frères savent bien que non.

* *Niño* : enfant

Leur secret ?
Avec Marie, suivre la Parole de Dieu, qui seule donne des fruits qui durent : « *Sans Moi, vous ne pouvez rien faire.* » (Jn 15, 5)
Une fois de plus, ils l'ont vérifié !

Aujourd'hui, par la prière, la Vierge poursuit elle-même leur mission :

– *Avec Elle, nous avons été et nous restons au pied de la Croix où sa maternité s'étend à chaque homme. Nous sommes appelés à entrer de plus en plus profondément dans ce mystère, avec le Christ des pauvres, crucifié, qui donne Marie : « Voici ta Mère».* (Jn 19, 27)

Avec Elle, nous chantons :
MAGNIFICAT !

"Christ des pauvres"

« J'ai eu faim et vous m'avez donné à manger. »
(Mt 25, 35)

Réalisé par un ancien gamin de la rue

lettre manuscrite de *Chica*

(extrait)

¡HOLA!

MI MUY QUERIDOS PADRES RAMÓN Y PEDRO.

LES DESEO QUE ESTEN MUY PERO MUY BIEN

YO LES QUIERO DECIR QUE LOS QUIERO MUCHO

Y QUE ME HACEN MUCHA FALTA Y QUE LOS

EXTRAÑO MUCHO.

PUES CON USTEDES ERA CON LOS QUE MAS ME

CONFESABA PUES SENTIA MUCHA TRANQUILIDAD

Y MUCHO AMOR PUES SE QUE USTEDES TIENEN

UNA CONEXION MAS DIRECTA CON DIOS Y LES

QUIERO PEDIR MUCHA ORACIÓN PARA MI FAMI-

LIA Y PARA TODA EN GENERAL. PUES NOS AN

PASADO MUCHAS COSAS MALAS PERO DIOS NO

NOS A ABANDONADO.

TAMBIEN LES CUENTO QUE MI HERMANA LILIA LA

MAYOR SE NOS MURIO Y TAMBIEN EL UNICO

HERMANO QUE TENIAMOS NOS LO MATARON, TODO

ESO NOS PASO EL AÑO PASADO Y A PRICIPIOS

DE ESTE PERO DIOS SIEMPRE ESTA CON NOSOTROS.

LES CUENTO QUE MI HIJA SOL GERALDIN YA ESTA

EN ONCE Y MI HIJO JHONATAN JESUA ESTA EN

DECIMO.

TAMBIEN LES CUENTO QUE SIGO TRABAJANDO EN

LA EMPRESA Y PUDE COMPRAR OTRA CASITA A

BAJO PRECIO PUES TOCA HACERLE UNOS ARREGLOS

PERO CON EL TRABAJO EN LA EMPRESA BA MUY

BIEN.

LOS QUIRO - LOS EXTRAÑO Y NOS HACE FALTA

BERLOS.

(traduction)

Bonjour.
Mes très chers Pères Ramón et Pedro,
J´espère que vous allez vraiment très très bien.
Je veux vous dire que je vous aime beaucoup et que vous me manquez énormément.
C´était avec vous que je me confessais le plus parce que je me sentais très paisible et pleine d´amour car je savais que vous étiez totalement unis au Seigneur. Je voudrais vous demander beaucoup de prières pour ma famille et pour toutes les familles en général, parce qu´il nous est arrivé beaucoup de malheurs mais Dieu ne nous a pas abandonnés.
Je dois vous dire aussi que ma sœur aînée Lilia est morte et qu´on a tué le seul frère que nous avions.Tout cela nous est arrivé l´année dernière et au début de celle-ci mais Dieu ne nous lâche pas. Je veux vous dire aussi que ma fille... est maintenant en onzième et mon fils en dixième.
Vous devez savoir aussi que je continue à travailler dans l´entreprise. J´ai pu m´acheter une... petite maison. Comme il fallait y faire des travaux, elle était pas chère mais, grâce à mon travail à l´entreprise, il n´y a pas de problèmes.
Je vous aime. Vous me manquez et nous avons besoin de vous voir.

Lexique

- *Abuela* : grand-mère
- *Anchetas* : paniers ou bassines de Noël proposés pour 15 000 pesos, 6 euros (le SMIC est à 200 euros).
- *Arepas* : sorte de galettes de maïs sec, pain du pauvre en Colombie et base de son alimentation
- *Argilas* : fabrication de briques d'argile
- *Barrigua* : bedaine
- *Barrio* : quartier
- *Barrios de latas* : bidonvilles
- *Basuco* : extrait de résidus de coca grossièrement rafiné
- *Bateyes* : villages haïtiens pauvres des plantations de canne à sucre
- *Bizcocho* : jolie femme
- *Boyaca* : nom d'une région colombienne, au nord de Bogota
- *Cacique* : chef
- *Caletas* : cabanes en branchages destinées aux guérilleros
- *Calvario* : calvaire
- *Campesina* : paysanne
- *Campesino* : paysan
- *Cancharina* : succédané de pain ou sorte de beignet à base de farine et d'eau, frit dans l'huile bouillante
- *Cañas* : cannes ou tiges de bambou
- *Capacitación* : CAP
- *Carrilera* : émission quotidienne à destination des otages
- *Casa de cita* : maison de passe
- *Caserío* : regroupement de maisons alignées au bord d'un fleuve
- *Chicha* : alcool populaire à base de farine de maïs et de mélasse fermentées fabriqué originellement par les Indiens Chibcha. Sa production est officiellement interdite depuis les années 50.
- *Chicos* : jeunes garçons
- *Chinita* : gamine
- *Chinito* : gamin
- *Chontos* : WC dans la nature
- *Chubascos* : averses, pluies torrentielles
- *Cucarachas* : gros cafards, blattes
- *Cucho* : vieux
- *Cuchitriles* : taudis, bouges
- *Cuero* : putain
- *Dios te salve Maria* : Je vous salue Marie
- *Economato* : sorte de réduit pour les provisions
- *Equipos* : sacs à dos
- *Eje cafetero* : l'axe du café
- *El bolillo* : la police
- *Es la hora* : c'est l'heure
- *Fiesta* : une fête
- *Fuente* : fontaine
- *Galoche* : terme méprisant, au Chili, pour désigner une fille alors que seule la naissance d'un garçon est considérée comme un événement heureux.

- *Gamines* : enfants des rues, souvent en gangs de voleurs, touchés par la prostitution
- *Galería* : galerie, selon l'origine italienne. En Colombie, représente tout le monde de la prostitution
- *Guambitos* : gosses, mioches
- *Hasta pronto* : à bientôt
- *Hermana* : sœur
- *Lo pingo* : le porc (animal sauvage d'Amérique du sud qui vit en horde saccageant tout sur son passage)
- *Lupita* : diminutif affectueux donné à Notre-Dame de Guadalupe dans toute l'Amérique du sud
- *Maloka* : hutte indigène ronde avec toit de palmes
- *Mamita* : petite maman, petite mère (terme affectueux et populaire)
- *Masero* : homme qui fait le lien entre la guérilla et les paysans, qui le craignent. Il dénonce, recrute, spolie...
- *Mochila* : sac de laine typiquement colombien. Tissé à l'origine par les Indiens Arancas et portés par les hommes comme par les femmes.
- *Monte* : forêt vierge
- *Muchacha* : fille ou jeune fille
- *Mujeres* : femmes
- *Mula* : la « mule » est la personne utilisée pour les transports illicites : drogues, armes, explosifs, parfois à son insu.
- *Mulatas* : mulâtres répartis surtout sur la côte pacifique - 12% de la population est multiraciale en Colombie.
- *Negocios* : bordels
- *Niños* : enfants
- *Olla* : marmite, bas quartier au figuré
- *Pesca* : pêche
- *Plancha* : spécialité colombienne, mélange de viande, riz et légumes servis sur une planche en guise d'assiette
- *Por mujeres, para mujeres* : par des femmes, pour des femmes
- *Rancha* : cuisine
- *Ranguera* : qualificatif pour la petite amie du chef d'un camp de guérilleros
- *Recepcionista* : hôtesse d'accueil
- *Ruana* : poncho colombien d'origine indienne
- *Sacerdote* : prêtre
- *Sapo* : crapaud, et mouchard au figuré
- SENA : *Servicio-National de Aprendizaje,* organisme gouvernemental
- *Servicios* : toilettes
- *Sicario* : tueur
- *Socorro !* : au secours !
- *Tamal* : plat de riz, poulet, légumes
- *Tia* : tante
- *Tibouchinas* : fleurs qui poussent autour de 3.000 mètres d'altitude
- *Tienda* : épicerie, bazar, débit de boissons
- *Tinto* : café noir
- *Tolemaida* : base militaire près de Bogota
- *Tombos* : flics
- *Trabajo* : travail

Table

En **achetant** un **livre** des **pères Jaccard**,
les droits d'auteur financent

- **l'apprentissage** des *chicas*
- leur **réinsertion**
- **la construction** d'une **maison** de la banlieue sud de Bogota.

ET TOUTE UNE FAMILLE RENAÎT !

Si vous êtes chrétien, les frères comptent sur votre prière pour que la mission continue.

vous pouvez envoyer **vos dons :**

Association
UN P.A.S. AVEC LES FRÈRES JACCARD
ABS M. LAISNE PHILIPPE
8 rue des Clos
25220 CHALEZEULE

CIC BESANÇON ST-PIERRE
Banque : 30087 Guichet : 33140
N° Compte 00024316901 Rib : 54
BIC : CMCIFRPP

Email *unpasfrjaccard@wanadoo.fr*

Pour être informé des publications des éditions Le Livre Ouvert et recevoir notre catalogue, veuillez nous envoyer vos coordonnées à :

Éditions Le Livre Ouvert
14bis rue Ferrée
10190 Mesnil Saint-Loup

☎ 03 25 40 47 69

ou consulter notre site
www.lelivreouvert.fr

Imprimé par Corlet imprimeur
en novembre 2011

imprimé en France

Dépôt légal : novembre 2011